JN330279

郎文庫 22

作家論集

新学社

装丁　水木　奏
カバー書　保田與重郎
文庫マーク　河井寛次郎

目次

作家論集

使用テキスト　保田與重郎全集（講談社刊）

伊東靜雄の詩のこと

伊東靜雄の詩を最初に僕らに教へたのは田中克己であつた。その初めの僕は未だ伊東の眞質のきびしさになれないものもあつたが、それから數月の間伊東の詩を知るにつけ、彼によつて詩のわが國の苑に前途開く思ひがしきりとし驚異と變り僕はたゞならぬ愛情を彼の詩に感じた。これは既に四年にならうとする以前の話である。

現代詩は「詩と詩論」の流派の衰退と共に、一種の抒情詩の時代を作つたが、僕らの友であつた詩人たちはいちはやくそれらの流派との絶縁から出發したし、今日流行の抒情詩の中でも今にしてその詩の新聲であることについては僕は昨年のコギト十二月號あたりにかいたと思ふ。今も變りない。

僕は伊東の詩についても非常に多く絶讃と獨解をのべ、すでに僕の貧しいことばの群はこの上の新語をもたない。そして今も彼の詩を推賞することは、一途に外に對して示すせはしげな構へを思ふのみである。僕は賞讚の確信だけを語ればよい。この評家として當然のことをなしつゝ、しかもそれがたゞ他に構ふところのみと知つてゐる。

彼の詩の色彩の豐穰さは感覺のそれでなくむしろ精神のそれである。音響のこゝろよい階律も感覺のものでなく精神の深所に起るそれである。そこに聲を味ふ。素樸單純の世界でなく、複雑な文化世界をもつために孤獨な抒情詩である。そこに新新聲を味ふ、彼の青春の調べは永劫の人間感傷の美しさにふれる。僕はかつて彼について喪失した青春と喪失したい青春の落差の間で詩情してゐるとかいたが、彼は人間の宿運を帶びた精神の歴史の中でうたひ、世の家庭人の一箇の成長詩ではなかつた。

異常な世界にをり、異常な感覺を精神面で燃燒させわが新詩を西洋詩の本質の高さまでもちゆき、恐らく意義あつた詩家の中で唯一の現在の人と思はれる萩原朔太郎氏が、伊東を認め愛された最初の人であつたことを、僕は感激的な今日の出會と思つた。僕らは、「己のもたないものさへ失はねばならぬ決意」をした何人の詩人を知つてゐることだらう。詩情する事情の悲しい事實に於てのみ詩人と詩人は出會した。今さういふ事實のみを知ると廣告せねばならぬ。

伊東の戀愛詩、哀歌をよむがいゝ。歪んでゐるのは今日である。今この現實である。風景を歌ひ風景の外面的情景を見せてくれた詩人は多かつた。戀愛の風景、家庭の風景、その比譬もよくわかつた。多くの詩人は風景の變化を愛してきた。伊東は風景を歌はない。純粹として通るもの、俗化される過程さへ知つてゐるごとく、心にくゝも風景の屈折度を測るまへに、屈折の精神にふれた時その精神の現場を歌つた。錯亂した純粹な詩情を示して、水よりも透明で空漠である。彼は詩情でものを見たのでない、詩情でものを測つたのでない、風情を詩概念に一度もはめこんでゐない。彼が一人の今日以後の詩人と思はれる所以であり、彼は詩情を以て事物の位置に卽つてゐる。詩と現物との間隙は彼の詩品にはなく、彼の一句一章は主體に於て動かぬものが藏されてゐる。その上感覺の昂奮は精神面で挫折されてゐた。喪失の決意であり拒絶である。彼は强制と拒絶の精神のきびしい本來の抒情を以て、世の雪月花派抒情詩に對してゐる。眞にまことに純一のものはいたましく、彼は現實を換言したり歪めたりするまへに、今日の事情として彼の詩心は現實に傷つけられてゐるのだ。詩情の純粹度を測るよりも、詩情と現實の接觸面を示さねばならぬ、純粹本質の詩人だつた。彼のことばをかりるなら、强ひられて、と歌ふべきである。彼は語つたのでなく歌ふのだ。

現物と詩との距離の撤回は詩の技術でなく詩人の資格だけがする。彼の詩が如何なる理論のまへにもきちんと耐へ、その城壁をこして何かの一歩介入をゆるさないことは一つの偉觀である。のみならずその距離の身を以てした撤回の營み、つまり詩の資質によつて、彼は自ら支へてゐる詩人である。僕はあくまで彼の新聲を新聲として確信してゐる。純粹で本質なものの運命の抒情詩である。その一面は田中克己も自らで代表してゐた。伊東のこんどの詩集をよみ、彼が一つとして醜態なものをかいてゐないことを知り稀有のことと驚いたが、そののち田中の初期の作品から通しよんで田中も亦、初期の雜文のはしばしに於てさへまだ一つとして醜態なものをかいてゐないのをみ、やはり非常に驚いた。田中も僕の十年の友であるから、安心したといふべきだが、やはり驚いて、自分らを恥ぢたのだ。それらの事情を可能とするものはつねに癇性と趣味のきびしい握手に由來してゐる。ところで最近になつて、彼ら二人ともに時を同じくして各々の面の生態なものを努めて誇らうとさへしてゐる。僕はさういふ人々の無意識内の事實を客觀しいかにも明智を誇らうと計算したが、これはなさけない「批評家的良心」でなかつたか、「批評家的良心」も一種の商略にすぎない。君ら、君らはまことに純一なもの、運命の中に入りその起伏にのつてゐるのだ。やはり今日君らの道は大方孤獨の曠野のみちだ。君らは人に對し酷薄だつたごとく、自己に對してさへ薄情ではないか。いまはもう君らの最近に怖れてゐるのだ。僕は近しいためでなく、君らの詩情のために尊敬する。

伊東君、君は幾人の友を今日にもちうるか。君の妥協のない新聲は、そのことに於て少なきを誇つてもいい。それが現代に於ける君の哀歌の意義でないだらうか。次の詩の本は「拒絶」と名付けたいと語つて歸つた君は、そのことばをあくまではげしく考へ許してはならない。あるひは君の詩の共鳴者といへど、君の新聲によつてでなく、君のいくらかしつらへた「近代の流行」「最近の傳統」の粧ひによつて、君を愛するかもしれない。尤も君はつねに新しい曠野の決意を君の自身によつて强ひられてゐるだらうけれど――。

佳人水上行

わが友太宰治は當節天才の異名を以て稱せらる、僕當節の人文地理の學を按じ、君のため世のためその呼び名正しと斷じ、次にわが友太宰治天才を以て稱へらることにはからずもけふの不吉を味ふのである。但藝術家を自ら稱し、史上の天才と比肩せんとするものは、千度の悔いを新にするとも、一度も不吉を怖れてはならない。故にこの天才といふにふさふ若者のその相貌を思へ、傷しきまでに嚴肅にして眞率なること無知愚鈍にまがふ今日の文壇の雰圍氣の中、わが友太宰治は不幸不吉にも一切天才の獨自さを美神の手づから與へられてゐるのである。僕始めわが友太宰治の若き文業を語らうとし、たゞ「佳人水上行」の一句を誌す。まことに佳人水上行、當節藝文界に於て詩人の傍の眼に見ゆ事情であれば、かへりみて傷しい限りである。

太宰治が作品の包藏する藝術的諸特性、又は美學的範疇の諸相、或ひは近事小説界的意味、それらについてはかの分類的批評家にきくがよい。わが友を語らんとすれば、こゝに太宰治の氣質的なものへの共感から、まづ僕わが身を思ふあさましさに耐へない。一切近頃の辭令で語るは、己を思ひつひにわが友太宰治を思ふ故に、こゝに傷しい。さらに語れば空々しい。太宰治、と僅かに僕は語る、佳人しかも水上に行く姿。あはれ自嘲ともなり難いわが悲しみさへ交へ、太宰治に據り描くものその一句。

太宰治は誇らかに完璧に自己を描いて了つた。僕は死んでゐる、僕にあるのは表現だけである……まことに太宰治は僕にとつて、僕ら同時代の最も斬新の藝術者の苦しみの相を完璧に憎々しきまで贅澤に表現した若者である。これは同時代者たる僕の快い誇かな断言である。

佳人水上に行く、再びは佳人水上を行く、と訓せよ。たゞその一幅の心的風景こそけふ若者の藝文にいだく果無い思ひである。そのかみの光榮の色はなほさら遠ざかりゆき、けふのものは塵埃の中に汚された。何の自嘲がありうるか、嗤ひさへ切ない限りである、そして果無い藝術への覺悟を描くもの太宰治一人。當節にあつてしかも古代の五侯の心に競ふ藝術の贅澤さを描くものまた一人。贅澤な餘りにも贅澤な文藝のこゝろ、百姓の饑饉に泣かずとも藝術の饑饉に悲しむ終ひの一人。藝術の最も過敏なもの、又最も果無いもの、あるひは唯一に豊かなもの、そして唯一に切ないもの、その間の事情とそこばくの僕らがダンディズムを描くたゞ一人の作家。

某年某月某日、佳人水上行の卦に凶に出る。元三大師御圖鈔に「かじんすいじやうにゆくとは、うつくしきをみなの水の上をあゆむがごとく……」云々とありしとか、まことに俗世の眼の見るとき凶である。太宰治そこばくの人々に天才を以て稱され、それにより或ひは尊敬され、或ひは……。さればこそわが友太宰治けふの美しき作家である。この二つの場合あるゆゑに、君が至上に贅澤な文藝に、今の世の二つの不吉と、永劫の一つの祝祭とあれ その佳人水上に行く、あやふく心もとなしと見ゆるもの、まことにけふの文藝の姿であれど、誰か水を知る、誰か佳人の艷なる俤を見る。太宰治の美しさは、心して文學するけふの若者の自意識の事情である。何による自意識ぞ、過ぎし藝苑を思へ、いさゝかも他人を悲しむのでない、常にはからずも己を悲んでゐる人の姿の過ぎたる美しさに僕はしばしば涙催すのである。

樋口一葉論

一葉女史の傑作は「たけくらべ」である。一葉の諸作品を通じて、どこか今の小説の感じにまどろかしいもの多いなかに、「たけくらべ」は近代の感情を化政文化的傳統の手法で描き、傑作の名に價ひする上に、作家一葉を今日に存在させる作品と思へる。

その手法とした傳統は江戸末期の氣質であり、一葉はその最後の一人として愛されたけれど、それは明治の早い精神が志した文化の流れへの決意とは孤立し、關係のない小説を殘した。卽ちその孤立は光榮の意志のための孤立でない。若い透谷らの孤立は光榮にふれた文化の意志の强ひられた孤立として、つねに囘想され、新しい歷史の反映を可能とする精神であつたとすれば、一葉はつひに最後の人であつたのである。

だから「たけくらべ」のない一葉を考へることは悲慘な想像であるが、「エマルソン」を未完成にして亡くなつた透谷のためには、その完成はどうでもいゝことである。

「にごりえ」以下の諸作品にあらはれてゐる一葉の、雲雨の情世間を描いた人情觀察の細かさは、二十五歳前後の女性の作品と思へぬほどであるが、しかし僕はそれらの點の比較で今の若い女性の作家を悉皆失望しはせぬ。だが今の若い女性作家の作品を見較べて、一葉の文章表現の美しさだけを描かうとした洒落氣の多い小説をみるとき、漸く救はれる氣は確かにするのである。それよりも今の若い女性の作家を悲しむところは、彼女たちから古い情緒と美しさの保溫が悉皆なくされたことにある。透谷らの「文學界」が女性を信頼し、その女性崇拜の根據が、彼女らが體質的にうけついて保持してゐる情緒にあつたことは、透谷の二三の文章を通じても考へられる。

二十年代に於て、若い一葉が小説を描いた氣持は今忖度しても始らぬことだが、さういふ興味からいへば、僕に深い興味を與へてくれるものは、「たけくらべ」でなく「にごりえ」でなく、彼女の日記であつた。

日記帳を通じてみられる一葉には、世の常の女性の美しき有難さにみちてゐる。明治の藝苑に古の紫清二女史に比して謳はれる一葉も、こゝに於てはやはり世の常の美しき虚榮を思ふ若い女性の一人である。それは否定でも嗤ひでもない、かういふ淸い文化意識だけが傑作「たけくらべ」や「にごりえ」を生むものらしい。

小説をわが身の化粧とし、わが美しさ敏さを示すために描いた。たゞそれを小説へのあこがれにまで純化することになり難い。小説の一葉は化政文人氣質で、彼の文化人意識を彩色し終へて醇に近い。たゞその日記は人にみられることを豫想してゐるにちがひないのである。彼女の擬古の名文さへ、擬古の名文をかくといふ意識だけがかき殘した。近古の姿で考へてゐたゝめの文章ではなく、いはば飜譯であつた。彼女の小説も亦世界の創造よりも、美しい人柄の小説を描くことから試みられた。

かういふ文化意識を僕らはかりに透谷らの決意と較べる。一葉の「たけくらべ」「にごりえ」などはいはゞ完璧か、しかし一般に明治の完璧が化政の文人氣質から出なかつたといふ事情は、僕らの今こそ考へるべき現代の課題である。

「うもれ木」は比較的早い作品であり、一葉の作家としての一歩を印する處女作といふのもふさはしく、この作品では世間を通じて詩と詩人を描く例の近代文學のきざしがある。末端の切り方などにも作者の鬱結の思ひの見られる唯一の作品である。

しかし一葉は、かういふ作品を描くにも化政の人の人情文學に氣をひかれすぎた。それは近代と古典とのいづれにも入らぬある一時のものとならねばならなかつたのである。化粧のためといつても、女性の作家にはそれでい、のである。一葉は情緒を樂しんでやはり化粧のために小説を描く。本質としての小説家一葉の小説意識は日記などと語らずとも、むしろ淡い短篇「雪の日」あたりに僕は見るのである。この何でもない作品が、美しくそれ限りのことを示して申し分ない。

處女作「うもれ木」はあまりにも難しいことかきすぎてゐた。それゆゑの未熟さは、何も處女作品だからではない。そして「うもれ木」を追つてゆくよりも、「にごりえ」の方へゆく方が、早い一葉のためにもよかつたとも思へる。

小説をかき、擬古文の隨筆をかき、そして化政の文人らしい氣分を再現することに情熱を感じてゐた一葉の、その情熱の地盤を僕は少々誇張したかもしれない。しかし爛熟した江戸文化の最も洗練された殘存の最後のもの、やうに見えたこの若い美しい女性に、僕は當時の一般作家たちに根づよかつた一種の憧れをみる。快い決意と慕しい情緒と、それらの上で「文學界」の女性崇拜を考へる。そして思ふ、女性の作家としては「たけくらべ」をかきのこすことは、つねにふさはしい。

二十年代の女性の自覺には、三十年代の與謝野晶子女史の自覺にあらはれたやうな決意のある筈もなく、「文學界」の氣の張つてゐた若者たちによつてこの最後の人は愛されるがふさはしかつたのである。

晶子女史こそ、明治の精神と文化の意志とその決意とを歌つた唯一の果敢な讃歌詩人であつた。當代の決意と當代の文化事情との間の悲しみの現狀をなまじつかに知つたゆゑに、男性のうたへないでゐたものを、この女性の詩人は果敢にまで激しく歌つた。

日本の文化の歴史の中で、古王朝の二女性に比肩する近代の唯一の女性は、江戸の名殘りの色濃い大音寺前に居を構へた女性でなく、中世の自由市であつた泉州堺の生んだそのかみの一少女と思へるのである。

上田敏論

大正五年の夏になくなつた上田敏を、同じ大正十二年に沒した廚川白村と較べ考へると、やはり敏博士は明治の人である。そのよさは明治の人のよさである。「江戸」に生れた近世の文人として、のちの芥川龍之介と較べても花やいでゆく日のよさである。恐らく誰も知つてゐる、芥川と廚川とを上田敏に比較してみるのである。敏博士は築地で生れた。白村は京都の人である。上田敏は詩人にして學究であると云はれた、若くして詩聖ダンテを描いた學究にして詩人である。そのダンテによつて博士は一つの逸話を殘してゐる、京都版ダンテ飜刻未定本は死後にあらはれた。詩人にして學究であつた敏博士を思ふとき、僕はのちの芥川龍之介を思ふのである。

數年のまへ、若い左翼社會主義文藝がさかんだつたころ、殆んど無知の猪突さで傳統破棄を思つたとき、しかもその古典打破の第一歩で、ある人々は芥川を見たのである。ブルヂヨア文學はすべて破壞せねばならない、と考へた、その時に芥川龍之介の文學が彼らの眼前にあつた。それが當時の純文學である、そこで彼らは一つの感傷の聲を描いてゐる。

しかし彼らはなぜ進んで傳統の古きにゆかなかつたか、せめて上田敏にまででもゆかなかつたか。そしてその日一等傷められ、さいごの皮膚まではぎとつたのはむしろ芥川その人であつた。いたましい都會人知識人を示した鋭敏の感情の人なわけである。昭和初年の若い文學者たちは、最もめぐまれた曠野に文學を營んだのである。思ふに民衆の曠野でも又風土の曠野でもなかつた。彼ら若い「文學志望者」だけが自身の事情としてもつた曠野であつた。しかも藝術の傳統をもつた民衆はこれらの若い文藝を見かへらなかつた、純文學は不振となつたのである。歷史から無關係に出たのではない、歷史を知らなかつたのである。

この事情は明治とは異つてゐた。明治の精神は、その日の公共の世界精神を、專ら自己の父祖の國に太古の國に合點しようとした。彼らは西洋に學んだ、その西洋まなびは、大正に及んで完全に變化した。敏のことばで「先鋒」の猪突勇者はあつたが「本營」はなかつたといへば當るであらうか。敏博士の大學の官吏としての後繼者たる白村博士が、その一傾向を示したやうである。白村も亦敏のやうに詩人と稱せられた、だがその詩人は敏より淺薄であつたし、その一世の指導者としての英風は明治の樗牛に遙かに及ばなかつた。恐らくさういふ大正といふ時代は、日本の歷史でたぐひもないほどに太平無事な時代であつた、成立すべき「本營」の成立しなかつた時代と思はれる。

白村が「文藝思潮論」を上梓した大正の初めごろに、上田敏は足利以降の民謠の集成である「松の葉」や「山家鳥蟲集」を出してゐる。しかもこの事業は三十九年ごろの「藝苑」

誌上からもちこされたものであつた。しかもその三十九年といへば、「海潮音」は三十八年の上梓である。このことを思ふとき僕は云ひがたい感慨にうたれる、こゝには上田敏の學究があるわけでないからである。この敏の藝能蒐集はつひに「聖教日課」にゆきついたのである。「松の葉」などには後の蒐集者ないわけではなからう、だが「聖教日課」は誰人の手を待つよりも博士の手をまたねばならなかつた。「松の葉」はなほ呻きのやうに生活の日にあつた、同じやうに切支丹の遺した祈禱文集も、くらしてきたある日の自分の生活であつた、と僕らは感じた。しかしそこには明治の正統エキゾチズム――上田敏を唯一の指導者とした近代文藝の唯美精神に近いものがあつた。その時代に京都の人白村は近代文藝の十講をかき、ついで「文藝思潮論」を著してゐた。これは後世までも大正文化の最も知識的インテリゲンチヤを代表する著作の一つであるから、眺めて僕らにも樂しいのである。白村こゝに主潮としての大正がある、負目がなく、憤りがなく、輕蔑を以て日本を見た。白村は何を知つてゐたかとは云へても、何を考へたのであらうか、彼は思想家であつたのか、だがこの日本の歴史とは關係なく、明治の動きの子であつた博士は、その戀愛論によつて大正の若者を壓倒したのである。白村の時代に成長した日本の文藝家の時代がほゞ現代である、僕らの現在のまへにある現代である。

白村は所謂「先生の博識」によつてその時代をたゝいた、その叩き方には國民への何の同情があつたか、果また何の決意があつたか、大正の時代人はその文化現象を叩くとき、身をうつ思ひがなかつた。彼は大學教授たる地位を以て「田紳日本」を輕蔑したのである。

「象牙の塔を出て」をかいた人には、しかし多くの大學教授にはないよさのあつたことは云ふまでもなく、又、えらさもあつたのである。しかし大學教授的な屬性を使用して時代文化を輕蔑し盡した彼は彼が思つてゐるやうには象牙の塔を出てゐない、たゞ彼のもの描かせた僅かの憤りは、同じころの恥かしさのない大學教授たちに對して吐かれたものであつただらう。

明治の初めの大學には、大學といふ形を外國の樣式で建てる必要のために生存した教授たちがゐた。日本にも現に古くの東大寺より大學の形はあつた。古王朝の諸家は各々大學をもち、その大學(院)の長者たる命目は氏族の首のタイトルであつた日もあつた。綜藝種智院のやうなものもあれば、近世の大阪にさへ町人の大學があつたのである。だが明治の人々が紅毛の渡海でそれらを忘れたころ、大學は國家の修飾と思はれた。町になければならない修飾品の一つである。明治の大學教授の多くはさういふ人々であつた。官吏であつた、大學を建てたことによつて、分科大學の基礎を作つたことによつて、又は異國の書籍を購入歸朝した功によつて、學位を與へられたのである。官吏としての最上の位を得たのである。明治聖政の下に學者の優遇されたことは史上に見るも類ないであらう。しかしながらどういふ紀念碑を以て彼らは恩遇に答へたか、奈良朝の建造物に比して偉大といへば、恐らく海軍大學の造兵教官の作つた軍艦の美しさのみが、我々の大正の唯一の美的藝術かもしれない。見るべき建築は一つもないのである、たやすく海の外からきたライトなどに一つの功蹟を奪はれて了つた人々である。僕らは殘念ながら一箇の建築を試みて最高學位を得た工學博士さへ知らないのである。そしてやがて大學教授は派閥と閨縁を考へる時代となつた。いたましい世繼の時代である。

明治の大學教授にはしかし一世の文化藝文を指導する人々があつた。それは民衆の期待にかなふものがあつた。上田敏やはりその一人である、下つていくらか下つても白村もその心もつた一人である。やがて大學の沒落がとかれて何事も時勢の罪と論じられた、時勢の罪である、又人の罪である。

恩寵に答へるすべもなく安住した大學教授たちの中で、封建的警世家であつた學習院長乃木大將をひそかに輕蔑罵倒したのが、その時代の「知識ある人々」であつた。それが一つの時代の尺度であつた。恩寵に答へられなかつた人々は、身を冷酷に客觀するとき、文教學府に多い筈である、乃木大將の答へ方は、最も大衆の同情ひくもの多いことを熟考すべきである。その時の大衆の眼は、榮達を羨望するものの淺ましい思ひではない、榮花を謳ひたい心のみちたりなさである。

白村が「文藝思潮論」を著したころに、敏は「聖教日課」を複刻してゐたのである。「聖教日課」は長崎本である、など云ふ迄もない。この二つをよむとき、僕は共に年少にしてそれを繙いたときを思ひ、ある測られぬ嘆きを思ふのである。敏の小唄類の飜刻時代、「つまり晩年のみちは白村には思ひ及び難いあはれな詩人の道である。敏の小唄がむしろポール・フオルなどの影響下に母國をみたものであらう」との佐藤春夫氏の言を、僕は一つの創見と信じる。さういふところに敏の專らとした近代建設の心構がありさうだからである。

それは又敏の文藝行動の祕密の發想をつくものと思ふ。そしておそらくその日敏こそ、明治の聲一般に「細心精緻の學風」を内藏せしめるために沈湎したころである。その他は敏や漱石、鷗外などの死によつて相つゞいて崩れ去つた。明治の心は明治と共に終つたのである、僕らはあつけない日に、二代目の世間で學を學び藝を知らせられた。文藝界と大學が相離れたのでない、大學は世繼の時代となつて世界觀を失つたのである。この精神的意味は、大學が大學令の第一條より自身で沒落したことである。

象牙の塔などいふ言葉はもうどんな田舍の人々といへど裏めたく恥かしい思ひで聞くであらう。「海潮音」の美しいひゞきは、多くの文科教授に模倣せられたけれど、所詮それらは敏にだけ肉身についた言葉であつた。敏博士は果して最後の德川人士であらうか。それは江戸になかつたやうな、しかもやはり存在した風雅である。なかつたやうな、といふことは發想に於て意識されたゆゑに、のちの龍之介に於けるやうに、一そうペダンチツクなみちになりがちであつた。二十一歲ごろにウオーター・ペーターをよんで「希臘」を知つた少年は、同じころの樗牛の知つたギリシヤと別の道を行つた。樗牛が移入した文藝と、敏の移入した文藝とは異つてゐた。殊に初期の人々が思つてゐたことばでいへば、アポロの風とデイオニソスの風のやうに異つてゐた。しかし素放といひたい樗牛が平家の王朝末路時代に美觀を燃燒したに比して、敏は武家時代の小唄を愛しんだのである。だがこのみちは、日本文藝の傳統からいへば、武家と公家とのちがひ程のちがひでなく、むしろ白拍子の哀愁などを橋として、その聲は同じ血であつた。たゞ背景が異つてゐるのである。そして樗牛が平家を思つて日夜に象徵された美觀を愛しんだことは、敏の象徵詩釋義を思ふとき、はからず安心すべき同じ時代が見出される。新古今集神祇歌などに集成された象徵の聲は「聖教日課」の複刻者の未開拓の國史であつたかもしれないのである。しかしながらこれはやはり民衆のこゝろであつた、たゞ一つの時代の變革的雰圍氣をきれぎれのことばの中にあらはし誌して、人に新風に對する不安を思はせつゝ、そのまゝ自己を潔くする、あの清水觀音の夢の占告歌などで最も極端に示された古代の新古今的象徵體は、長い〳〵日本の民衆の中に生きてゐた。明治の二、三十年にまとめられた天理教祖中山みき子の神樂歌やお筆先は、東方の帝國に久しく生きてゐた一つの豫言的呪文の雰圍氣を以て、僕らの合理文化建設期であつた明治大正の數百萬の大衆をかきさらつてゆく程に、藝術的宗教的魅力があつたのである。疑ふものはこの明治の新宗教を見るがよい、まだ華族となつてゐない宗教の教祖の新風は、大伽藍的組織の建設の中途にあつたとき、最もはつきりと象徵的魅力をもつてゐる。地下の民衆の呻きから起つて四百年あまり以前から組織された本願寺風の信仰形態の當初も、當時の政治文獻からみればこんなものである。本願寺始祖は德川初期に於てさへ、まだ上人を稱することをさへ禁じられた程の「邪教」であつた。同時に天理教の未組織聖典のこの正直にすぎる刊行物をあはれむ僕らは、古くからの宗教組織者に笑はれる筈である。何となればこれらの古いことばの俗語で描いた聖句は、今日の世に驚いた偏境の二三の詩の新風に似てゐるからである。その民衆に感じられた魅力はわかつてゐるやうな、わからぬまゝで漠然と感じられる新風である。そしてむしろ「聖教日課」と「御神樂歌」が僕らの明治文化の底流をしてゐると思はれる哀れな日に、僕は哀れなのである。誰が聖教日課をとり、誰が神樂歌をとるか、しかしながら彼ら大衆によつて、日本の明治文化は渦巻の時代に哀れに内面付けられてゐたのである。たゞ海彼國のことを尊敬して、日本のけふに我身の哀れさを氣付かなかつた白村には、責任のない輕蔑の快樂だけがあつたと云へる。この教養の人、立派なことを云つた人が、けふもあるそれらの系統の人々と共に文化を意志するといふ點で僕にはわびしいのである。

上田敏がわが明治の藝苑に新風の一つをなしたのは、二十年代末よりの明治時代である。「希臘思潮を論ず」は二十八年の帝國文學に所載せられた。時の敏はまだ文科大學の二年生であつた。その文章は人竝に少年期の舞文のなつかしさをもつてゐた。しかしながら西歐藝文移入の時代の方法を指導した博士の第一聲として、後世にも省みらるべき作品である。ギリシヤ語の美しいしらべを論じてゐるなど僕には不思議なことである。ある日にはさういふところに僕は江戸の市民のもつた誇りを感じる。江戸の市民の誇りの形である。しかしある日には、上田敏だけが洋語のしらべの美しさを語りえた人とも思へた。海潮音をひらけばさういふ感じである。洋語のしらべの美しさのわかりえぬことはこの人に於てあり得ようかと僕は思つてゐた。日本の文藝もつひに破戸漢の手におちたと云つて嘆息したといふ博士には、年少の日からいつも潔癖な近代唯美主義の範疇を美的藝術に對して感じてゐたのである。その博士は、しかしながら排斥すべき象牙の塔の人ではなかつた。博士にはそんなことのさきに語らねばならないものがあつたのである。古典への索源をとき、細心精緻の學風を唱へた博士である。「希臘思潮を論ず」はさしてすぐれたエツセイではないが、アントノウス像を評して「全身は卯曇花とも評すべし」云々といふ文句があつたところ、けだし少年の日の博士のことを思へて、快適な思ひ出を與へてくれる。卯曇花などいふことばは、もはや僕らの擬古派のダンデイズムにない語彙である。僕らの藝術至上主義は、そこで素面で吐くこの種の言葉の代りに、同じ素面ならば王朝の人々のことばを思ひやすいからである。たゞギリシヤ文藝と彫刻とを概論したてゐのエツセイであるが、のちの博士の藝術主義のそもそもの端初を知る、その意味で思ふべき作品であつた。藝術至上主義とは何であるか、俗説のために虐待されたこの藝術の血系のために博士の一生はさゝげてあつた。他にはなかつた潔癖な氣の毒な一生である、恐らく博士の踏んだユニイクな一生は苦難と不滿であつた。その中でつひにデイレツタントとされた人の、空前の美果が三十八年の海潮音一巻である。それは先蹤をもたず後繼をよせつけない美事な博士を表現する詩業であつた。僕らが輩には原詩に臨んでは思ひもよらない美をこゝに始めて教へられた。しかしながら博士はそのよるところを原詩にあるとしてゐる。それをあれこれ思ふとき、ただ一人博士に於てのみ、紅毛文學があつた思ひがした。怖ろしい博士と思へた。「典雅沈靜の美術」は對文壇論策の一である。いはゞ古典に索り源に發して西歐を語れといふ、海外のこと語るならば彼地の中學校程度の人々のもつ常識位は以て海外の文藝を語るべしとの說のやうに今の僕はきく、それでゐ、これは今日でも百度もくりかへされたい議論である。「おもふに、現代の文化には二つの缺點あり、卽ち美を愛し學を好む心盛ならざると、典雅沈靜の美術に對する高尚の趣味なきことなり」といふことばが二十八年にかゝれたこの文章の中にある。この藝術主義の論旨からの古典への心には、おそらくのちの自由詩論對話が用意されてゐるのは當然のことである。變革への心を退けるのではない、たゞ博士は時勢の中に眞の藝術の待遇をみてゐた。「嗚呼ルネツサンス。爾が二百三十年の風雅終に徒らならざりき」などいふ調子の文章も入つてゐて、これも二十八年、齢二十二ごろのあざやかに若い作品である。

その中でヴヰンケルマンとレツシングの希臘藝術觀の一部、典雅なる藝術がギリシヤにあつた形の見解について、若い博士がヴヰンケルマンに加擔してゐるのは尤もと思はれる。博士の說くところは旨として古典にあつた。細心精密の學風と論じてゐるのもたゞこゝである。啓蒙期の概念論に對し第一の反對者であつた。その藝術への愛情、一般に愛の心は「幽趣微韻」に朦朧體をとく藝術至上主義に上昇するのが當然である。博士の藝術至上主義にはすでに血統がある。血系と系譜の正しさである。それらへの叡智愛であつた。まづ始めにギリシヤを知つた少年の學の道であつた。「細心精緻の學風」の中で、西歐文藝思潮が其根蔕を「幽明の觀念」に始めるといてゐるのも當然のことである。この文章は、ギリシヤ神話とキリスト教を論じてゐる。白村博士の宗教論が時勢のこゑに應じたものなら、敏博士の「幽明の觀念」はまことに少年の日の愛情にして詩人の描く詩心の歌である。海潮音の詩人はこゝに明白に肯じられる。この典雅好學のエツセイが生命豐かな憤りを源にたゝへると思へる所以である。たとへば「宗教音樂」に對する見解のごとき身についたことばでないわけはないが、さらに邦譯聖書を讃嘆して「全く國文の修養を怠れる十數年前に於て、よくもかゝる雅馴の文をなし、かと驚歎せしむ」といたあたりは、誰人も思ひ凝らすことなくして斷じ得ぬ批評である。氣持よい詩人の批評言と感じられる。この文章の中に「曾て會を結びて英吉利の文學を研究するものありき。彌兒敦《ミルトン》の失樂園を以て講修の書と定めたり。既にして詩神降臨の條を卒へ魔王が崇高の雄姿を窺ひ終りて異教諸神の名を列擧したる著名の辭句に至り、衆皆やうやく倦怠を來して第二巻に飛び移りたるを記憶す。悲しい哉、彌兒敦が曠世の學殖と詩才とを傾け盡して雄大莊重の無韻詩律を編み、聖書故事あるは希羅の神話を驅使して、無限の妙趣を寓したる名句も終に吾邦の英文學者が猶豫なく投棄する所となりぬ。今の洋學者が第二流以下の作家を云々して古來の典雅なる詩歌に眼なきは、もとより趣味の高尚ならざるに起因すべしと雖ども、一には神話の知識に乏しくして……」即ち源に遡るべき所以をといたのである。殆んど同じ方法によつて自由の國文學を失つた現代の日本の狀態である。歌學の傳授の始つた武家時代の始めから日本もさうなつた。現代でも日本のインテリゲンチヤを誘惑するのは、敕撰集のさきに歌論集である。原典にふれずして便宜な概論から學ばうとするのは、敏博士などのなくなつたころの大學の講義の制度である。大學は原典を教へるさきに註釋書を教へるのである。德川の官學は儒學の原典講究でなく、大學の官吏は朱子註のよみ方を教へてゐたのである。さてこの文章の中で敏は「明治文壇に森博士の如き名家のありて、滔々たる弄學者流の群中に屹然たるは、眞に學藝の神聖なるを知るものの意を強うするに足る、餘の西歐文化を説くもの概ね兒戲のみ」ときつい調子でといてゐる。つゞけて「文藝美術の諸般に亙りて今人の囂々する所、吾等の所思と相乖けるもの甚だ多し。例へばかの創作の略に於て徒らに思想の深刻を説いて文辭外形の彫琢を卑む風を始めとし、西歐の文化を鼓吹すると揚言して外國語の修養を輕じ、詩歌の秀妙を喋々しながら聲調韻律の精しきに及ばず、甚しきは美術の作品にいつも詩人藝匠の世界觀人生觀を求めずんば已まず、揣摩臆説を逞うして、淺薄なる談理をなすあり。これらのひと、もと文藝に於ける初歩の訓練を享けず、まして細緻の素養もなく、美術の正當なる快樂を受くること能はざるを以て、已むを得ず、枯淡なる談理を試むるのみ」このあたりには有名な海潮音序文と同一思想をひく藝術至上主義がある。しかしてこゝにあつてやゝ人の氣をこじらせるものはかなりに濃い博士の人柄の色である。説いたことは當然のこと、正しくあるべきことであるが、如何にも博士の都會人的粧ひもどこかのうらがはからあらはれてゐると思へるのは僕ら怠惰書生のひがめであらう。

博士の藝論が「つひに幽趣微韻」といふ、わが朝でいへば新古今的なゆき方をした象徴の藝術至上主義であつたことは當然である。「朦朧として思議すべからず、而も縹緲として幽婉の妙を感ぜしむる陰影」と云つてゐる。形式を以て陰影にむかはんとする道は古の日の日本にもあつた。その象徴主義は近代の博士によつて近代から描かれたのである。この象徴主義に、他界の觀念が理解されたことは少なかつたのである。けふさへ象徴主義は博士の到達したところでとかれてゐるのではないのである。明治の博士はそれを以て、恥しい日本の事情を「枯淡なる談理」といふよいことばでかたつてゐる。しかしながらその博士さへ、多くの學生のために枯淡なる「象徴詩釋義」の類を強ひても描かねばならなかつたのであつた。

このやうに博士は一切の保守派ではない。むしろ保守派の博士ゆゑに、新風や新事業に對しては第一等の同情者であつた。「海潮音」の詩人であつたわけである。それらの事情は「自由詩」と題する對話にいたたいたしいさまにまであらはされてゐる。

有名なる海潮音の序文の中にもそのことを誌してゐるが、特に興味あるものはトルストイの藝術論の亞流者に對する反撃であつた。フランス象徴詩前後をのべたつゞきに一つの批判の聲としてのトルストイにつき「而してヤスナヤ・ポリヤナの老伯が近代文明呪咀の聲として、其の一端をかの『藝術論』に露はしたるに至りては、全く贊同の意を呈する能はざるなり。トルストイ伯の人格は譯者の欽仰措かざる者なりと雖其人生觀に就いては、根本に於て既に譯者と見を異にす。抑も伯が藝術論はかの世界觀の一片に過ぎず。近代新聲の評隲に就て、非常なる見解の相違ある素より怪む可きにあらず。日本の評家等が僅に『藝術論』の一部を抽讀して、象徴派の駁斥に一大聲援を得たる如き心地あるは、毫も清新體の詩人に打擊を與ふる能はざるのみか、却て老伯の議論を誤解したる者なりと謂ふ可し。人生觀の根本問題に於て、伯と說を異にしながら、其論理上必須の結果たる藝術觀のみに就て贊意を表さむと試むるも難い哉」とある。

トルストイの代表する一種の近代文明否定論の移入は、日本の近世の枯淡な自然主義者や隠遁者の亞流と全然道を異にしてゐたのである。これは明治の日本が始めて西歐の權威の名できいた怖ろしい思想の一つであつた。しかも西歐を淡く知り、ロシヤ國をかすかに知つたにすぎない人々をひきつけた。それは曠野のシベリヤを思つた人の思想であつた、かつて文化なく、民族なく、國家ない土地の思想であつた。海潮音の序文は三十八年の初秋にかかれてゐる。それは、藝術至上主義者でなく、民族の文化の傳統をもち、世界文化の進路と傳統を知つた人の始めてなした時勢への反撥の一つであつた。シベリヤの民のためにかゝれた藝術の論が日本へ移入され、恐らく日本の帝國で一等さかえたのである。シベリヤの民への愛情と、ギリシヤの天才への尊敬は、日本の傳統の美觀からは測るべき必要あるものでなかつた。しかし立派な立説の根蔕には同情をひくものがその時代の我國にあつた。そしてこの陣痛期のロシヤの思想のさまざまのものに共通した何かは過去に經驗しなかつた最も大きい思はない移入物であつた。敏博士の序文は輝かしい戰爭の日に描かれた。海潮音は、恐らく後人を感動せしめるにたる文化の記念碑の一つである。明治十年代の聖書邦譯を發見して、感動した博士の仕事である。

さてトルストイは久しく現代にまで色々に利用更生せられたのである。それは博士がつとに描いたやうな手續きの誤用の下にであつた。トルストイからキリスト教をすて去るやうなこともされた。トルストイの若干の文句を伏字にしてその人を共產主義者の徒ともされた、トルストイの一切の思想を背景として成立した彼の「權威」から、たゞその權威だけを自說のために利用せんとすることは、世に變革の決意もち、新風の方法を毅然として思ふ者はなさない筈である。敏博士の序文はまことに海潮音を飾るに足る程に颯爽と美事である。

上田敏は近世日本に言葉の練金術を試みた詩人の一人である。明治大正詩史から十人を選べば公平にその一人であらう。しかも時代の文化歸趨の道を常に指導した一人である。そしてその西洋風な都會人の粧ひを完成した唯一の一人である。その粧ひさへ當時の詩歌を導くものがあつた。

樗牛は朦朧體を論難し、敏はその擁護派の指導者であつた。久しく僕は明治文壇の最高の指導者の一人を鐵幹と思ふ。そして誰よりも鐵幹である。しかしながら近代泰西風のブルヂヨア文化――最も光輝あつたときの市民社會の人文精神文化を、その形で謳歌した詩人は晶子である。鐵幹は鷗外、敏の二人に支へられてゐるのは事實である。しかしおそらく敏を藝術的に支へた人はむしろ明星の鐵幹であらう。樗牛の若い時代の審美精神には、近代市民社會《ヨーロッパ》風な純美唯美の市民社會的洗練にたどりつかぬものがあつた、わが明治藝文史上に、唯一純粋に市民文化的趣味の美しさを記録したのは、上田敏博士である。文化史的にその少年の感傷を思はせる歌が、すでに早く最高の幽邃界に結びついてゐたことは、まことに上田敏の孤立を思はせるに足るものがある。そして敏こそ完全に露西亞文藝の氣質から距てもつた唯一の人である。最もヨーロッパ的な唯美主義者である。けふの日にまで、ヨーロッパとロシヤの違ひが、博士によつて確證された。しかもその博士の晩年には、所謂人生の爲めの藝術への若干の關心注目されるのである。そこに僕らの近代文化の實相がのぞかれると僕に思へる。しかしこの博士が愕牛のやうな英風と青春を示すまへに、ディレツタントであると見えるのは何のゆゑであらうか。

上田敏の批評大系は、たとへ日本をのべ東洋傳説をのべても、かつての天心の泰東藝文の歷史體系の發生と事情を異にしてゐた。博士の元來には佐藤氏の論じたポール・フォールと小唄研究との關係に類するものがあらう。しかし市民社會の人文主義文化の最高美を描いた點で、僕は博士を唯一の人と尊敬する。この唯一の人は世間から遇されるときつひにディレツタント風であらねばならなかつた。さういふところに省みて思ふ博士の現代の意味がある。この博士の現代の意味を理解せぬ飜譯家が、博士の作つた當時の博士の心の「形」であるところの飜譯調の低價再現をのどかになしてゐることは痛ましい現代の圖である。

人類歷史が誇るべきブルヂヨア文化の最高美を表現した人が、ディレツタント風に迎へられるといふわが事情が悲慘である。つねに最高のものは永久である。かつて僕は年少の日に、白秋の「思ひ出」の出版を涙流して嬉んだといふ敏博士のエピソードを何かで知つたが、さういふ事實の中に博士の次代のためにも表現したいものがあつた。その時の博士はディレツタントでなく、人類の文化を負ひ、人類の意志と文化の意志の體現者たる詩人を示すものと思はれる。博士は市民文化として發展したヨーロツパ文化の最高趣味を潔癖の範疇とした唯一の一人である。それゆゑにあるひは鷗外、漱石の大きさないであらう。だがそれにしてさへも博士をディレツタントとした愕牛、鐵幹の變革調がないであらう。

ものは世間であり、當時の國民文化事情のゆゑである。デイレツタントは孤立の「文藝正調」に對するわれらの日の呼び名に類するのである。

與謝野鐵幹

與謝野鐵幹が日本の藝文史上に占める位置については、こゝ數年間のうちにいよ〳〵炳かになることと僕はまへ〳〵から考へてゐた。それは單純に明治に於ける短歌の唯一の變革者といふのみでなく、鐵幹が主宰した新詩社が日本の藝文の傳統を確保しつゝ行つた變革事業は、あらゆる藝文の領域に延びて、われらの國文學史上に比類ない光輝と光榮にあふれた文運を拓いたからである。その新詩社は總じての意味に於て鐵幹が存在しなければ生れないのである。人及び藝術について云へば、鐵幹は明治萬葉調の始祖である――このことは白秋が勢つよく論證した。しかしそこではむしろ維新の志士のもつた一般詩情の現れを考へる方がふさはしいのである。幕末の萬葉調はアララギの今いふ萬葉集調と形似て志の異るものである。

天ざかるひなの男の子も事しあらば御代守らなく召上げたまはね

山かげの醜けき庵に大空の遠きを見放け肩立てて居り

こゝへは二つの見本をかいてみた。これは明治大正歌史の後年の遙きを慮つて、少年十九歳前の鐵幹の歌二つをあげたのである。さうして鐵幹は後に誌してゐる「自分の耽溺しつゝあつた萬葉の口模似は、十九歳にして落合直文先生の歌論と歌をよむまでは改らなかつた」。白秋は明治萬葉調を以て子規一門の私すべからざる所以を歌史の立場から述べたものだつたと記憶してゐる。しかし鐵幹にとつて重要なことは萬葉調の放棄への自覺であつた。鐵幹はそのことによつて、晶子を發見し、晶子の藝術を生ませ、さうして新詩社の同人を組織して日本の藝文史上有數の爛漫の日を作りあげたのである。大所高觀に立つて日本の國文學史を通覽するとき、日本の和歌が萬葉集以來千年にして絢爛と開花するのを見るだらう、さうして明治御親政下の藝文が、古の一條院の御世よりやはり數へて千年にして爛熟したのである。この開花と爛熟の文化的呼び名に價ひする明治新文學の父は、誰でもなく鐵幹である。歌史及び藝文史上に於ける子規は、絶對に變革者としての鐵幹に匹敵し得ないのである。歌史的に云へば明治短歌の變革者は鐵幹に決定される。鐵幹の作りあげたものは、絶對的な新しさだつた。鐵幹が己の門下に集めた藝文的秀才は、その數に於てもまた質に於ても、道長が藤氏一門の權勢と一國經濟を動員して、時の後宮に集めた天才たちに對し、外觀に於てさへ見劣りしないものであつた。

かゝる雄大なスケールと艷麗を兼ねた浪曼的集團を持つことを僕は近世の光榮としてゐるのである。十九世紀のドイツの浪曼的シユーレを尊敬する日本の文學が、何故この鐵幹の新詩社を光榮としないか。ドイツ浪曼派がドイツ民族の浪曼的な輸出文學であるとき、日本の宣傳局は何故鐵幹グループの浪曼的規模を放送しないのか。僕はわが十世紀の藝文界に、和泉式部の如き詩人をもつことを光榮としてゐる。その如く僕は今日與謝野晶子をもつことを異民族に對して光榮とするのである。

今日の日本は浪曼的な時代である。我々の國史上に於て、日本が世界的發言をなし得たこと今日に勝る日がないのである。それは世界文化に對する意味に於てである。明治大正の最盛期の世界人さへ思はなかつた光榮に、今日の民族の青年は直面してゐるからである。明治の「世界の日本」は、辛うじて東西の文化の共存權を主張した日本である、世界諸國中に存在する日本といふ主張であつた。我々の民族の父祖は、かつて建國の昔に、大和鳥見山の靈時に天地と祖先の神々に祈つて、わが東方の文化を世界に展くすることを祈願したのである、それは忘れることなく民族の火となつて、語りつたへ、云ひつがれてきた。我々の父祖は消極的にその日本を守つた、我々の外戰はたゞ一度の秀吉の浪曼的遠征を除いては、すべて消極の消極の果に立つて國を護ることであつた。さうして我々は大陸の敵を幾回にもわたり擊退した、世界を征服して人類史以來前後未曾有の大帝國を建設した元のクブライカンを根柢的に擊退したのも、露西亞帝國のアジア征服の野望を打倒したのも、われらの父祖である。我々の父祖が理想とし祈念とした神道の文化を四方に施すことが、萬一父祖の誤謬であらうとも、我々は今日父祖から幾千年語りつぎ云ひ傳へてきた道に進むことに、浪曼的な確信と悔ひなき感情を味ふのである。けふの國民は總じてそれを味つてゐるのである。今日の浪曼的日本の實相は、白人中心の世界文化を囘轉し、變革するみちにある。この雄大な賭は藝術至上主義的發想が肯定する。少くとも我々は有史以來の日本人の味はなかつた民族の光榮の中にゐると思はれる。

この浪曼的日本の感受と認識は、國策として現れたのでなく、藝術界にまづ豫言としてあらはれたのである。壯大な賭に何の理論がいるか。浪曼的日本の理論化は不用である。それは一つの心理學として、しかも組織されない心理學として發想の様式を與へ、着想のヒントと教唆を與へるだけのものでよいのである。つねに藝術は舊い組織された理論に從ふものでなく、又假定した理論の體系を與へるものでもない、それは一つの浪曼的な存在の實體として、又現實として、浪曼的に教唆し煽動し、攪亂と變革のヒントとなるだけでよいのである。我々の數年來の藝術運動としての日本浪曼派が、日本の藝文の血統を選擇し祭祀するときに、明治詩人中より鐵幹を高峰に選んだのは、詩人鐵幹に現れた浪曼的日本に於てであつた。かくて鐵幹を再認識することは近年の風潮となつた。さうして明治歌壇の變革者が鐵幹であつたといふことは當然ながら眞理と藝術を愛する人々によつては早くより認められてゐることであつた。

藝術に於ける血統の考へは、新しい考へでないが、いつも新しくされうる考へである。周知の如く日本浪曼派の詩人小說家評論家たちは、鐵幹を日本の輝しい血統として、明治に於ける最大の規模をもつた代表詩人と考へたのである。藝術作品と共にその詩人を考へたのである。僕らは子規を尊敬する、さうして鐵幹を尊敬するのである。しかも公平な史觀による短歌の變革者は鐵幹であつた。鐵幹再認識の底には、浪曼的日本の動きがあつたであらう、しかしそれを最も端的に表現し、浪曼的日本を激烈に感じたのは、千九百三十年代の日本の青年である。それが歌壇の青年よりむしろ文壇の青年に先んじられたと見えるのは、――このことは鐵幹の人と藝術の振幅の大きさを示し、同時に今日の歌壇の實相の低俗性を示すものである。

鐵幹の教唆し誘導した日本の歌の新風は、この近代の調べは、この時代に於て全く悉く地を拂つたのである。その時若干の詩人によつて、又若干の歌人によつて、鐵幹の再認識が發生したことは極めて有意義である。十九歳の鐵幹が直文の下で萬葉集の口まねから退れようとした痛ましい努力が、新しい花を國風に開かせた原因であつたやうに、鐵幹の再認識は、さういふ形をとることによる別の浪曼的な行爲の先驅である。

このやうにして明星再認の風潮は、墮落した新短歌に對し、卽ち最近短歌の傾向に對し、攪亂と破壞を與へるといふことに於いて革新的な意義がある。これはまさに浪曼的轉回の運動である。それは十九世紀浪曼派の傾向要目の再現でない、この浪曼的は、狀態に對する變革を詩情する傾向であり、從つてこの運動は、狀態の維持者に對し合理的に見えるやうな理論的個條の一つさへ示す必要がないのである。我々の國と民族のけふの積極への萌芽を鮮明に示現し、その以上への關心の心理だけを造型すればよいのである。新しい藝術上の傾向に、新しい美學を求めるのはよい。しかし新しいものが、質問者のもつ理論體系を組み立てる術語の組み合せで答へてくれないことから、對手に理論がないといふのは笑止である。新しいものはまづ發想を示すのである。新しい現實は新しい論理しかもたない、理論が現實を生むのでなく、現實が理論を組織するのである。さうして理論に組織された現實はもう魅力がないのである。割りきれる小說には興味がないのである。

鐵幹の行つた國風變革の事業は、しかし詩人鐵幹の一面にすぎなかつた。新詩社とその周圍の詩人たちの行つたわが藝文の改革事業の方がもつと雄大な規模をもつてゐるのである。しかもそれらはすべて鐵幹の誘導敎唆の結果である。當時の日本の藝文界の斬新な詩的精神の一切は鐵幹の集團に集つた、鐵幹は壯士風な歌や漢詩のやうな新體詩や「敗荷」のやうな戀愛詩をかきつゝ、國史の前後に比類しない日本の藝文至上主義的な、山頂的な、最高文化風な、さうして神話的な浪曼的雰圍氣の絢爛さの主宰をして了つたのである、これは畫壇に於ける天心に似てゐるが、天心の院展以上に新詩社は、明治精神の唯一に近代的な絢爛の榮華圖會をくりひろげたのである。この實相は却つて鐵幹が歌壇に君臨した數年間にはわからなかつたことと思へる、あの國士風な詩をつくり、壯士風の咏嘆をかいた人自身にも、その國史上未曾有の絢爛さは自覺されなかつただらう。むしろこのことは歲月と共にいよ〳〵鮮らかになる、あの歷史的光榮に屬してゐる。今日よりは明日に多くの認識者をもつだらう、さうして五十年ののちには、けふの若者は恐らく鐵幹や晶子と共にゐた日を、時代の靑年によつて羨望されるだらう。鐵幹と人の藝術は、その作りあげた神話的雰圍氣がよく示してゐる。彼の生い立ちや數々の作品や若干の言行の如きより、明治後期藝文上の日本の浪曼的風景の主宰としてである。この詩神の最大の恩寵を忝うした如き鐵幹の地位は、すでにどんな天才も期待し得ないことの一つである。その地位と雰圍氣は我々の子孫に語りつがれてゆくに足る光彩である。

鐵幹の失意時代といはれる年代、大正昭和にかけての時代さへ、藝術の實質的見地からいへば決して不幸ではない。明星と新詩社の作つた雰圍氣は歌壇と別に一切の藝文と藝術の世界に開花したからである。たゞ歌壇だけが鐵幹とはぐれてゐた。さうして新詩社の隆盛期に吐かれた傲慢の言葉が、この時代に同じことばで語られるとき、結社歌人には一つのひがみときこえたといはれてゐるだけの違ひである。

藝術上の天才と大詩人に於ては、ものをうけて産む詩人とものを孕ませる天才とがあるといはれてゐる。鐵幹、天心、これらの人々はさういふニイチエ的天才の人々である。鐵幹の指導者風な雰圍氣は、新しい日本の新しい藝文と文化の世界の天才の開花のすべてに影響したのである。その影響世界が晶子を中心として作られたことは、やはり詩神の恩寵といふより他ないと思はれる。總じての藝文上の新聲は女性の口を通じて始めて廣い世間に流布されるものである。鐵幹が晶子の天才を得たことは美神の恩寵であらう、さうして鐵幹がなければ晶子も亦存在しないのである。一條院の御世の文化の新聲をまづ叫び上げた王朝の一人の詩人のみが匹敵するにすぎない、この未曾有の天才のまへには、昭和大正明治三代の女性の一人として近よりうるもののない如く僕には見えるのである。鐵幹の影響し、新詩社の影響した文化と藝術の領域は、にはかにはのべつくし難い。正しい日本の開國新文藝は、維新の勤皇志士を父とした、この國士の風貌を多分にもつた詩人の主宰した新詩社を語ることで十分である。鐵幹の影響した藝文的新風景と、鐵幹の根柢の詩情としてあつた日本主義との二つを語ることによつて、又我々は新日本の實相と、明治藝文の歴史的新風と、なほひいて現在の浪曼的日本の現實さへ語りうるのである。明治の天才のもつた奇削の諸性格は一切がこの人に集つてゐた、悉皆の藝文的氣質も亦この人に集つてゐたのである。この歴史家を驚異せしむるに足る天才は、しかも世の少年と青年の愛讀者をもちうるのである。このことはすべての世界の天才に共通する要素の一つである。

鐵幹が大正昭和時代に於て多くの門下の天才をもちつゝ、歌壇的勢力を失つたといふこと——僕はかゝる數的勢力云々を精神の歴史の上で何ら重要視しないけれど、このことが鐵幹の和歌變革事業とその後の歌壇の事情に多分に關係するから、まづそれから語り始めるのである。この勢力失墜は次の事實によつて當然である——乃ち、鐵幹の和歌改革は、自覺した藝術と共に客觀的な藝術を作ることであつた、つまり詩人と歌人を作ることであつた。これは大正昭和の歌の結社の傾向と本質的に異るのである。この點で鐵幹は國粹主義の城郭に建てこもる代りに、藝術としての歌と歌よみとしての藝術家を作らうとしたのである。こゝで人々はこの藝術家といふ言葉が十九世紀日本に於て初めて考へられた言葉であり、初めて考へられた内容をもつ言葉なることを知るべきである。なほこの決意に於て子規と鐵幹の日本觀には何のへだてもなかつた。これらのことや子規鐵幹の藝術についての細説は、大たい今迄にいくどもにわけてかいてきたから改めてくり返さないのである。

さてかういふ云ひ方をすれば、赤彦以後の歌壇がどういふゆき方をし、現在すべての結社がどういふゆき方をしてゐるか、それらのことについての僕の見解もわかることと思ふ。これらの結社と凡そ性格の異る新詩社がどういふ待遇をうけねばならなかつたか、又鐵幹が結社歌壇からうける待遇にも容易に思ひいたる筈である。最も卑近な方面から語れば、今日の歌壇結社といふものは歌人を作り藝術を涵養するものでない、これはむかし鐵幹や子規が藝術觀で對立した舊派のそのまゝの今の形態である。月竝の教師が已らの舊派の短歌のよさを月謝を拂つた弟子たちに教育してゐる圖と同じである。舊派の「風流」による生活の享樂豐富化の理論の代りに、その一重の手順さへなくした「生活の歌」の理窟によつて、彼らはたゞ家庭生活を樂しむ方法を教へてゐるのである。家庭人の一等簡單な安價なさうしてや、文化的な遊びを、當世思潮なる現實主義的紛裝の下に說いてゐるのが現在短歌結社のイデオロギーである。赤彥が組織した以後の一般結社は、舊派の結社に範をとり、さらに近代藝術語彙で以て舊派の組織を僞瞞し己を合理化して、より廣範な大衆を僞瞞してゐる。かうした結社からは恐らく一人の青年も歌人も詩人も生れ出ないだらう。さうしてやがて若い詩人は一人として歌人とならうとせぬであらう。己の志をのべ心情を展いた古來の國風は、藝術家としての歌人があつたとき初めて大衆の國風であつた。國風を大衆のものにするとの理論によつて結社を合理化することは、舊派の古と同じ道である。かうして今日の歌は、世界を失つて、家庭生活用の歌となり、家庭を彌縫する理窟と修身論に迄墮落した。家庭に於て新聞話題を語る調子で作られた三十一文字であり、日常茶飯事の短歌である。古來の傳統なる心情を直に又は物に寄り陳べ展く國風はなくなり、日常生活の偉大なる異常である病患が唯一のその中心のテーマとなるのである。この方が新聞を中心に語る事變よりも、大きい家庭生活の異常だからであらうか、そのやうにけふの生活の歌は實證してゐるのである。かういふ結社の主潮は、歐風藝文の洗煉を日本に行つた新詩社と眞に動向を異にする。鐵幹の日本主義的氣質はこの歌壇結社の現實主義を名とした封建組織の反對のものである。結社幹部はこの精神を喪失した封建舊派の組織を獲得擁護するために、新詩社の藝術主義を非現實的な遊戯的なさうして生活遊離的なと排斥した。恐らく歌を生活し藝術を生活して、以て人類の意志と、日本のために新しき美心をうちてたのは鐵幹の新詩社にあつたに過ぎない。少くとも鐵幹はわが國風の精華だつた神ながらの歌を、家庭生活の下僕としなかつたのである。國風への尊敬と祭祀を司つた詩人は、新しい御世に於て鐵幹であつた。

改造社版與謝野寛集附記に於て、鐵幹は次のやうに誌してゐる「幾度も固辭したけれど許されない。……わたくしは全く歌壇の門外人である。前にも後にも、歌壇の諸家に追隨する者でないことを、最も謙虚に茲に申添へる」。鐵幹は「歌人」と云はれることを極力嫌つたさうである。これは昔もさうであつたが、後年では殊に甚しかつた。それが後年では失意のゆゑと思はれたらしい。しかし心ある歌人が結社歌人と同列するのを潔しとせぬことも自然であらう。それを鐵幹の對世間的もつれと思ふまへに、論理的な態度と私は考へるのである。この附記にも僕は失意の日の皮肉をよむより、古の傲慢と、それにつけ加はつたやはり舊來の弱氣のあらはれをよんだのである。そしてかういふ浪曼的性格を僕は尊ぶのである。鐵幹の晩年孤高の狀態は、結社歌人たることを許さぬ彼の本然の藝術家氣質と見解の導く當然の運命である。結社はすでに藝術でも藝術の運動でもないからである。

「すべてが抒情詩の積りであるから、わたくしには敍景の歌と云ふやうな語は意味を成さないものと思つてゐる」こんな文句が附記中にある、又「わたくしはまた、自分の感情の持つ身振と旋律とを出すことに努めてゐる」と云つてゐる。かういふ潑剌とした宣言は、失意の日になし得ないのである。ひねくれた根性は、身振といつたことばを云ひ得ない、さうして家庭修身的質實剛健をむねとする結社歌壇の人々は決してかういふ近代藝術の、わけて抒情詩のいのちとした考へ方を、考へたときにも決して口にし得ないのである。その結社の經營上の發想は凡庸の門人を集めることであつても、一人の詩人と天才を誘導することであつてはならぬからである。

僕は鐵幹の藝術と人を語るために、禮讚の辭のみをのべたのである。さうして鐵幹はさういふ言葉だけで語られる資格をもつた歴史的にも稀有の文人である。（一三・一二）

高山樗牛論

明治の文學上に於ける、高山樗牛の位置については、その名聲も高く、影響の大だつたことは、萬人の認めるところであるが、近時の風潮として樗牛を云ふ者、必ずこれを輕んじて口をすぼめる風があつた。けだしその原因は、樗牛が戲作者風の文人に非ず、又自然主義系の文藝の反對者であつたから近來の時流に合はなかつたのである。

卽ち、彼の感傷と嗚咽の誇張的な身ぶりの根柢にある悲哀について、明治末期以後の思想や精神はこれを判別し得ず、從つて彼らは、自然主義的思考と戲作者的風儀の合作の中に、その己らの時代の文藝を形成してきたのである。

私がここに云はうと思ふことは、この明治初期の精神に、一つの變異な例をとつて、この奇削な天才が、つねに心の根柢にした悲哀を明らかにしたいことである。悲哀といふなら、多少の誤弊があらうかもしれぬ、ともかく彼のうけた世評に云ふ感傷と誇張の、彼及び彼の時代に於ける根柢を明らかにしたいと思ふ。さうしてそれを明白にして、近時の時流の見解より彼をひき離すとき、詩人の本質をそのうける待遇から常に考へ勝な評家としての私は、ここに悲哀といふ主觀的なことばで、この主題を云ひあらはしたいと思ふのである。

樗牛が明治文學界に活躍した期間は、明治二十七年「瀧口入道」が「讀賣新聞社」の懸賞に一等に當選した二十四歳の時より、明治三十五年十二月十四日三十二歳で逝くまでを、數へて僅かに九年に滿たない。しかも「人生終に奈何」を描いたのは、明治二十一年十八歳の時であるから、それを加へても十數年にすぎぬ。この十八歳の時は、第二高等中學校に入學した年である。

僅か十年餘の文學者的生涯である。しかし彼が日淸戰爭の時代より、日露戰爭の直前の時代までを生きて、その文學者としての使命を味つたといふことは、まづ第一に考へねばならぬことであつた。かりに國家の公的面にあらはれた明治三十年といふ日の精神と、明治四十年の精神を、今日の考へ方のもとに比較するなら、その日を知つてゐた人にも思ひ及ばぬほどの差異があるのである。明治の精神とは、表面上では三十七年の戰爭を頂上とする精神であつた。樗牛の精神はまさしく少年にして日淸の戰ひを經驗し、二つの戰爭をつなぐ十年間を、文學者として活躍し、一代の指導者となつたのである。若冠三十二歳で歿した青年の業蹟としては、以て甘んじて可なるものがある。後世はさらにあきらかに、その文學を通して、彼及び彼の時代の躍動する精神を了知するであらう。

その精神は一言にして云へば、一つの雄大な世界的構想を描き得たことである。その構想を背景として、樗牛の浪曼的な感傷があらはれ、そこに誇張された慟哭が描かれねばならなかつたのである。しかもこの時代と民族の雄大な構想は、樗牛の文學の中に具體的に見出しうるのである。その具體とは何かといふなら、彼の描かうとした人物を一貫するところに現れる、彼の感じた日本の歴史についての思想である。今日の言葉で云へば、樗牛が心に描いた系譜である。まづ今日の讀者は、樗牛をよむ上でこの民族的な生命の感覺から入るべきである。さうする時に於て、樗牛がかつて一代の人心を刺戟し、青年を信從せしめた原因が、我が民族の如何なる思想に立脚したものかを了知するのである。彼の一代の名聲は、單に幼稚なる感傷の誇張と感情の粗放が、一代の趣味に投じたわけでなかつた。樗牛の思想的構想を具體的に考へ得なかつた時代の者らに於ては、彼の感傷的な美文と、慷慨の議論を、概して幼稚粗放として排斥したのである。明らかに粗放と幼稚は、樗牛の一特色であり、しかもそれは尨大で樂天的な創造精神の屬性を示すに足る光榮の特色の一つである。ただ我々がこれをどのやうに理解するかが、創造的批評の根柢と心持を示す所以となるであらう。しかしこの事情を明らかにするには、彼の思想の全構造を具體的に捉へる必要があり、むしろその捉へ方の方法に關して、四十年以降の文藝思想の教養は、その手段を失つてゐたのである。

それゆゑに又、樗牛の眞の意味は、その長短ともに理解されず、彼を輕蔑する聲は、殆んど彼の眞意や本質と別の場所で描かれてきた。「吾人は須らく現代を超越せざるべからず」といふ有名な語は、彼の文集にひき合せられ、この時務を知つた評家の業蹟に基いて、輕く扱はれてゐたのである。果して樗牛は、時代を超越した文人であつたか、けだし時代を超越するとは、永遠に新しく若く、いつも先覺者であるとの意味であるが、今日の見解でいふなら、樗牛はなほ今も生命を保持した明治文人中の僅小の一人であつて、その思想史的意味の大きさに於ては、はるかに時代を抜んじてゐる。ただこの年少の詩人は、忙しい生涯を追ひやられるやうに生き、從つてその文業に精密の美は少いが、それも亦彼の環境や教養や時代に原因があつた。

明治の精神は、明治五年ないし十年の間に一度退行し、四十年に入つて急落したのである。樗牛は明治四年正月羽前莊內の鶴岡に生れた。莊內の地は近代では天保の義擧で知られ、古くより東北に於ける文明の地であつた。天保の義擧とは、藩侯酒井の轉封に當つて、百姓大衆が一揆して、その轉地を防いだ事件で、百姓一揆中に於ては、實に特色あるものであるが、よく人情の美と土地の恆產の豊かさを示す事件であつた。樗牛はこの鶴岡に生れ、明治十年のころは、義父の轉任に從つて東北の諸縣を轉任してゐたものである。けだし樗牛の秀才を以てしても、その生れたころが、我が思想史上の如何なる時に當つたかは、つひに世界史的觀點からこれを了知し得なかつたのである。我々が今これを理論的に云々するのは、四十年の退行の畫紀を知るからである。しかし樗牛はその時代に生き、今云ふことを行つたのであつた。明治十七年十四歳の樗牛は福島中學に入り、ついで十九年に上京す。すでに當時に於ては、維新先覺の先憂したところに謬りなく、わが國民は大陸の問題について、果敢の斷を行はねばならぬさまにあつた。しかもその斷を云ふ者は、尙時代の先覺に限られてゐたのである。

樗牛が臺灣の領土編入について、日本主義の立場より、異土異民族に對する文化政策の根本を論じた文章は、樗牛全集中にも出てゐる。ここで樗牛はまづ當時の我が思想界の時務論を紹介してゐるが、それらは新領土に對應し、舊來の日本精神を以て新しい領土民衆に臨むことの危險をのべた情勢論である。さうして樗牛はこの一見穩當と見える時務情勢論を排し、新領土人民に臨むわが思想は、永遠不動な日本精神を以てすべきである所以を述べてゐる明斷は、決して昨日のことでなく、今日も亦現實の問題である。

さらにこの文章の中で、戰後の日本主義が、必ず國家主義といふべきものと、眞の日本の國體に立脚する日本主義に分裂することを警告してゐることは、今も深く反省し又顧慮してよいことである。所謂國家主義が所謂日本主義と提携し、反國家的思想と對抗した時代は、舊幕末の動亂期にこれを指摘しうるところであらう。昭和十年前後の社會思想上にも、十分に考へうるところである。我々が國家といふ概念で考へてゐるか、國體のみちに生きるために考へてゐるかは、特に文學者や思想家の今日考へるべきところである。これを反省するといふことは、政治家にも軍人にも必要なことだが、この反省の論理は、殊に細心精緻な思想的技術が必要であるから、これを口舌に現すには、特に深い思想的訓練が必要となるのである。さうして、思想上の敵の武器や謀略に十分に對抗して、これを撃滅するだけの技術が必要であるから、氣持の正しい人の沈默は別として、拙い口舌では決して、正しい氣持を傳へ得ないのである。

樗牛が新領土に對する文化思想上の對策の問題で、依然として日本主義をとるべきことを強調したことは勿論正しい卓見であるが、彼がそれを云ふことによつて、いくらか日本主義と國家主義の分離といふ問題について警告してゐるところは、さすがに一時代の批評家としての俊敏さを思はせる。けだし樗牛といふ人は、文人としては、勤皇の情緒ともいふべき民族の感覺に立脚した詩人としてよりも、むしろ文明開化的日本主義者の風貌が多かつたからである。由來近來の史家やまた文人さへも、舊時代末期の思想人の動向を考へる時には、その政治的背景や政治的團隊行動の離合集散を通じて、その思想の傾向を識別する點では多少鋭感なものもあつたが、さういふものを離れて、思想自體のもつ政治的性格を、彼らの實踐的決論の以前に批判する點では凡そ無能に近かつた。それをするには高次な歴史觀がなければならなかつたからである。この點に於て、文明開化期の思想家が、あつけなく海外よりの思想謀略に乘ぜられた理由も知られるし、尙今も私はこの點で、現下の思想界に對してかなりに憂慮してゐるのである。私の憂慮するのは、一般の善意と時局卽應の態勢を十分に信じるからである。さうしてこの事情を思ふとき、我々は單に現下の誰彼の言論を批判してゐるのみでは仕方ないし、思想を政治權力工作を通じて世に行はうとする近時の革新派の態度にも同じ難い。政治上の觀點から反對するといふのでなく、思想についての考へ方から同じ難い。このことは文章で云へば、大略差異のないやうにしか云ひ得ないが、ここに云つた政治と思想の問題の差異は、歴史のことを具體的に考へると必ず了解するものである。今のやうな時勢にさへ、かういふことを云ふのは、多少神經質にも思はれるが、まだ早い明治二十年代末に、すでに樗牛が思想の點から、將來を憂ひとしたことは偉とすべきものであつた。さういふ場合の樗牛の思想は、凡そ情勢論と無關係なところがあつた。情勢論的に謀略を考へ、工作を思つてゐる限りでは、決して創造的なものはあらはれぬ。時務論者らしい身振りをした樗牛は、性格的に浪曼的な詩人であつた。近來の文壇的な觀點や、自然主義的人生觀で文學を考へてゐるものには、かういふ形の浪曼詩人のもつ眞實は恐らく理解されぬであらう。しかし彼らがそれでゐて外國文學者の場合には、文學及び文學者的冷淡さについて何ら疑ひをもたないのは、外人に對してはもとより外人として待遇してゐるからであるか、あるひは批評上で早くハンデイキヤツプを設けて、しかもそれに心づかぬものであらうか。ともかく樗牛のもつた詩人といふものは、今から見ればかなり思ひきつたダンデイズムをもつてゐたことはたしかだが、古代の志をもつた文人のダンデイズムに比較するとき、極めて低いものであつた。しかもそれさへなほ今の人は異常な身振りと思つてゐる。しかしかうした詩人的な志が、彼を同時代の啓蒙家の一人となる運命から救つたものである。

樗牛の文學者としての全生涯は十年餘であつたが、その短い期間に於て、文明開化期の文人の思想的生涯を殆んど經驗したやうな人であつた。彼を今日問題にしたい一つの觀點はここにある。さらに第二の問題は、樗牛が近來我國の教養から見棄てられてゐた原因を明きらめたいことである。彼が我國の近代的教養から見棄てられてゐた原因は、彼の本質としての詩と思想に原因があつたからである。しかも我々はその本質を今日推察したいと思ふ。

ここで一例を云へば、今日の讀書界になほ勢力のある哲學的な美文の源流と云へば、すべて樗牛であつた。恐らく哲學的なことばと論理を學んで、それを國文的美文に描くとき、必ず自らその樗牛風な美文になるのであらう。帝國大學系の哲學を學んだ美文家の手本は、大體が樗牛である。これは彼の文章に對して、今の人の文章を比較すれば直ちにわかることである。ただ樗牛には感傷があり、又慟哭があり誇張があつて、その底に一抹のあはれがある。このことは樗牛の追蹤者たちにみないところであり、實にこの一點こそ、樗牛が大正時代の教養から輕蔑された原因である。さうしてこの一點を見ることは、明治の文學の精神を知る上で必要なことである。

文化と云ひ教養といふ考へ方は、今でもこの大正期の、思辨的美文によつて代表されてゐるのである。それらは文學者としての樗牛の描いた美文の系統であることは、例をあげて云はぬだけである。しかも大正期に於ては、さういふ樗牛の中から、ある精神と意志のあらはれが一掃されたものであつた。それによつて彼の身振の切迫した表情も除かれたのである。しかも一掃されたと云ふ感傷と誇張と慟哭こそ、新しい時代の文人としての樗牛の詩人的性格の本質の現れであり、加へて我國の思想が詩美を通じてあらはれる事實の本流をさすものであつた。卽ち明治文人に於ける文明開化調と、大正以後文學の文明開化調の異るところ、ここに明白にさとりうるところであらう。

大丈夫の主觀の堂々たるものを背景として、「婦女子の文章」を描きうるといふ、風雅の自在さは、なほ明治文學に殘されてゐたのである。一般に粗放と批評される明治文人の共通風貌には、かういふ意味で、創造と變革の楔點を多分に藏してゐた。これらは大正期に、文明開化を繼承した教養派の思辨的美文の中にはつひにみないところである。最も新しい西洋的思想の考へ方が、わが國文と結合することについては、樗牛の美文が決定的であつた。だから思想文藝上の新しい文明開化の記念碑は、樗牛の美文と云ひうるのである。しかし明治の文明開化には、ある志と使命觀が藏されてゐるものが多かつた。さういふ背後の精神が、樗牛の美文に、あの感傷と粗放の咏嘆を附與せねば措かなかつたのである。その志の使命觀は抽象的に云ふのではない。樗牛はそれを明らかに歴史觀として示してゐる。そのある部分はこれを描き、勿論彼の短い生涯では描ききれなかつた部分も少くないのである。

樗牛の思辨的美文を中心とする文學が、むしろ彼の亞流たる哲學美文家達によつて、粗放にして又非文化であると輕んじられた理由は、大正期の文明開化派の文化の考へ方と、明治の志の使命自覺が相容れぬからといふ明白な理由からである。樗牛の文明開化文藝の中に、彼の詩人としての眞意を見ることが、今日に於てなほ意味があるといふのは、多少時務の上から考へてここにあつた。我々は大正時代の文明開化的な考へ方を指導した文藝的成果を、一つ以前の時代のものと比較する時、時代といふものに深い感慨を味ふのである。樗牛の思辨的美文は、ある一つの志の咏嘆を描くといふことを本能的に行つたものであるが、大正時代の教養的な、ないし文化哲學派的な、思辨的美文は、同じ樣式を追蹤しつつ、樗牛のめざした如き志は何一つ持たなかつたから、その思辨的美文を、窮極の文化と考へて、その完成に努めた。これは明治と異るところであつて、樗牛の甘さを輕蔑する風潮の根柢はここにあつたが、今日でも一般は樗牛を殆んど讀まずに輕蔑するであらうか。しかし樗牛崇拜期ないし樗牛時代といふものを、我國の青年がもつてきたことは、彼以後の時代を通じて否定できないところである。

しかしここでいふ「樗牛時代」といふものは、眞實な意味での樗牛が示した生涯の業蹟とは云へないが、一應「樗牛時代」といふものが、世界史的な一時期であるか、あるひは個人史の一時期であるか、さらに低い意味でわが文明開化の一時期であるか、この三つの立場から考へるに當つては、我々は文明開化の論理とその生成を、明治大正を通じて考へ、それを土臺にして考へ方を進める必要があるといふことを、これはくりかへすやうであるが、あくまでくりかへして考へねば、この問題の課題としての現下と將來の意義を失ふに到るであらう。

まづ我々は「樗牛時代」といふものを、個人の生長の歴史の中で、一切の俗説から一掃してかかる必要がある。我々は今こそ、あらゆる青春の感傷さへ、これを世界史の構想によつて考へねばならぬ。又我々の考へ方はそれ以外にないといふ如き大なる時代に面してゐる。若さの一つの本能さへ、それが我々のものである時に、今では世界と人類の將來を優に決定するほどの作用をもつてゐるのである。この日常不斷に我々が眺め、自らも素直に行ひ振舞ひうる事實こそ、我々の時代が、まさしく神話の時代であるとの意味であつて、改めて云ふまでもなく、今日が神話の時代であるといふ事實は、神話的思想といふものを形成して、それを指導理論として與へる時代といふ意味ではなく、萬人がもつ神の狀態を、あきらかに示せば足るほどの時代に、今がなつてゐるといふことを意味してゐる。神の狀態とはすべてものの創造の瞬間がその一つである。

しかしこれは實に我々が理論的な納得と說明をまつまでもなく、日常の生活に於て直ちに知る事實である。我々が我々のもつ若さの力を、何らの理窟もなく自然のままに一點に凝固して現はすとき、それが直ちに世界史的轉換のスヰツチに結ばれる可能性は、我々の日常にさかんに見るところである。例へば戰場に於て現れる我々の本能的な叡智が、どんな影響を世界史上に描くか、これは神と後世の史家以外に窺知し得ぬところである。しかしさういふ日の思想としては、我々を今も律してゐる思想信條が、つねに皇國の傳統であり、民族の思想であることを自覺すれば十分である。

たとへば我々の國軍の成立する思想は、指導者の人間的價値に對する信頼ではない、統計學と才能に立脚する思想と教訓によるのでもない。我が國軍を律してゐる思想は、天皇の皇軍として、神教としての勅諭に從ふ志操である。これは凡そ今日の列强の思想的軍隊と異るところで、國軍の皇軍としての思想の深遠さを示すものである。

卽ち我々がこの現下の日本人の立つ位置を理解すれば、英米風の個人主義思想を、その源流としてのヒユマニズムさへ含めて一擧に放棄する理由も了知されると思ふ。しかしこの事實は一見すれば、我々の長い間の足場を一擧にとりはらつたといふ不安な樣子も見えるが、我々の回想と自覺に到つて何らの危惧もいらないのである。卽ち個人主義思想を何故に放棄せねばならぬか、このことを情勢論より理論するまへに、現在の青年は、各自のもつ位置の大きさ、又各個のなす作用の規模の雄大さを神的世界に於て考へ、日常的にも二十歳の青年はすでに個人として世界史的存在であることを知り、それを自覺する日に、皇國史觀と、皇國民の生命原理を自得するやうにすればよいのである。

さらにそれを了解した時、現在列强の國家主義と、我國の國體觀が、思想として如何に異るかを了知するに到るのである。現在國家主義の表象する指導者原理の思想は、ヒユマニズム體系の殘影である。これは我が國體の思想と、本質上異るものだが、個人主義思想の根柢としてのヒユマニズムの考へ方の殘影を、我々は現代國家主義に見る如く、わが武士道の獻身も、これを倫理的に理論づける時は、君侯の資格を考へ、その根據を人間的價値ないし善政德行に求め、易姓革命を認め、君君たらずんば臣臣たらずと云ひうるところがあつたが、しかも武士道に國風の精華をとどめた原因は、その思想にあつたのではなく、一途にわが國人の生き方と民族的情緒に立脚したものである。近世以後の國家學は、制度法律や政治の面から國家を論じる學問であるが、わが國家では日本國體學を明らかにするとき、文藝の古典によつてそれを論じ、美の情緒と生命觀の方からそれを明らかにし、當時の儒教的な國家學と眞向から衝突したものである。樗牛の考へた國家の思想も、理論に現はれた面では、西歐風の國家學に立脚し、若干の儒意を併せたものだが、その日本的國家主義の理論に於ては、ニイチエより日蓮に進んで停止したのは、彼が死去したからであらう。

我々は「樗牛時代」といふものを、各自に於て何らかの形で、或ひは時には他の思想家文人の名を冠した形に於て考へてもよいが、ともかくさういふことはいづれでもよいことだが、「樗牛時代」の中に、樗牛を明らかにすることは、今日必要と私には思はれる。樗牛が五巻の全集に示した業蹟は、わが近代の文化上の天業翼贊史上に於て、今では世界史的時代と稱してよいほどに、内外に具備されたものがある。これを粗放と評し、甘いと輕蔑する文化感覺が何であるかといふことはすでに云うたとほりである。

くりかへす如く我國は今日に於て、新舊を別にせず何かの意味での「人間的價値」を、事實上國家人民生存上の最高な原理としてゐる國ではない。二十歳前後の少年たちが、忽ちに世界現有勢力を一變した時、我が國のこの大偉業の構造は、西歐風の指導者原理に立脚してゐるものでないことは、明白である。ヒトラーを指導者たらしめるものは、彼の人間的價値であらう。それを善といひ德というてもよい。しかし日本の「指導者」と呼ばれるものも、嚴肅な階級制度も、また命令系統も、決して指導者原理によるものでない。闘爭と經驗を土臺にした人間的價値に立脚する指導者原理は、我國では何ら絶對的なものがない。方今我國の「指導者」とも云はれるものは、つねに偉大にして神聖なわが歷史の精神の一つの影に他ならぬのである。つねに生存の原理を他國にとる文明開化者流に於ては、この事實の現象を不安とする者もあるが、自國の原理に立脚するものは、これを以て絶對創造の根柢とするのである。史上の例を云ふなら多少異るところはあつても、泰時、時宗等の如きは、いはば今日の原理でいふ指導者といふべきものであり、多少今日の原理に適合する。しかし我々が昨日も今日も祈念するものは、これらの人々でなく、正成、清麻呂の精神である。

わが儒教系の政論家は、泰時の思想を推賞したが、わが文學は正成、清麻呂を描いて、前者を描かなかつたのである。明治の文明開化にあつては、その陰影として、かの經倫趣味の中に、多少この我國の歴史と文學の志を止めてゐたのである。彼らの時務の論が、ある種の感傷と哀愁と咏嘆をふくんでゐたことは、この歴史の精神の殘影の結果である。ヒユマニズム系の近代文藝は、人間價値に拜跪することを信條としてきたものである。しかし我々が現在の階級制度や指導制度に追從することは、必らずしもその人間價値に追從するものでもない。又高所より指導の辯を振ふ者も、彼らが人間價値に於て優越感をもつと自負してゐるわけでない。これはニイチエ風な超人と權力との思想から、つひにわが國が袂別する契點である。我々の思想としての優越感はヒユマニズムに立脚する優越感でなく、いはば民族的優越感である。民族的優越感とは、古代の思想でいへば「みたみわれ」であり、近世の思想で云へば「草莽の臣」の志である。

ニイチエの思想を照合しつつ、わが國體の思想として、民族的優越感を明白にすることは、樗牛に於てもすでに可能性をもつてゐた。しかしこの觀點に於て、今日我々の深い興味を以て注目されるべきところは、樗牛がニイチエより日蓮に移行した事實である。この移行を思想の上から考へるなら、「樗牛時代」といふべきものは深い意味で今日回顧されるべきであらう。樗牛が文明開化的啓蒙家と異るところは、かの所謂人間的價値とか功利實用といふ觀點にものの考へ方をおく代りに、ものごとに詩と詩人を眺めた一事から了知するのでもよい。彼は歴史に於ても文學を眺めたのである。彼はある精神の描いたロマンスとして、平家盛衰を描いた。菅公傳を草して、菅公はつひに主觀的な詩人であると斷定した。あるひは近松の作品の個々を論ずる方法をとつて、しかも個々の文藝評論を超越した、大近松とその作品の創造といふ全體を世界として見、それを一箇の文學評論の對象としてゐる。この文學論の方法は天地を司る大精神の現れとしての美といふ思想によつて文學の論を立てる國風の傳統であつて、近代の精神科學の方法と異る浪曼的思想である。さういふ意味で云うて、最近の我國文學の方法としてきた文藝學的な考へ方からは、樗牛は殆んど手のつけやうもない矛盾であり、混沌である。しかしそこから考へられることは、樗牛の永遠な若さであり、若さは創造の自然的母胎である。かくて「樗牛時代」はその意味からも、すでに今日では世界史時代として理解されるのである。

樗牛がニイチエから日蓮に移行したことについて、彼自身で如何に感じ論じようとしたか、その經路については彼自身も殆ど明らかにせず、舊來の批評家もふれなかつた。しかしここでもこのことが無視されたといふよりも、それに觸れるだけの準備が、わが日本になかつたといふことを私は斷言し得るのである。むしろこの移行の含む問題は、樗牛の説明とさへ無關係に、我々にとつて考へるべき重要な課題である。

しかし樗牛が日蓮崇拜の時期を以て、その短命の生涯を終つたことは、つひに彼をある一時期のいはば過渡的存在としたものであつた。日蓮の次の時代は、樗牛時代の中にふくまれてゐるといふばかりで、どんな解答の準備も彼自身の中にもない。國家主義と日本主義の分離といふ形で彼の考へた暗示も、この疑問に對しての解答の何かを含蓄してゐるとは、私にも考へられないのである。時局的言説としてなら、すでにここに含蓄されてゐると云ふと思はれるが、さういふ論理を、私は情勢論と呼んで排斥するのである。何となれば、ニイチエより日蓮に移つた經過にすでに重大な現下の暗示があり、それを明らかにすることだけで、今日と將來に寄與するところ多大と思はれるからである。

この樗牛のあはただしい思想的巡禮は、これを文明開化史の一典型として眺めることも可能であらう。しかしその文明開化の論理は、樗牛の場合、一つの舊來の文人の志操と混合してゐたのである。彼の思辨的美文の思想の深度を測つてきた舊來の尺度が何かといふことは、ここで云々する必要もなく、まして大正時代の文化觀によつてそれを測つても今では仕方ないことである。むしろこの混合體の展開は、混合體を内部より崩壊せしめるデカダンスのみちによるか、ないし抽象的思辨の美文を一段抽象化するか、その途は二つの一つであつた。我々は浪曼的な樗牛の咏嘆の面に則したから、その詩人の性格の方から、デカダンスの方を好んだが、時務の觀點からもこれが正しいといふことを感ずるに到つた。我國の近代のデカダンスは、文明開化的教養の劃一主義に對する反抗であつた。近代自體の性格がデカダンスであるといふ時にも、我國で我々の云うたデカダンスは、今日の統制思想の國々によつて政治思想上より排斥せられてゐるデカダンスとは無關係である。

我々の最も重要な現下の課題は、文明開化の論理への闘ひである。さうして今日の世界諸國に於て、文明開化の論理に最も多くわづらはされてゐるのは、わが日本と隣邦支那の兩國である。彼の三民主義の如きは、近代思想の長所美點と思はれる諸名目を蒐集したものである。彼はわが御一新の中から、日本の近代國家化とひいて世界的登場のみちを十分にくみとつたが、その原理が、すべて文明開化にあるとしたところに、アジアの悲劇の芽ばえさへあつた。すでに當時のわが思想は、たとへば岡倉天心の如くに、アジア解放の原理が、アジアの内にあることを、御一新の教訓として全アジアの民に呼びかけてゐた者もあつたにかかはらず、なほアジアの全部はこの先覺に耳を傾けなかつた。天心の思想的意味は、時務論的南進論の類ではないのである。天心の思想は、政論でなく文化であつた。さういふ時代に、公的な文明開化を指導した筈の理論家であつた樗牛が、ことごとに文明開化論理への反對を表現してきたことは、「樗牛時代」といふものを考へる上で、重大な鍵となる。明治文明開化の稟質がどこにあつたかは、この若い思想家の生涯を通じて眺め得るだらう。

「樗牛時代」のもつ豐富な課題は、つねに各人のある一時代の課題としてあらはれてくる。彼の思想的巡禮を單なる個人ないし國家の文明開化史として見ずに、我國の今日の史觀より眺めねばならぬといふ理由はここにあつた。彼が詩人として志と使命をもち、しかも時務を解したといふこと、及び彼自身が、素直な東北人であつたといふことは、彼によつてわが文化の歴史を考へる上で注意すべきところであらう。彼は一種の美文家として、有力なダンデイズムの持主と云はれてゐるが、實際的には我々が現に己のうちに味ふほどのダンデイストでさへなかつたと思ふことは、今日の世俗に見るダンデイズムといふものが、時代のはかない私生兒にすぎないからと云ふ理由からではない。直系の京畿文化をうけた文人のダンデイズムは、たとへば芭蕉、蕪村、秋成などの如く、つねに淡々とした生命である。この點で樗牛には洗練された文藝を理解するだけの教養と感受性がなかつたと云つて了へばそれまでのことである。彼の美文の所謂「婦女子の文章」が、彼の丈夫ぶりの志の一感傷であつたと見るとき、私は必ずしも彼の美的感受性を否定しようとはせぬのである。しかし彼は日本の傳統文學の知つてゐたデカダンスについてなほ理解不十分な類の新しいダンデイストであつた。その志のデカダンス的表現についてはさきに大體云うたことだが、近代の京畿文藝ではこのあらはれが文藝上に起る時その美的論理を「わやく」と呼び、「わやくちやにする」といふ活用は、今も浪花萬歳などに殘つてゐるが、「わやく」といふやうな概念は、わが日本美學でも文藝學でも最近まで考へられてゐなかつた。近ごろになつて、我々が獨自の日本美學を思ふにつけて、西鶴、秋成等の關係を正す上で、考へるやうになつたのである。從つて近頃までは「わやく」とか、「ぼやく」と云ふやうな概念よりも、デカダンスと云うて了ふ方が、多少意味の通ずるものがあつたのであるが、我々は異國語を日本語の代用として用ひるといふ上では、少々心を用ひてきたと信じてゐる。

この「わやく」といふ言葉は、言海にもあげてあるから正統の國語である。秋成の文藝を考へる上では、十分大切にせねばならぬ概念の一つだつた。「ぼやく」といふ方は、言海語といふ「ぼやく」といふものの傳統は、恐らく「ぼやく」といふ語で現はしうるものと思ふ。それが封建的消極の反映として、一種の民衆的安全瓣だから、今日は排斥したいといふなら、理窟の上では正しいだらう。しかし私にはさういふものがなくなるとは思はれぬのである。秋成の文學の如きはこの「わやく」と「ぼやく」との混合に成立したもので、わやくの方は名詞だが、ぼやくの方は動詞である。「ぼやく」といふのは大體消極的に不平不滿をもらすやうな狀態だと考へてよいと思ふ。

樗牛は思想文藝上では、極端に努力した人で、多少思考上では文明開化的であつたが、目的に立脚してゐた。しかしさういふ人だから、努力はしたが文藝の上で樂しんだといふ點は少ないのである。これは非難すべきことではないと思ふが、さびしいことと思はれる。從つて彼の大咏嘆を婦女子の情でうつしたやうな美文の中にも、文學的にみればさびしいものが多い。これは彼の文章上の追從者であつた大正時代の哲學的美文家たちの中にはつひに見ないところである。さうして我々にとつて、後者の上品な抽象的教養を誇示した美文が阿呆くさくなるやうな年配がくれば、却つて樗牛が自ら婦女子の文とよんだ彼の美文の背後のものにうたれるやうになるのである。これは文學者の氣持であるが、又本能的に了知してゐるやうな世間の心持であらう。この心ひかれる感じは、歴史の中の己を意識した文人には必ずあらはれるものである。明治文藝の一つの丈夫ぶりの特色であつた壯士調は、單なる武士道でもなく又市井仁俠の仁義觀でもなかつた。明治文運の進展を云ふものは、むしろ身を下して仁俠を以て任じた文人調が、歴史の感覺に裏づけられてゐることを知るべきである。必ずしも明確の民族的自覺を云々せぬとも、この感覺の背景こそ明治御一新文化のあきらかな進歩である。

鐵幹、子規、樗牛と數へられるその文學の心もちには、仁俠の囘復があつたのである。抽象的な仁俠でなく、男のみちでもない。婦女子の弄する哀觀を描き、劍を歌ひ虎を呼び、世界の大勢を論じて、改めて傳統の戀愛觀を語るといふ、明治の若い文藝の途方もない自然は、御一新文化の本質の一つのあらはれであつた。大正期の文化觀による統一整合よりも、一切の囘復を果敢に賭した混沌と矛盾の創造が、三十年代以前の精神には自然だつたのである。

樗牛の文體が、思想上の世界觀の新しさを表現したことは、新思想の世界觀的意味を解したからである。世界觀とは、世界統一の原理であるが、具體的に云へば、五つの大陸と七つの大洋を支配する精神の文學的あらはれである。その西歐的使命に對し、理解すると共に反撥したものが、樗牛の心底に流れてゐた、詩人の志であつた。早い文明開化の根柢に、この一點を我々は知り、今日十分にこれを囘想したいのである。しかもこの樗牛の文章は、政論として誌された蘇峰の文體と比較したいものがある。蘇峰の新しい文體は、今日の言葉で云へば、地政學といふ思想を、自得したものである。彼の文章の表現の新しさはさういふ明治文化の世界觀の擴大と云ふところに原因があつた。しかしこれを今日からみれば、むしろ漢文調の濃厚な古風の表現と見られるが、明治新文學史の二つの代表的文章としてこれを較べる時、兩者相よつて、その文章の史的性格を明らかにするものがある。

これを要するに「樗牛時代」といふものを、我々がどんな構想から把握するかといふことにだけ現下の問題がある。さうして樗牛の考へた文學的生涯を、我々の時代がどのやうに把握するかといふ點で、今日の創造的な態度も明らかにされるのである。卽ち樗牛の生涯と業蹟にこだはる必要がないが、我々は樗牛が、さういふ課題に耐へうる人物だつたことを了知してゐる。さうしてさらに、樗牛の生涯は、わが近代の思想史上に於て、最も豊かな内容をもつてゐたのである。舊版全集の上梓當時から、樗牛を考へる人々は、彼の生涯を四つに分つて、各時代に各々の名稱をなづけてきた。しかしすでに云ふ如く、我々は、樗牛時代を文明開化的時代觀より考へず、世界史的觀點から考へることに、今日の雄大な態度を思ふものである。習慣的な樗牛解釋が、一箇の文明開化的立場であつたことを、今日も指摘したいと思ふ。

樗牛には、甘い感傷もあり、咏嘆の誇張もある。しかし彼は大なるといふ呼び名に當るほどの風貌を、すでに年少にして持してゐたのである。明治以降、わが文壇に天稟を謳はれた作家は少くない、また偉大といふ文字を冠するにふさはしい人も決して一二の僅少ではないが、樗牛は夭折詩人の中で大と云ひうる唯一の詩人であつた。夭折詩人にして、純粋を稱しうる人は少くない、清醇と呼び、新聲と稱へうる人も少くはなかつた。大なるといふ呼名にあたる詩人は、子規と樗牛である。その大には時代感覺の一脈を通じ、兩者の短所に於ても近似するものが味へるところも興深い。

また文藝批評の見地から云うても、わが新文藝以降、有用だつた人や、又天稟の人も決して少くなかつたが、樗牛の如くに大きい構想をもつた批評家は、その以前にも以後にもなかつたのである。彼が史上の英雄の人物評傳といふ形で描かうとした批評の體系は、民族の本能の叡智に立脚したものであつた。文化文藝上の文明開化を指導しようとした人物は他になかつたわけはないが、樗牛ほどに大きい構想は見當らぬのである。

しかし我々が今日、我々の若い時代の「樗牛時代」を云々するためにも、又樗牛の眞義を今日の見地から改めて建設するためにも、彼の文藝文學者に對する文明批評の思想を明白にせねばならぬであらう。さうしてそれをすることは、彼がニイチエから日蓮に移る過程に、彼自身で知つた以上のことを、一層深く知る必要がある。ニイチエの考へ方と日蓮の考へ方に於て一脈を通じるものを知り、又相反するものを知ることは、恐らく今日の思想の問題の手がかりとなる。しかし我々が云はうとするのは、ニイチエに非ざる日蓮といふわけでもない。

樗牛の日本主義が、ある種の巡禮状態にあつたことは、その思想が、文明開化状態を趣旨としたからであつた。彼が少年の感傷の背後にもつたものや、後に文明開化的努力として描かうとした體系を通じて、彼の國家主義の革新文化論がつねに文明開化に誘導されたものであつたことを知る必要と同時に、さういふものの背後で樗牛がもつた民族本能的な叡智のあり方と現れ方とを知ることが、今日の我々には何より必要である。

彼も亦感じたことを説明する上で、多分に文明開化風に云ふ以外の術の少ない人であつた。しかも彼は天稟に詩人の性をもつてゐたから、さういふ理論上の合理主義の半面で、現代よりの超越を歌ひ、それを口で云はない時に、一そうに心をうつ情を詩文として描いたのである。彼が自身で公明に感じたままのものを、民族感覺的自然ないし本能として自覺し、それを獨自のふさはしい論理で云ふためには、その感覺と自然と本能を說くに足る歷史の論理についてなほ不明だつた。このために彼は高級な體系を歷史のことばとしてはもちつつ、その間の間隙をいふ論理を見出し得ず、ここに彼の「甘い感傷」がその間隙をふさぐ役をし、又彼の思想的巡禮の原因もそこにあつたものである。それゆゑに大正時代の人々からうとんじられ、その矛盾を云はれたのである。しかし若い者らを漠然として感動させ、さらに人の心をうつものは、これも合理的に云へないだけで、ここにたしかにあつたのである。

しかも彼自身は、彼の個人的教養と時務の感情からこの間隙をふさぎ、そこに彼の所謂矛盾の因もあつたが、一面ではその間隙をふさぐ眞の歷史の論理に不明だつたために、これを合理主義の手早な援用に期待したこともある。さうしてさういふ態度をなしたとき、彼は完全な文明開化の臣隷と化したが、彼の本質はこの狀態を無意識の時にゆるさなかつた。卽ちこの狀態から彼のあはただしい思想巡禮と詩作が始まるのである。

この思想的性格は、明治の一般天才に共通する感さへあつた。彼らは各々の形で、變屈で荒削りであり、又志をもつ者らの矛盾にみちてゐた。さういふ時代には、民族の自然を腹に据ゑて、山の如くにゐるといふことも、詩人の生理として不可能に思はれた。さういふ山の如き感覺は、明治九年十年の間に國家文化の表面から一敗地にまみれ、さらにその間の事情を解明する論理を近代思想の關係を通じてうちたてるといふことは、一段と深まる昭代文運の進展をまつより仕方なかつた。從つて我々は、樗牛が漠然と殆んど無自覺に意識し、その結果として彼の行つた文學的思想的巡禮を今も尊ぶのである。彼の場合は、彷徨でもなく、又轉向でもない。彼にあつては國家主義の一線に立つた、明白な巡禮であつた。彼は事實を腹にしてただことばをさがしたのである。彼の少年の美文をみるものは、必ずつねに彼が、ある瞬間に歴史と傳統に結ばれた人だつたことを知る。むしろ彼が國家主義的言論を高唱する瞬間に、その言擧は、不斷の歴史と傳統から分離した傾きが多い。歴史と傳統の論理は、彼の學んだ新文明の中になかつたし、これは我々が、回想と自覺に立脚して自得する時に成立する論理である。樗牛の思想的業蹟をみれば、言擧の運命について了知されるものさへ少くない。

しかし國家主義の一線を考へるといふことに、すでに文明開化思想の限界があつたのである。さうして、それをさういふ見地で自らにも説明するといふ形で守り通すために、彼は巡禮をくりかへした。これは決して轉向といふものではなかつたのである。しかし恐らく彼の清醇さからは、日蓮のあとの巡禮を豫想し得るのである。それは何か。それは我々の果敢な樣相をしてゐる今日の課題である。一言にして云ふなら、文明開化的な國家主義といふものの放棄である。しかし我々はその瞬間に我々の血液に傳はる民族の論理を知るのであつて、この回想と自覺は、文字通り回想と自覺であつて、絶對的な創造の信念であり、轉向といはれるものではないのである。我々は今日の舊來文學者に、轉向を希望するのでなく、囘想と自覺を願ふのである。われらが事實より信じて、すべての將來創造の考へ方の土臺とするのは、伴林光平の「本はこれ神州清潔の民」の思想である。光平はこの國學思想の完美を、己の生命で表現した文人である。

しかもこの自覺を、國史の論理として了知し、そこに生命の原理を味ひうる時には、樗牛の考へた體系に影響された表現上の誇張は、十分に救はれるだらうし、又彼のもつたダンデイズムは、一變し、舊來のそれらさへ、おのづからに生れるものによつて、間隙をつくろはれるものである。卽ち芭蕉の晩年の決死の慟哭は、その慟哭の雄大さに於て、わが文學史上の稀有であるが、それがある形では年少修業時代のダンデイズムを救ひ上げてゐるといふことは、國ぶりの文學を自然に考へる人が、大安心のための實例として數へてもよいと思ふ。

樗牛の國家主義的指導理論であつた日本主義は、つまり「樗牛時代」といはれるべき一時期であり、すでに各自の青春に共通する一時期であるが、それを說き語る時に、樗牛のことばはわが歷史の窮極のことばではなかつたのである。しかもこれを云ふことは、決して樗牛の否定とはならぬのである。ただ樗牛も歌ふべきことを、間違つて語り、その自覺に不足してゐた。しかしその一つの理由は、一面に於て彼は最もさかんに激しく歌つた明治詩人中の一人だつたからであらうか。

赤彦斷想

島木赤彦の自選歌集たる「十年」と題する書は、大正二年の後半から大正十三年初期に至る間の、歌數千六百二十三首中より、三百五十二首を選出してゐる。この自選は大正十四年春になされたものである。その內容を見れば、まず「切火」二百六十三首中より二十一首を採錄、この切火は大正二年及び三年の歌集である。次に「氷魚」八百七十九首中より百五十八首採錄、この氷魚は大正四年より大正九年に至る間の歌集である。次の「大虛集」四百八十首中より百七十三首採錄、この大虛集は大正九年より大正十三年に亙る歌を集めてゐる。なほ赤彦はこの自選歌集に收錄するにあたつて、若干の歌に對し訂正をなした。小生はこの訂正についての一二の感想を緒として、赤彦について語りたいと思ふ。

この種の家集の編纂に關聯して思ふことだが、近代に入つてからの自歌集は、專ら作品製作の編年記的羅列に則り、その正確を固執することに作家の誠實があるかの如く妄想し、舊來の歌集の分類的編輯を對他的觀點から恐怖する、一方幼少未熟の作品にも努めて加筆せず、その未しさをあへて示すことを趣旨としてゐる。けだしこれは舊時にもあつた日記的記述の大様な習慣に從ふものでなく、作家の成長記錄といふ點を旨と考へる近代ヒユマニズム的文藝觀の現れである。卽ち作家の「人間成長」を記錄せんとするものである。

しかしこのことは、舊來もあつた一種の便法といふ以上に何の意味もない。それは作家の誠實を示す唯一の方法ではない。製作年代を語ること以上に藝のない批評家や觀賞家に必要な組立てにすぎない。この「人間」の「成長」「進步」に基く考へ方は、近代の「感傷」と、意識せざる「自負」とのいり交つたものにて、これが凡庸の作家に於ては一轉して所謂「ヒユマニズム」的といふ弱小性格を現すのである。こゝに云ふ意識せざる自負とは、元來「近代」の先驅者たちにあつては、細密に意識し、開拓した意志の自負であつたものが、やがてつゞく「追從者」に、その根抵の氣負ひは忘れられ、或ひは知られず、たゞ成果の形骸のみが模されるといふ意味である。

こゝに小生は、古來の考へ方の習慣の如く、又古來さうであつた如くに、詩歌を、その作者の一なる最後的な作品として、「藝術」の一なるものに貫道されるものとして、作家の「人間」を離れて、古典性に於て、藝術上の觀念を確立したいと希望してゐる。卽ち藝術の「道」を先として作家の「人」を後とし、詩歌はその一つ〳〵がつねに「辭世」だと云はれた、芭蕉風な藝術の思想の囘復を希望する。古來に於てこの考へ方は當然尋常のことであつた。作家の「人間」の生成過程を示すといつた形の卑弱な「自負」の進步主義を廢棄し、「藝術」の絕對感――道と古典性を恢弘することを、小生は深く希望するのである。古典性の一つの様相は、個人作家を離れて——それは人間性を離れる意味でない——存在する「藝術」の示す性相である。

藝術が作家の個人史に於て自ら「進歩」し、「進化」すると信ずる類の甘えた妄想をいだくことは、「近代」とその文化圏に於て、最も高級な教養人士たちの間に於て、眞の「藝術」を死滅せしめた根本因である。かゝる形で「藝術」を甘く見、「作家」を已に甘くみることは、藝術と作家を合せて近代から死滅せしめた因である。しかしかうした發想を生み出す「近代」そのものの構造が、「藝術」と「詩人」を死滅せしめるしくみであらう。それ故に、「近代」に於て、「近代」に生きた大作家とは、みな「近代」を否定した思想家であつた。彼らは詩人の本質として、東方の精神に共通するものをもつてゐたのである。この一性格は反近代——反市民社會的である。

十九世紀初頭前後のロマンテイクたちの反市民的態度は、プレハノフのした如き淺薄な藝術歴史學的分析で解釋すべきものではない。彼らは自己の頭上のみにある、現實に存在せぬ、「近代」と「市民社會」の觀念の形態を、あくまで執拗に分析し闘爭し否定しつゞけたのである。それは自己觀念の中にのみに存在する「近代」を對手とし、これと闘ひ否定する形の慘憺たる虛妄との闘爭であつた。近代に於て、「近代」に生きた大作家とは多少ともみな「近代」を否定した思想家であつた。專ら彼らの觀念に於て想像し創造した。觀念上の結果としての「近代」——殆ど現實の市民社會の精神上の低さの中に存在せぬ「近代」を否定した傾向がある。近代社會の現實の中には、十八世紀的實體やその生活的低俗はあつても、それらの人々の否定し闘つてきた「近代」は殆ど未だ實現してゐないのである。卽ち近代のヨーロツパ社會とその實生活には、現實に於て、中世以上の進歩はない。汽車が走ることと、人間の精神の「近代」化とは別事である。我々の近代との闘爭も、もし我々の理念としての「東方の精神」がなければ、空疎な悲劇である。

一言にして評すれば、赤彥は近來文藝史上唯一人の怖るべき人物であつた。「十年」は「人間」の意志の最强最高に凝固した文藝である。この光輝はその意味の史上を通じて、最も强く燿き、大正期の凡庸小說作者らの、誰一人として、その心事に感觸したと稱するに價するものさへない。試みにこれを芥川の輕薄性と比較するもよい、志賀の俗物性と對置するのもよい。小生はそのわづらはしさに耐へない。

「十年」は宮本武藏の藝道に表現された如き、霸道的氣魄の激しさと、その意味の人間の意志の藝術をより高く完成した。しかし武藏には同時代の武人の藝術家、例へば山田道安や——大和笠城主、戰國時代末期の最も特色ある畫人だが、大和に於てさへその名をききつ、その遺作を見た人は少い、その作品は舊家の奥に忘れられて藏されてゐるからである。——ほゞ同じ時代に先んずる大和の畫人古澗の描いた如き「大和藝術風」の「大樣な自然」がない。それは「人間」のみが窺知する德の世界——東洋の文化と文明がそれによつて成立する最高の精神の表情をさすのである。近代の「人」に對し神と呼び、或ひは近來の「近代」に對し「古代」と呼んでもよい。東洋の最高精神の世界である。未だ滅びることなく、「西洋」に犯されることなく、殆ど無窮の時代から永遠に傳るにちがひない、生活と精神と自然と一體をなす道の文明である。

卽ち赤彥を同時代の人、彼に對し師に當る左千夫に比較する時、さうして赤彥の末期の嗟嘆の底に、讀者よりして補ひ想像せねばならないものは、赤彥の一期の努力と「道」の中についに現れなかつたのである。彼の念願したものと正反の「道」——眞の「道」であつた。

されば赤彥の文學は、對抗して何ものにも破れない文藝をなしあげた。卽ちそれは子規の「歌人に與ふる書」の中でのべた、一種の「國粹文藝」もしくば「國防文藝」の完成と云ふべきである。おそらく「近代」のあらゆる人間主義文藝に對抗して、つねに勝るものであらう。必ず勝つ文藝であるが、それは悠久不敗の文藝ではない。

我が歴史上の文藝の理念は、對抗でなくむしろあへて云へば超越であつた。必勝でなく不敗であつた。この種の東方の精神に立つ無抵抗がその國民的な抵抗性を示してゐる。これは赤彥と左千夫を對比する時に、いくらか悟り得るところである。

この點について、小生は赤彥の最强最高を認めて、その根柢の彼の歌道に對し、絕對的な批判を試みる所以である。

それは近くは左千夫が敎へたところである。小生にあつては我々の鄕國の藝道の敎へに從ふものである、古澗や道安はその實踐者にして實例提供者の一例にすぎない。我々はそれを「大和風」と唱へる。さらに日本の文藝の歴史と、日本の道義の傳への教へるところである。

しかし赤彦の「十年」の前に於て、大正期の作られた文藝の殆どすべては、その俗世間的な名譽の光を失ひ、たゞその俗物性と輕薄性と、卑俗性をさらけ出すにすぎない。しかし傳はつた文藝は、この間に脈々と生きて、眞の僅少の詩人によつて守られてゐるのである。この現象を說くことが、文藝の批評家の見識と任務のあるところである。

赤彦の「十年」の同時代文藝を懸絕した意義を正當に認識しつゝ、その根抵を絕對的見地から批判することが、批評家の見識である。それは日本文藝の本質を明らかにするためである。

餘事ながら、古潤、道安、をひき合ひして、近世初期の、大和風の文藝の實相を云うたことに關聯し、美術史的な問題について一言云うておきたい。わが美術史は、近世に入つては、永德を最高とし、その以後に彼ほどの大作家は出なかつた。しかも美術的雰圍氣は鎌倉時代以後極度に低下してゐる。しかるに鎌倉時代の時代作品的遺品は、多く寺院に傳り、大名の家に傳るものは殆どない。けだし鎌倉時代より連綿と傳る大名は殆どないからである。しかも偉大な作品は殆どが、大和にあつた傳統的な大寺院に於て制作されたものが、戰國時代の兵火の中をくゞつて傳つたのである。

これらの作品は近世に入つて、相當武家の藏にも歸したが、大和の豪家に入つたものも少くない。これは地理的に云うて他地方にないのが當然である。しかもそれらは御一新の時に外に出ず、依然として名家の內倉に祕藏されてゐる。外部の評價の未だ及ばぬもの、江戶時代の書畫市場と明治開化以後の市場が未だ評價しなかつた系統の遺品が多數にある筈である。卽ち內藏されてゐた故に評價されず、從つて外に現れぬ系統の作品である。

小生は自身の成立ちの間を、明治文明開化以後の美術批評と骨董批評と異つた古美術的環境の中で生育した事實と實感から云ふのであるが、これら大和の民家の祕藏品の發掘によつて、わが美術史は、見方に於て、系列系譜に於て、やゝ一新をなすことを信じてゐる。

又人としての赤彥は、大正時代を代表する最高の人物の一人であつたが、その人となりとその文學の深さと大さに於ては、史上を通じても、これに匹敵する者を殆ど見ない。「十年」は、大正時代の代表文物たるに止まらず、開國以降日本の最も有力な文學の一つである。卽ち同時代の文學に於て、繪畫に於て、彫刻に於て、これに對し比較する時、「十年」のもつ重厚深刻な大きさは、すでに頭を拔ん出て瞭然たるものがある。方今の文盲者、近視者流の輕率言はしばらくおいて、何ものと云へど「十年」のまへにあつて、その輕薄な文藝市場的巷間の聲譽の如きはことごとくその光を失ふばかりか、皮相を特色とする同時代にかゝる文物あつたことは、たゞ〳〵驚異の事實と云ふべきである。

例へば茂吉の「朝の螢」が、今日再讀して往年の藝術的香芬の大方を消失した如き印象を與へるに比して、「十年」は、一段と新しく激しいものを味はせる。その激しいものとは、或意味では驚きであり、怖れであり、感動であるが、さらに別に云へば、一つの對決であり、決意であり、他より見れば憐憫とも思はれる如き一ケの敵愾心であつた。

人力の極致を意味する霸道といふものの外相と實體については、今日の文人も讀書人も、いくばくも關心了知してゐるとは思はれない。赤彦のもつ深刻重厚は要するに霸道の極致を指すものである。この人爲と人力の極致を指すものも、おのづからに彼ら自身の神を祭り、究極に於ては時にその神と一體である。私が赤彦の同時代に卓拔する所以を了知し、しかも精神の本質に於て同じ難いとするのは實にこの點にかゝる。

まことに大正の藝文界を通じて、赤彦ほどにその大樣の氣宇を人力の限りにまで、しかも悲調を帶びて描いた文人は他に存在しないのである。まことに人力の極致の表現を全うすることは、明白な悲調をおのづからに描き出すものであつた。彼はさういふ一箇の極致を描いた文人である。その人を批判し、その人に反對する者は、誰でもまづこのことを考へねばならない。我らの了知する少からぬ人々、即ちゲーテ以後の世界の文人の中に於てさへ、彼に匹敵する作家の幾人か求めることは、殆ど難事に近い。帝王といふことばが、霸道の意味によつて考へられてゐる人と國に於ては、彼こそ形の見えない世界の無冠の帝王といふ呼び名に最もふさはしい文人の典型であらう。それは與へられた位署の偶像でなく、一つの機關に要請された傀儡でもない。一つの權威形成のための象徴的位置を保持した存在ではなく、正しく自らの歩みによつて、人間の野望の凝り固つた、霸道の神の高さを、物質によらず精神によつて形成したのである。それは反つてある種の淸醇無雙である。

人間の力と念願の最高の人格的形成であつた。彼の文藝の到達したこの高さに比較する時、同時代の偶像とせられた志賀の文學も、梅原の繪も、如何に淺薄卑小、單なる市場的存在に見えたかといふことは驚くべき事實である。文界最大の英雄と、同じ國と人のことばで、かく呼ぶにふさはしい文人は、正に詩人の英雄であつた。かゝる英雄の極致が「人格」の清醇にきづかれた時、小生はその清醇に對決するのである。茂吉の文業でさへこの人のまへではなほ小といふ評をまぬがれぬのである。しかもその霸道の神は、彼をして左千夫の信に至らしめず、西行のみちのおのづからさをうかゞふことを許さなかつたのである。彼自身の業のなすところであつた。

廣範な形で霸道を論ずるといふことは小生の今としては十分抑制せねばならない。今日は美の信に於て、その形相を語るのみである。われらの思想は一歩進んで云ふ、卽ち常識的な人間と文藝の見地から云うて、この最高とみなすべきものを、徹底的且つ絶對的に否定する。

そこからわが國の先人の文藝は、開眼と發足を開始したのである。

この云ひ分は申すまでもなく禪の發想ではない。支那禪の智慧を霸道たるゆゑに否定する、かくてこの智慧の瓦解が、わが文藝と詩人の發足點であつた。それは觀念の自己虐待から到達した、冥想と神祕の狀態の觀念的一元論ではなかつた。しかしこゝで一切の不安と動搖と騷擾と亂世は踏み破られたのである。それは禪家風の威嚇でもなく、又その逃避でもない。近來の大乘觀の諸解說は、所詮近來の人間の智慧によつて、人工神に近づかんとするはかない努力にすぎない。そのために起る不安と恐怖と罪惡と動亂は、人間の智慧即ち人力の極端を以てしては、ふみ越え得ないのである。かくて赤彥は限りない悲調をにじませる。

人間が人間としてもつさういふ罪惡と不幸の一切を踏破するためには、我々は人間の智慧の一切をすてねばならない、そのためにまづ己自身のもつ人間の智慧をすてねばならない。それは人間の智慧の進歩といふ妄想と迷信と闘ふといふ過程のさきに己の人間の智慧と闘ふといふ過程を前提とするものである。小生の思想は舊來の國際宗教より導かれる悟性的宗教の成立を肯定せぬ立場に立つものである。それは近代人の神への近づきの近代的努力を、その努力の範圍とするところと、よりどころとするところに於て肯定しないといふ意味である。このことは大乘觀の諸解說に對しても格別に別箇の見地をとる必要はない。さういふ一切の努力、即ち人間の智慧とその「進步」を過大に妄想する狀態から、(人間の體力に對する妄想は中世に於て碎破されてゐる) 永遠な人間界の平和の成立する筈はないのである。それを果敢無いとする悟性的立場も同斷である。その制度機構の不合理と、さらに生命ある現在の人間の負うてゐる悲劇に於て、別してアジアの悲劇に於て、——そして文明の本質と精神に到つて、小生は「近代」といふものを否定するのである。のみならずその宗教と信と美の本質と根本觀念に於ても、近代は否定されねばならない。近代とは東印度會社の成立以來、アジアが背負つてゐる一切の重荷の上で、開花した文物であり、又その土臺たる制度機構及び現象である。資本主義が即ち近代である如くソヴエートも共産黨も同じ發想の文明觀に立つ近代である。所謂「市民社會」とその「科學」に基く組織である。しかし我々東方の信はつねに未來である。古今一なるそれは道である。信に破れる者は、初めより破れてゐたものである。それを持たない者だからである。故に道義と精神の戰ひに於ては破れた者のみが破れたのである。極東の文明は限りない深さと一定の廣さを、太古以來今も連綿と持續してゐるのである。

しかし赤彦は、ゲーテ以來の近代の人々の、所謂「人間」の智慧の極致の表相といふものに安住した人ではない。さういふものを念願の極致と考へた程度の人ではなかつたのである。近代文化と云ひ、世界文化を唱へ、あるひは人間主義を言ふことは、赤彦の時代即ち大正時代の文物の合言葉であつた。しかし赤彦の描き出したものは、さういふ表面皮相の現象でなく、歴史を通じて現れた人間最大のもの、最高のもの、野望の最大のもの、野望の最高のものを、身を以て極致にとらへんとしたのである。しかも彼の所謂鍛錬道の自己形成に於ては、すでにいたりつくして一種の清醇を表すほどであつた。しかもその清醇にかゝはらず、つひに究極に於て、人間の悲哀と懊惱を超えなかつたのである。人間の最高の智慧と格鬪しこれを追求することは、彼に於ては自己と格鬪し自己を追求することであつた。

赤彦のかゝる意味の鍛錬道は、史上無雙の美事さに描き出されたのである。この意味の鍛錬は、芭蕉や西行の行つたものと何の關係もないのである。それは英雄の概念が、霸道の極致を意味する人と國とで行はれることばによつて云へば、英雄の野望の根源をついて、その成果を文學としてうち立てたものであつた。その同じことばに於て、英雄の極致が、野望の俗界の醜惡としてでなく、詩人の清醇に表現される事實を實證したのである。且つ野望の極致を貫くものが、詩の一種の清醇なることを實證したのである。彼はその清醇を疑はず、その人間的苦惱はそれを疑ふ前提に至らなかつた。我々はかゝる清醇と見えるものを眞に怖れねばならぬ。清醇と見える事實をさらに怖れねばならぬ。その清醇とは、たゞ脂汗のみにじみ出るやうな、肉そがれ骨やせる如き、最も緊迫した對決の連續狀態の樣相であつた。尋常の動亂以上の激しい心の動亂が極度の威力によつて終末的に鎭定された狀態の清醇であり、卽ち最高の爭鬪として心の戰ひが外見の平靜を保つ、禪的狀態の戰ひである。

小生はこの種の終末的に清醇と見える事實に怖れることを、思想と發想の第一歩とする。赤彥の心裡にあつては、つひに對者を認容する平和といふ心的狀態が、異る發想によつて立たなかつたのである。それは霸道强者の悲劇である。然も彼はつねに己の神を奉祀して萬人の神を、なべて己の神――もしくはデーモンといふにふさふものと入れ替へんと欲した。彼は異る多神の敎へを許さなかつた。さうして彼の文學からは、地中より涌出するものの音も、地なりのひゞきも、破裂のとゞろきも聞えてこない。聞えるものは彼が地をうがちつらぬく音である。人間の現身の生命の最高最深の努力と實行よりにじみ出るうめきの音である。しかもその音は、地中よりひゞく地鳴りの音より小だとは、一概には云へない。かくて人間とその霸道の極致として、他の何人によつても表現されなかつたものが、彼の三十一文字の短い詩形に現れてゐる。近來に於ては、僅かに虛子が、更に短い十七文字の詩を以て、彼に匹敵する。

赤彦の對面はつねに霸道の出會であつた。霸道の英雄の常として、永遠につねに幽靈と出會ひ、幽靈と血まみれに戰ひつゞけたのである。その戰ひ方に於て、最高の霸道と、眞のみちが紙一重の差を以て絕對的に別れるのである。わが國の傳說の武道家が、彼の敵討の出發に當つて、まづ死生を賭してなさねばならなかつた幽靈妖怪との戰ひを、(彼らはその征服によつて敵討者の資格を荷つた!)赤彦は生涯戰ひつゞけたのである。まさにこれが「近代」の最高である。彼の一つの歌に

靜けさよ雲の移ろふ目の前の山か動くと想ふばかりに

これは見えないものを激しくみつめようとした精神の歌である。近來最大の達人の感慨である。しかも彼の常住である。このやうな狂暴な感慨をかく迄に沈靜に描いた文章を、私は同時代の文學の中に未だ見ない。しかも傳統の歌や俳句は、怖ろしいばかりに、その形式の人間的追求といふ上に於て、霸道的氣質を帶び易く、霸道に近接する可能性をもつものである。このことは虛子の場合にも當ることである。

赤彦の激しさの成立には、人力の極致をめざす努力のはげしさの外に、そのかなり多くの部分で、この形式上の條件といふ傳統のものにおふところがあつた。さればこの點で、我々はまことの努力をなして、みちを貫いた先人を思はねばならない。例へば芭蕉といつた人のことである。赤彦の一首、骨を削り肉をそぐ氣慨を示しつゝ、霸道の出會に身をおき霸道の戰ひを幽靈にいどんで、且つ眞向つてゐる。この眞向が赤彦のありがたいところ

で、「近代風」では、この眞向の氣魄を同じ情態で喪失するのである。赤彦は「近代」に於て不逞な文人であつた。

松風は吹きとよもせどわが笠に松の落葉はさはりて聞かゆ
この町のうしろに低き山の落葉踏みのぼり行くわれの足音

このやうな種類の歌もある。後のものは惠端禪師の墓を訪ふ連作中よりぬいたのである。この場合の、禪家風の智慧から完全に身を脱した姿は、少しも枯木化――それは一つの自然だが――してゐない。しかも安住にはあまりにも遠いこの人間の不幸と悲劇を正視せねばならない。山を上つてゆく乏しく小さげな一點在人物であるべき者は、彼のことばと心の魔力によつて、萬象を睥睨せねばならない。それは少しも樂しくも幸福でもない。驚くべくこだまする「われの足音」である。「近代」の「人間」の智慧の最高最强を表現して了つた足音である。天平の二月堂の修二會行事のあの驚くべき木沓の音さへ、その亂舞にかゝはらず、この足音のもつ睥睨に比すなら、その威壓と示威が、昔の謀略家の露骨さにすぎないと思はれる。この足音が、人間の不幸より脱出する足おとを描き出さぬことが、――つまりそれは自然に一つに入つてゆく人間の足音であるが、――それを描き出さぬことが、小生を刺戟する。小生は文人として、これを肯定しない。小生が近代のものを否定するのは、汽車電車に乘ることといふ一結果を、結果の形で否定するのではない。わが東方の理想とその道と文化に立つて、人間の不幸といふ見地から、そのしくみとからくりを否定するのである。

小生の思想は、われらの人間の智慧が神であると云ひたい場合より始めることをなさず、我らのくらしが神であるところより發足する思想である。

近代の特徴なる、人間の智慧によつて、神に近づかんとする努力は、すでに最後の深淵に臨んでゐる。そこでは人間のものといふものは、もはや何一つ役立たなくなつてゐる。そして今はこの深淵に身を投ずる他ない狀態と考へられる。舊來の國際宗教の考へ方が、この今日の人間の不幸を救ふには、事情あまりにも矛盾的に進展してゐるのである。こゝで救ひの舟の、舟底がないことを素直にみとめて、なほかつ身をまかせうる人は、一つの幸福を人德としてもつてゐるが、それが一般的と云へないことを、十分に承知せねばならない。しかるにわれらの民族の神話によれば、底無舟に身を委ねるといふ教理を要求も强制もせぬのである。この點については、小生が舊來くりかへし述べたところである。

赤彥の自選歌集「十年」は大正四年に始り大正十三年に至るものであるが、この大正四年といふ年は、その先年の日獨戰爭の勝利のあとをうけ、戰後の文藝界の常襲として、好色のよみものが流行し、當時のことばで情話文學ととなへられ、この文學の流行を擔當したのは、潤一郎、萬太郎、幹彥、勇、といつた作家であつた。しかし大正四年の一般風潮は、大正初年以降の政黨者流の護憲運動の延長が、吉野作造のデモクラシーの理論的運動に變貌し、これによつて帝國大學學生の間に新人會が組織され、これが後に多くの左傾學生を生んだが、それよりも所謂新官僚といふものの出現の地盤となり、やがてこれが今次の戦前戰後の日本の實質的主導勢力をつくり上げる因をなしたのである。しかしこの年に於て注意すべきことは、所謂哲學評論と稱されるものが、急速に盛んになつたことである。西田哲學といはれるものの前期の人々の出現である。

しかるに大正五年になると、遊蕩文學撲滅論といふものが唱へられ、先年の情話文學は文壇に失墜し、代つて倫理的傾向のものが求められた。これは正常な戰後人心の動向を示す事實で、今日の國情は未曾有の事態に遇うて變則を示し、且つ停滯してゐるのである。こゝに白樺の文學が廣漠に登場したのは、大正五年の狀態であつた。それはすでに數年來の新風が、初めて文壇の主流となつた意味である。この狀態は大正十年十一年に至つて衰退し、ほゞ五年にして社會主義文藝に地位を委ねたのである。

前期西田哲學と白樺文學のもつ一般的なフアン的特徴は、明治の藝文思想が、すべて開國當初の決意氣慨より出發したところと、その根性を失ひ氣質を異にしたところである。これは天心鑑三といつた明治の世界人のもつた氣質や、同胞同民族への責任感ともいふべきものを、西田幾多郎の場合と比較しても、本質的な差異が感じられる筈である。明治の藝文は、世界に於けるアジアといふものの地位の發見と、アジアに於ける日本の運命の自覺と危惧と、さらに積極的に一轉した時の責任から出發したのである。それは文化と道の自覺によるものであつた。文明開化時代に於ては、近代文化を單純に世界文化と考へ、己一人先づ進んでこれを享受すればよしといふ如き輕薄の態度は、さすがに同時代の良心として、ないところであつた。

しかるに大正時代に入つてこれが一變したのである。三度の大戰の勝利の後に起つた人心の淺薄な思ひ上りと輕卒な慢心は、生活上の近代的餘裕に拍車を加へられ、專ら白樺文學と西田哲學のかもし出す雰圍氣と、それに集つた群衆によつて、ある範圍の群衆と時代の間に行はれたものである。しかもこの二つの文物を育成した群衆は、主として俸給生活者の物質面の向上とともに、世俗的な身分的向上といふことは、資本主義の成長と形成を前提としてゐる。明治末期の石川啄木はインテリゲンチヤがサラリーマンであることを身を以て示した先驅者だつた。そして一切の滿足感と不平と、社會的正義觀を、サラリーマンとして歌つたのである。彼の生活の歌といはれるものは、世俗的に文化人としての地位と經濟的餘裕を確立した時のサラリーマン階級の生活の歌にすぎない。彼はさういふイデオロギーを、その若年の故にもつた讃美歌的感傷の甘さと混合して示したのである。

それが今も以前も、多くの青年と讀書階級からよろこばれる所以である。わが大正昭和の文化文物の愛好者の主流は、サラリーマンとしてのインテリゲンチヤの手中に移つてゐたからである。

かくて西田哲學と白樺文學は、大戰後の好景氣を反映して、そこから生れたサラリーマンとその子弟の多少文化的分子を吸收したのである。われ〳〵の市民がさういふ餘裕をもつたことは、大正四年前後よりの現象である。明治の思想と精神の動向を左右した者は、專ら地方の中流地主の子弟であり、これが自由黨の主導力を形成したのに對し、この大正の文化運動の事情と地盤には大きい變化があつた。この變化は兩者の情勢觀の上では、さら確然と相別れた。明治の人々が、まづ世界を眺めて、アジアにある日本の悲劇から出發した狀態と心情は、明治の唱歌の哀調が十分に表現するものであるが、その唱歌の中でも殊に人々に膾炙したものは、上昇期の一國家一民族の思ひ上つた好景氣の氣分を歌ふものでなく、却つて今日現在のおもひにふさふやうな、哀愁の悲劇情緒と敗北を前程とする立あがりの悲壯感をたゞよはせてゐるのである。明治の人の志は、實にこの自覺より發する。しかるに大正四年を前後して、近代文化運動の出現と共に、この明治人の自覺と志と悲壯感はことごとく失はれたのである。大正初期の西田哲學と白樺文學の流行は、日本とアジアの悲劇を忘却させ、自らを世界文化の高さの中で祭ることを、戰勝國人の思ひ上つた氣持で考へさせたのである。この世界文化とは何であるかといふことについての根本的考察は、殆ど忘却せられた。短期間の戰爭景氣は、一應彼らの情勢観的思考を忘却させ、その人々の云ふ近代と世界の文化の享受のためには、誰が犧牲とならねばならなかつたかといふ、德義上の第一の前提問題がおきざりにされてゐたのである。こゝに明治の精神と志は總じて失はれた。

しかしこの傾向は僅かに數年にして漸次にくづれ、やがて大正大震災によつて、舊江戸の遺構と町家が一瞬に亡んだ時、同時にこの近代文化の三色印刷も見る影さへのこさなかつた。それは西田哲學と白樺を支へた階層が、あまりにも乏しい近代的餘裕しかもたなかつたからでもある。その戰後の好景氣が、あまりにも泡沫的だつたからである。しかしそれ以上彼らが旨と唱へた理想と良心が青年の氣持の中で息づきその良心の思考が自らにこの二つの近代思潮を内部で瓦解せしめた。日本の青年は十分な良心をもつてゐたのである。しかしその輕い良心は、依然として手輕な安定を求める大正の安易な人心の赴くまゝに、單純に社會主義思想よりマルクス主義へと移行したのである。しかるにこの期間に於て、明治以來の懸案だつたアジアの問題を、改めて別の角度からとりあげたのはマルクス主義の側の者らであつた。新しい表現でこの傳統の情勢觀的問題をとりあげ、やがてこれを機縁として、僅小の者は明らかなアジアの自覺にたどりついたし、多くの者はこれを契機として、アジア主義的思想から、新官僚に結び便乘的戰時轉向を行つた。やがてそのイデオロギーは便乘者風の大義名分となつたのである。

文化文物の問題の關心者の主要部分をなすものとして、俸給生活者が登場したことは、わが國資本主義の形成に伴ふことであるが、これが明治の民族的氣質文明を一變し、「教養」といふ合言葉によつて、西田哲學と白樺文學の成立する因をなしたのである。この近代皮相的生活者にして、主觀的に純粹な近代文明の信奉者らが、その純粹さの判斷に於て無意味且つ滑稽でさへあつたのは、近代文明成立の地盤について、十分の認識を實踐的にもたなかつたからである。かくて第一次の世界戰爭後に生れた西田哲學と白樺文學は、短時月にしてあへなく瓦解した。

しかし精神の世界に於て、春秋の筆を以て云へば西田哲學と白樺文學こそ國家失墜の因である。小さい身邊日常の歴史が果してくりかへすものであるか否かは、判斷と理性上の論證となし得ないが、各個の人生觀を豐富にし、時には希望を與へまた恐怖をも與へるものである。

赤彦の主要な時代は、ほゞこの期間にあたつてゐる。出發に於て赤彦は一人のハイカラな人であつた。近代的な人間主義の傾向の中で、大正初期の赤彦は、當時の藝文の氣運におされて、相當輕薄な印象畫風な歌さへ作つたが、十四年の選集からはさすがにそれらの一切を除外したのである。大正六年より、大正十年に於て赤彦のアララギはその最高潮にあつた。まさに天下を風靡する壯觀を示した。しかしこのアララギの流行を以て赤彦の霸道をいふのではない。

この大正七年は實篤の「新しき村」の結ばれた年であり、一方富山縣下の一漁村から起つた米騷動は政黨者の煽動によつて全國に蔓延した。彼らは全國に走つてこれを倒閣の手段としたのである。新聞はこの流行を全國に煽動したが、時の首相寺内元帥はこれを傍觀すること四日、新聞記事の禁止によつてその終焉を見た時、彼は新聞の煽動的威力を戰術的に確認したのである。

ついで大正八年は世界大戰講和條約の發表された年で、わが全權大使はその會議席上に「人種平等案」を提出し、あへなく否定せられてゐる。九年には財界不況となり、先年來より盛んになつたストライキの流行は最高調に達した。大正の國運は、當時の爲政者が政略的にしばしば口にした左翼革命の脅威といふ幽靈によつて、漸時衰運に向ひ、つひに近く近衞木戸二公この靈幽に破綻するわけである。

この大正九年ごろに赤彦の描き出した文學は、所謂人間の文學の極致をなすものであつた。しかもそれは霸道の極致をついて封建の英雄のもつ自主獨往の人間學の極致を形成したことに興味ふかいものがある。今日は人間とか自由といふことが合言葉の如くなされてゐるが、今日の輕薄皮相の狀態の人間は、宮本武藏が一箇の人間であるとき、絶對に「人間」と云ひ得ない類のものである。赤彥の描いたものが人間の極致であるなら、今日の近代的詩文は「近代文學」市場の引札にすぎない。赤彥は輕卒な人間主義と、地盤なき文化主義の時代に、封建時代の最高の英雄を形成したのである。安易な霸道順應時代に霸道の極致を描いて、限りなくきびしい生涯をなしたのである。しかしその最高の英雄は神の血緣でなく、神を離れた人間の最高のものであつた。それは近來の淺薄な人間論を蹂躙する强烈な人間の理想を描いたのである。明らかに彼自身の意味で神に對決するものである。それは子供々々らしい啄木流のサラリーマン式文藝の人間觀や生活觀ではのぞき見るさへ出來ないきびしい大人のものであつた。

わが心ゆゆしきものか八重波のしき波のうへにいや靜まりぬ

このやうな歌は、他の二三の例に見るのとは異り、古代調の單なる模倣ではない。しかし古代人のもつた類の神意の流露でもない。それは實に驚異に慣ひする比類ない歌である。しかも心の最强な現れである。まさしく史上數箇の英雄の雄圖の實現にきそふほどのものがある。

赤彥の雄志の最もきびしい表現は、この大正九年を頂上とするやうである。それは青年子規の未知の野望の相である。稀有の大歌人なりし左千夫が出發點で放下したものである。

左千夫の眞髓は、人麻呂の歌風に對し、疑問と否定感情を表現した時、その極致を云ふに近かつた。人麻呂をさして覇道視することは誤謬である。しかしその時の左千夫にはその誤謬を救ふにたる尊さがあつた。この謬りの根因をなす迷ひは、最も崇高なものにつながつてゐた。それは人間の智慧の方を向かず、神に眞向つてゐたのであつた。神に眞向つたものが何故に間違つたのであらうか。それは別に究明したい問題である。故にその誤謬がかりに人間の智慧のさかしらによるとしても、我々は自身の向上の途上で、これを無下に一排することは、一つの救はれぬ智慧の冒瀆である。

しかし赤彦のこの歌に對する小生の批評が、何をめざし、何に立つかといふことは、次の人麻呂の歌と對比する時に誰にも――歌をよみうる人には、明らかであらう。

なぐはしき印南《イナミ》の海の沖つ海千重にかくりぬ大和島根は

人麻呂は神の如し――と俊成の評した眞姿と眞意は、この一首の味得によつても十分である。これを赤彦のさきの一首にくらべるがよい。外相よく似た歌だが、思想觀念の根本がちがふ、しかも赤彦の「藝術」は、道安風に、神のまに〳〵救はれてゐない。意識のユーモアがない。「わが私」は消却し去つてゐないのである。日本に生れ、日本の血をうけたものは、この人麻呂の歌をくりかへす時、必ず泪がわくであらう。「日本」といふ觀念はさういふ状態のものである。それは絶對だ。永遠である。信念だ。眞生命である。しかも人麻呂のこの歌には――筑紫下降の時の作として、同時に二首、他に一首、この心境を鎭め、――鎭めるとは魂をさめ太くする謂であるが、さらに注する如き歌が同時に歌はれてゐる。

大君の遠《とほ》のみかどと在り通ふ島門を見れば神代し思ほゆ

念のために云ふ、小生はアララギの流行とか歌壇支配とか、對子弟態度といつた情勢面や現象面から、赤彦を覇者とし、これに覇道の語をあてるものではない。覇府形成の原理を藝術と人心に於て眺め、覇道の指す極致の實相を明らめむとすることが、わが願望である。

しかし「氷魚」「大虚集」時代の赤彦は、即ち大正十四年頃に至つて、やゝ變貌のさまを呈した。その自選歌集「十年」中の三四の訂正歌を緒として小生の云はんと欲したことの一つは、この間の心の傾き方についてである。しかしこの断想は、初めより傍道の事にふれて、主旨を粗末となした嫌ひがある。意に不滿なるものは時をまつこととし、今はこの點につき略述することとする。

既往の創作を後年に至つて改訂する例は詩歌作者に於て時々見聞するところであつて、その改訂は多く處女作の感興の生々しさを抹殺する逆效果をなすこともあるが、赤彦の場合は、單なる詩的な氣分や情緒によらず、深重且つ瞭然にて、その訂正には尊敬して肯定すべきもの多く、且つ赤彦その人の心境に即してよめば、後進のよつて學び、何らかの教へとなし、或ひは教への自らの轉機となるところが多い。けだし改作はかゝる思想と道の本然に從つてなされるべきであり、未熟のものを改める必要と意義はこの意味であるわけである。

白樺の木あひの雪のいたく消えて雨止みにける朝の寒さ——原作第四句「春の雨止む」

眠りたる女の童子《ワラハゴ》の眉の毛をさすりて我は歎きこそすれ——原作第四句「父は」

雪のこる峰竝み立てり町なかに頭をあげて心驚く——原作第二句「峰多くあり」

こゝにして坂の下なる湖の氷うづめて雪積りたり——原作第五句「をり」

これらの訂正は、作者の心境と思想に従つてそのまゝ肯定すべきものである。赤彦は詩歌の流行相なる「詩的なもの」を無視し、己の求道の意志に忠實な人であつた。以上數例はその尊敬すべき證である。こゝに共通するものは、一種の強制の匂ふ語感である。他に強ひるに非ず、己自らを強ひるの謂である。霸道を云ふ上で、この點謬ることなく悟られねばならない。しかしこの強制は、やがて一種の高次の——シラー的な意味での「傷」に墮さねばならない。卽ち人間の弱さであり、大なる人物がたぢろぐことなくつきつめた果のさびしさである。人間の奈落或ひは深淵である。この「感傷」は、その故に大むねニイチエ的「頽廢」の同意語としてあらはれる。しかもこの頽廢へと人間的情熱をむけることによつて、人間の最高な崇高の努力に轉ずる可能性がある。それは人間の智慧の究極をつき破つて、神そのものに化する契點となり得るからである。美の世界はこゝにその天堂的規模の端緒をひらく。我朝文人の發足はこゝにあつた。それが出發點であつた。

まかがやく夕焼空の下にして凍らむとする湖の靜けさ——原作一二句、「夕焼空焦げきはまれる」

古土間のにほひは哀し妻と子の顔をふりかへり我は見にけり——原作「古家の土間の匂ひにわが妻の顔ふり返り出でにけるかも」

鳥芒舌にあつれば鹹はゆし心さびしく折りにけるかな——原作第四句「こゝに寂しく」

この夕蒲團の綿のふくらみに體うづまり物思ひもなし——原作第一句「夜を寢ぬれ」

これらの訂正には、さういふ高次の眞のシラー的「感傷」の現れがある。それは大なるものに身を委ねる安心に漸く近づく人爲狀態でもある。しかもこゝではなほ人爲狀態——卽ち多分に試みの域を出ない。故にこれらは前例とは別の意味で、別箇の教訓を與へるのである。しかし小生はこの種の訂正を導く思想を人爲の努力の中で最も尊ぶのである。

赤彦といふ人は、近頃の人間主義の徒輩の如き皮相淺薄ではない。故にこの人の感傷や和みは、昨今の俗流文藝批評によつて、うかがひ得る類のものではない。しかし彼に於て、左千夫風な和みは、つひに念願として察し得るものに止まつた。不幸である。氣の毒であつた。苦んだ人であつた。尊いと思ふ。

白雲の遠べの人を思ふまも耳にひゞけり谷川の音
現し身の歩みひそかになりゆくとき心に沁みていよよ歩まむ
我さへや遂に來ざらむ年月のいやさかりゆく奥津城どころ
この山の杉の木の間よ夕燒の雲のうするる寂しさを見む

山の上ゆ近きに似たり明らかに海に落ち入る夕日の光――二百三高地

わが村の貧しき人のはてにける枯野の面を思ひ見るわれは――黒溝臺戰跡

これらの作に歌はれてゐるのは、いづれも極限の哀愁である。人間の現身の生命の哀愁である。しかしこのきびしさや深刻さを古典に歌はれた永遠のものと完全に一つとしてみてはならない。小生の云はんと欲するところは實にたゞそこにある。このさびしさは、人間の生命を、つひに現し身に於て見るところに由來する。これは一轉して俗に化せば、その極端に於て不老長壽の藥を希求する世界に入るものである。秦始皇傳は、かの英雄の極限と、この俗化の低さを同時に物語化する寓話である。現身の生命の哀愁を脱却せぬもの、その最高さへつひに霸道の極限を形成するものである。

さりながら最後の二首の如き、その感銘の生新さに於て、各々一箇の絶唱である。山の上ゆの歌の壯烈な哀愁も、近來無雙絶品である。如何なる英雄もこの歌とその作者のまへで、氣宇の大きさを誇り得ないであらう。わが村の貧しき人の歌、その作者は如何なる方法によつて、「傲慢」にかくも清醇に到りつくしてゐた人かと疑はれる。それは否定的悖德的傲慢ではない、三軍を率ゐる將帥の傲然たる無言と權威を意味するのである。小生ははかり難い傲慢を味ふ。かういふ歌の語感に現れる作者の人格の「雄大」と「同情」と「清醇」を、我々の別の實際的低級の霸道を警しめる意味で、別の形で今後に警戒せねばならないのである。眞の「清醇」を味ふ上では、この歌と乃木大將の詩歌人柄を比較することは無駄でない。

遠く來て夜明くる霧は道ばたの刈り田の株に下りつゝ見ゆ

こゝに現れた人間の根性と骨格に、小生は目をみはる。凡骨凡眼の作家の思つて及ぶところではない。それは企ての他のものである。技の及ぶところでない。

いく日の曇りをたもつ岡の空の日ぐれに近し雨蛙の聲

こゝに剛氣は、文人の細心の苦心によつて抑壓せられて、沈靜に歸してゐる。赤彦は一面に於て、比類少い纖細な藝術を解した人である。卽ちその性、家康に似ず涙もろく聲たてて泣いた賴朝に類似するのである。

この村につひにかへり住む時あらん立ちつゝぞ見る凍れる湖

小生はこの心境に同感するのである。この同感は、作者がこの歌によつて、己を抑壓せんとするのではないとの解說を附した上でのことである。これはかりそめにも作者に對して云ふには非ず、昨今の稚い讀者に對し附するのである。この抑壓こそ、近年の人々の意識せず犯し來り、今も犯しつゝある無意識誤謬の大なるものの一つである。赤彦はあくまでこれを精密に人間學的に執拗に追究したのである。無意識誤謬の累積は人間を卑小にする以外の用をなすものではない。しかし一事を云へば、こゝに立ちつゝぞ見るとあるその思想に小生は同感せぬ。嚴密に云へば、その「ぞ」に同調せぬのであるが、それまでは必ずしも云ふを要せぬ。技巧の問題でなく、思想人倫の問題である。

以上赤彦の歌を引敍した趣旨は、拙論本文の不十分なる例證とせんためである。「十年」をよみつゝ、默して看過しがたい作品はなほ少くないが、次の作歌は、いく度よむ度に、我が落涙禁じ難いものである。今も本文に要なきところながら、こゝに記して、わが心懐を展きたい。まことの歌のこゝろを已に、しかと確めおきたい思ひより云ふのである。いづれも長子政彦子を悼む歌である。「長子政彦國許より來りしに病むこと十日にして小石川病院に逝く」と赤彦は誌してゐる。

田舍の帽子かぶりて來し汝《ナ》れをあはれに思ひおもかげに消えず（大正六年）

二とせ前い逝きし吾子《アコ》が書きし文《フミ》鞄に入れて旅立たむとす（大正八年）

旅にして逝かせたる子を忘れめや年は六とせなりにけるかな（大正十一年）

小生は、赤彦を無雙に評價し、しかもこれをわが思想の絶對觀より否定し、なほ憐々と彼にかゝづらふ。例へばこの最後の歌の「かな」の生れ出る思想に、開眼貫道の重大の契點を思ふ。この「かな」の一語の現す思想は、かりそめの長さで語り得るものではない。當今の俗物小人達は、歌は思想を現し得るや否やと問ひ合つてゐるが、思想ある歌人は、必ずその思想を現すのである。思想はおのづから現れるのである。思想のないものは思想を現し得ないのである。三流四流の講壇思想解説者のなすところを、歌の形をもつてなし得ぬといふのは當然事である。思想をもたぬ徒輩が思想を云はんとし、思想を云へと云ふところに、方今の教養觀や文化觀の滑稽とナンセンスの様相の現れがある。こゝにもそれを見る。思想のない人間の作つたものに、思想の現れる筈はないのである。それは明白のことである。しかしかゝる俗論にかゝはるは、小生の眞意でない。小生はこの三首を口吟し、わが生涯にいく度くりかへした涙をくりかへし、今も心中に泣いて止まない。それは永遠にして常に新しい。

古代の眼——「有心」に對する感想——

現在の我々がもつてゐる條件や環境、即ち日本の今日の狀態にもとづくそれらのものを、「有心」は深刻に細部に亙つて執拗に思はせる作品である。しかもこれほど切實に、思想と心理と精神の俗な安定や、思ひ上つた固定をかきみだす小說、ものごとを最も精密な論理と心理のゆきあひで考へさせる文學は、小生の既往に經驗せぬものであつた。今後にも或ひはないかもしれぬ。「有心」は戰後の作でない。戰前に描かれた文學である。

「抽象」とは何か、「思想」とは何か。それの生れる狀態は如何なるものか。これを知りたいものは、「有心」を讀め。但し「抽象」と、それから生れる「思想」は、みな「文學」から生れるといふ機微を知るだらう。

これは日本の近代文學が始つて以來、最も特徴ある小說である。本格的な思想を藏した小說である。借物「思想」を、作品の飾りとした小說ではない。人はこの作品をよんで、その思想をこの小說より感得する以外に、それを知る方法がない。この思想は、この文學の外にない。「文學」の中に、未だ生れつつある形で存在してゐる。我々は簡單にその思想を語り得ない。「文學」として述べられてゐるそれは、目下最も切實緊急な思想である。そして今のところ、それは「文學」として提出されてゐる。こゝに提出されてゐるものは、單純な既存概念としての「絶望」とか「抵抗」といつた類のものでない。

これは日本文學史上の異常な作品の一つである。文學史に一峰を加へる作品である。即ち「思想」のある小說、そこから「思想」が生れる、生きてゐる小說である。生きもの、如き文學である。

この稀有の文學は、稀有の新しい小說である。絕對的に新しい。但し多少難解である。しかしこれを二回に別けて掲載した「祖國」の印刷所の一職員は、この續篇をまちかねて假刷で愛讀したといふことである。

この明治以後最も新しい一つの小說は、古代の眼と心をもち、その心を志とした、昭和の國學者の手になつたのである。この事實を特に注目したい。小生はこの作品を讀みつゝ、これを題材にして、昨今の自分の心理と思想をのべたい衝動を頻りに味つた。それは原作より、大仰のものになるに違ひない。原作は正確に的確だ。小生は批評家として、それを解說する魅力を味つたのである。

彼はこの作品をかの戰果輝く日に描いてゐた。しかも今日これをみれば、今日の心が、符節を合はす如くに、「ぴたりと」描き出されてゐる。それは作者が、その日に於て、今日の日を豫想してゐたといふが如き、輕率な原因によるものではない。彼は尋常の戰ひの場合、最後に發見し、驚いて鬪はねばならぬ最後の頑敵を、その出發の日に認めてこれと鬪つてゐたといふだけのことである。

彼はこの文章の中で（たゞ一ケ所）一行あまりの言葉で、我々の心の奥底を叱つてゐる。それ以外は、どんな愛人もなし得ない深いいたはりで、我々の心の底をなぐさめる。この神經の衰弱した者を描く文章の中の男らしさは、心の正しくやさしい少女に、神聖を夢みさせるやうななぐさめを與へてゐるのである。今日慰めと愛を求める不幸な魂は、心をしづめて、この物語をよむべきである。

彼は眞の健康を追求することを一つの目的にした。そしてリルケと鴨長明を竝べてかき出した。これは何といふ奇妙に、なつかしい對蹠であらうか。長明とリルケをならべた時、小生は愕然として、我々が東方の人であつたことを歡喜する。東方の詩人の「退屈」と「精神」と「道義」は、何とすさまじいまでに、底しれず、まばたくよどみをもつてゐることか。リルケはこの作者の眞向からの尊敬のまへに、恥しさうに小生に見える。

この小説は、必ず青年に慰安を與へるだらう。さうして正氣をも與へるだらう。この正氣は天地正大の氣といふ方の氣である。青年も少女も、今まで誰からも與へられなかつた類の、魂の慰安を感ずるだらう。

虛無より健康は好ましい。しかし眞の虛無は、如何に健康の近くかといふことを、彼は虛無を追求することによつて示した。我々は、誰でも愕然として、神を思ふであらう。それは人間の精神と教養の深さの如何によるのである。誰でもこゝに到つて神を信じうるであらう。信じねばならぬのである。我々はその「虛無」を、人力で壓倒する企てを、たくらむことなくして、その時、神が招かずして訪れてくることを、この小說はいくどもありありと語るのである。作者は人を精神の深淵にまで導いてきた果に「ぴたりと」教へてゐる。何といふ見事さであらうか。こゝに於て世上に云はれる「絕望」が、如何に輕率淺薄に見えることか。

小生はかういふ見事な文學を知らない。すべての靑年と少女は、今日こそこの見事さに慰安といふことを知るだらう。自らの獨自の道を拓く援助をうけとるだらう。

今日のヨーロツパ人は、もはやこの「見事」さを描出し得ない。マンもジイドも、彼らの生氣は死んで了つた。リルケ風の生成法でゆけば、こゝでゲーテなり、ロダンが必要だ。彼らの魂は天地正大の氣をうけて太ることを失つてゐる。たとへゲーテを通じて、その上に神を見るといふやうな、ゲーテ的(西東詩篇でゲーテの試みた如き)註釋を加へてみても、それはもう魂を太らせない。蓮田善明はもつと生々しく天地創造の始めの、卽ち神の訪れといふ事實を、こゝで「ぴたりと」今日の世事人情にわたつて描いてゐる。彼は讀者の心の隙と不安に對し、それをしばしば自らのこととしておしすすめ、しかもつねにつぎつぎに安定感を與へた。しかも彼といふその人は、小說の上を、疾風迅雷に通過して了つてゐる。

生といふ槪念に對する、彼の眞劍で眞面目な努力の結果は、彼に學術論文を描くのではこと足りぬと思はせたのであらう。彼は「小說」を描いて、他人の說を相手とする議論を一排し、本質上の考へ方と、その環境、條件、經過、成長、生成をうつし出さうとしたのである。彼の生への努力は、謙虛である。隣室の雜音に、じつと耐へてゐる泪ぐましい描寫は「努力」といふことの實體を教へる。それは議論の樣式を以てしては寫し出せない。

我々は善明がこれを描いたところから、この「努力」をつとめてきたのである。しかし言論は、この本質的努力よりも、雜音への對抗に半以上の努力を費した。我々の同情者は、この「對抗」の面で、我々を誤解し、さうして思ひ思ひの氣持で同情してきた。誤りは實にこちらにあつたのだ、しかしこの五年の間に、それもいくらか輕減し、今や殘るべきものが殘つたと思はれる。本當の「努力」の有無は、だからこの五年の成果である。

彼はゲーテが概念として描いた「近代」の性格と歷史を、「小說」として、自身のある「時期」によつて描いた。小生はこれを「思想小說」と稱しつゝ、今の世間が充分納得するやうに、そのことばの意味を說明し得ない。小生は此作をよんだ時、彼があの當時、このやうなことを考へてゐたことに驚愕したのである。彼は今日の國情を見透してゐたのでない。彼の淸淨な關心では、さういふ皮相のことは第二義の問題である。彼にとつては、そんな場合何をするかが、第一義の問題だつたのだ。身の處置、しかも絕對的な處置、——如何なる時にでも、彼はそれだけで行爲してゐたことがわかる。彼は終戰の時、軍人として南方にあり、そして自殺した。

この作品をみれば、その論理のもつ東洋風の高い精神と、その文明の濃度が理解される。こゝから小生にはその自盡のきはの心情がわかる。それは想像を絕して特有な淸明さである。誰にも模倣できない。その事情がこの作品中にもよく展かれてゐる。

彼は自分だけは、きびしすぎる倫理を以てせめた。他人の世俗はいたはつた。たゞのいたはりでない、すべて世俗のうらに、廣大無邊な攝理を見出して感動した。しかもこの「古代の眼」を、自ら環境を以て、むごたらしいまでに苛酷に扱つた。どんな想像もこれに及ばないほどである。

彼はその果に、東洋の生成樣式であつた「隱遁」いふことを深く自得したのだ。美と道義を生成せしめる論理として、同時に生活としての隱遁。この時彼の精神の内部では、リルケの近代型と長明の古ぶりが深刻に挑み合つてゐた。しかしこの錯亂は、一定時期に至つて、水の如き清冽に到達する。

その場合は理窟の不用な事實であり、證は傳統である、傳統が與へてゐる通りだ。そしてそれは東洋の啓示である。信ずべき攝理である。小生は今日もそれに信賴する。小生も亦、曠古の大戰のさなかで、後鳥羽院以後隱遁詩人の列傳をしるし續けてきた文人である。

何もかも清淨であつた。「有心」のそれは比類ない。文章も物語も、すべてが清淨である。しかししきりに鬼氣迫るものがある。始めゆるやかな文章は、後半に入ると忽ち物語の激動をくりかへして、人をひきつける。

先般谷崎潤一郎が毎日新聞にのせた小說のつゞきの中で、左大臣時平が大納言の奥方をひきさらつて、己の車にのせるところの描寫——何か香しく美しいものがさつと傍を通つたやうに人々に思はれたと云ふところを、感心してよみ、まだ日本にかういふ抽象的な（友禪模樣のやうな）文章をかく人があるかと感久しくしたが、「有心」の中で、夜の溫泉の湯船の中を、すつと泳いでゆく少女を描いてゐる條を見た時、谷崎以上に美しく清淨な、しかも思想をふくんだ「抽象」を知つた。

これは蓮田の方が一層に古典を知つてゐたといへるところである。しかも、斬新この上ない。けだし清少納言や源氏には、かういふ感覺がしきりにあるからだ。

人生的な思想的な、さういふ意味で、己の經驗、經歷、心境に卽して云へば、多くの感想があるが、美的文學の見地、或ひは文學史的見地、又明治以後に拓かれた日本文學との比較を云うても、この作にはきはだつて見事な面が、少くないのである。

小生の感想の結論――むしろ發足點を云へば、もしこの「小說」が、戰後の年若い作家の携へてきたものだつたなら、自分はどれ程うれしく心躍らせただらうかといふことである。といふのは、もうそれによつて、日本文學の明日が安心できるからだ。戰後の若い作家の描くものは、健康とか、頹廢とか、肉體とか、虛無とか、絕望などとはいつてゐるけれど、それらはたゞの觀念、こゝ「有心」に描かれてゐるものゝ、皮相にさへたどりついてゐない。

しかし「有心」は戰前の人、しかも遺作として、この作者の後の作を望めない。異常の氣持をもちつゝ、ありふれたことに廣大無邊な感動を味ひ、つねにありふれたことの奧に、廣大無邊なかのものと眺めることの出來た「この眼」、この「古代の眼」は、今はない。

しかしこの作品をよめば、彼の自殺は當然とも考へられる。さうして我々は、空しいことを假定的に云ふ代りに、誰でもよい、この作品につぐものを、今日の若い人々に期待するのである。それは心の問題だ。思ひの有無だ。清淨と健康を、原始の創造狀態にかへすためには、今の人の思つてゐる何倍か深層の、「絶望」と「虛無」と、精神の「頽廢」が必要だ。

蓮田善明は、湯上りの裸體をぬぐふことをせず、たゞ二三度身ぶるひさせるだけで立去つてゆく、百姓の老人のその動作に、異常に驚嘆するやうな、何かたのもしい健康を見て、ぼんやりとなつたり、深刻になつたりしてゐる。何を見たか、それは概念的にはのべられぬ。こゝに於て彼に「小說」が必要だつたのだ。しかしこの「古代の眼」は、「近代」の選ばれたセンスの、鋭敏なもの、雜踏の中に位置してゐたのである。この悲劇を、讀者として十分に知らねばならない。

小生は戰後の文學の若干をよみ、戰前戰後の文學者の作品も一應はよんだが、その中で「有心」は、安んじて、つまり身を委ねて感銘を奔放にし得た稀有の作品である。この作品によつて、小生は「自由」を滿足に味つた。批評家の職業として、權威に怖れず情實に捉はれず、作品を賞めたり難じたり出來るといふが如き「自由」には、小生は常に（以前も今も）こと缺かない。しかし己の生れながらの氣持を奔流させつゝ、一つの「小說」をほめうる「自由」は、どんな條件環境の下に成立するわけでもない。小生はさういふ「自由」を滿足に味ひたいのである。さういふ日を理想にしてゐる。それが可能になる日も知つてゐる。さういふ思想も知つてゐる。

例へば一つの植物の開花から結實までを、日毎にあかず見てゐる時、名もない小川の落口の瀧瀬のさまを、何時間もつくばつて眺めてゐるとき、そこから感得する感興と心の思ひは、展覽會の寫生畫などから絕對にうけとり得るものではない。だからさういふ「生活」を知つてゐる多數の人々は、展覽會の繪などに興味をもたない。しかしかういふ感興の「自由」を、かういふ「生活」を知らない多數の人々は未だに知らないのである。小生はさういふ「自由」の恢弘を考へる。これは今日の人々の云うてゐる政治的「自由」と何の關係もない。ところが「有心」は、かういふ小生の考へる「自由」といふもの、その廣大無邊さを、今日の身邊風景に描寫しつゝ、かゝる思想のための扉をひらいてゐるのである。

（「有心」は故蓮田善明の遺しておいた「小說」である。それは雜誌「祖國」第二卷第五號（昭和二十五年五月號）及第六號（同年六月號）に二回に掲載せられた。）

ヱルテルは何故死んだか解題

「ヱルテルは何故死んだか」は、昭和十三年二月に、「ロツテの辯明」は同じ三月に執筆し、「文學界」と「コギト」に發表したものを、後に昭和十四年十月、「新ぐろりあ叢書」の一冊として上梓したものである。

今から十年以上も以前の作ゆゑ、改めてよみ返すと、細部については、知らない人の言葉をみるやうなところもあり、又ありく〳〵とした己の言葉の生々しさに恥しい思ひのする部分もあるが、大體の趣旨は、今も以前も變りない。

執筆の直接の動機は、ゲエテはヱルテルと同じ經驗をしつゝ死なゝかつたといつた意味のことを、立派な年配の日本や獨逸の大學の文藝學教授がしるしてゐるのを、心憎く感じたからである。ゲエテはヱルテルでない、ゲエテはヱルテルを殺したのだ、といふ嚴然とした事理を、天才の直觀的事實として描かうとした。つまりゲエテは己の近代を葬つたのである。この絶望的な一切の惡夢を、ヱルテルにつけて、大川に流し放つことは、ゲエテに必要だつた、否、それこそゲエテの出發だつた。ゲエテが死なないのは當然だ、ゲエテはヱルテルを殺す工夫をしたのだといふ意味を、わが近代の批判に即して描き出さうと思つた。それは順序として近代の諸觀念の成立を、世界史的に辯ずるといふこととなる。

近代といふのは、ヨーロツパが初めて一單位とならんとし、その狀態の躍進の中で、早くなくなつてゐたギリシヤの文明（と人間觀）を、この單位で繼承しようと試みた時代である。そのギリシヤ復興は新興ヨーロツパの憧憬か、文化的虛飾か、いづれかである。今日から批判すれば、その憧憬といふよい面は跡かたもないとより云ひやうがない。中世といふ、ローマ帝國主義の頹敗樣式の國家體系の內部にヨーロツパといふものが生れ、それが初めて文化をもたうとしたのだ。これがヨーロツパのギリシヤ復興の意味である。こゝにゲエテとナポレオンがこのヨーロツパの象徵として、世界史に現れた。

私の年少の日の思ひでは、このギリシヤ復興の情態とそれに對する二人物の努力を云ひ、しかも彼らはヨーロツパ人の異質として、本來の「ギリシヤ人」であり、ヨーロツパよりアジアに心をむけた、このやうな異質者のうける悲劇的事實を說かうとした。近代――ヨーロツパの二人の父は、結局自己自身であつた近代を否定し、エピゴーネンを封鎖し、その否定によつて、眞實を生まうとした。しかしこのイロニーを、その後の近代文明の享受者は、殆ど理解してゐない。さうしてさういふ偉大なギリシヤ的人間の近代に於ける運命が、「セント・ヘレナ」だつたことを、理解する人は少い。ヨーロツパには却つて少數あつたが、日本に少いのは、何といふ殘念なことだらう。

近代史にとつて最も主要な觀念は「進步」であつた。「人間」を發見したといふ命目の下に、世界觀としての「觀念論」が生れた。この觀念論は、ゲエテが皮肉に批評したやうに、賢い神を追放するか、それと妥協するか、といふ思案の間を堂々と眞面目に往復してゐた。さうして當時のヨーロッパの青年らは、豫めカントの結論を豫想し、その第三批判が出ると、これこそ神を否定した革命說と決めて了つた。カントが妥協してゐることを、認めなかつたのだ。かういふ風景はどこにもある。さうしてかういふ狀態を近代は「進歩」と云うてゐる。阿呆なことであると思ふ。ものの考へが「政治的」になつて、讀書力が減退して了つたのは、昨今の狀態だけでない。

大體「觀念論」といふものは、近代社會がその根據として樹立したと考へたところの「人間」、その純粹な結びの主體となる單一な理性的な「愛情」、さういふものの當然にかもす不安を、神に代つて克服統一する豫定であつたが、その「認識論」としての努力は悉く失敗に終つた。さうして同じ近代の中から、その觀念論の根據となつた人間をもつと欲望の方へおしつめて、神性をあらひさらつた時の唯物論的考へ方に、「進歩」と「侵略」と「奪取」と「領土擴大」の論理だつた「辯證法」を結びつけるといふ考へ方が起つた。

しかしこれはゲエテ以後の話で、ナポレオン時代のヨーロッパには、多少純一な「革命」といふ言葉が生きてゐた。それはナポレオンの「新佛蘭西」――國民軍隊と、巴里市の政治家たちの行爲とを比べると、「革命」といふことばのあつた場所がよくわかる。この言葉の原初の創造的氣分は、一八一五年以後、近代史から消失して了つた。

ゲエテその人は、「君主」に代る「法律」の出現する風潮の中で、「國家」と呼ばれるものが、舊來と全く異つて考へられ、さういふ新しい「國家」が出てくる狀態を、じつと見てゐて、危惧と不安と輕侮を感じてゐたのである。さういふ氣持を、彼はデイヴアンの中で、正面から堂々とのべた。

ナポレオンの考へた「ヨーロツパ」は何か——ナポレオンの思想では、ヨーロツパとはナポレオンだつたが、これは百も正しい。ナポレオンによつてヨーロツパといふ觀念は成立したのだ。それを一つにしたのである。これは重大な事實であつて、その以前にはヨーロツパはなかつたのだ。つまりヨーロツパといふ傳統はどこにもない。ナポレオンの出現の直前にあつた氣運は、ナポレオンによらねば「ヨーロツパ」として成立しなかつた類のものである。このヨーロツパは一九四一年に終焉したわけである。

しかもそのナポレオンが、第一番にヨーロツパに絶望した。印度を英國の植民地から回復し、印度人に自由を與へ、そこに古のまゝの印度の帝國を作る——これがこの「ギリシヤ的人間」の最高の理想であつた。ナポレオンも近代とヨーロツパをすてて、心を東方に向けた一人だつた。このいきさつを、私はヱルテルの論より三年以前に描いた。それは大學を卒へて一年位のころである。

この本に、頁數の關係からその文章、卽ち「セント・ヘレナ」を入れることとなつたのは、好都合と思ふ。この方は昭和十年三月に書いたもので、「コギト」にのせ、後に昭和十一年十一月に上梓した「英雄と詩人」の中へ入れた。一層稚い文章で、舌不足のところが多いが、特にその歐文調の部分に、今日では面はゆい思ひがする。

この文章は、近代とヨーロツパの父だつたナポレオンが、己の率ゐた大衆をすべてギリシヤ人と誤認してゐた事實を愕然と悟り、近代に絶望した「瞬間」を描いたものである。これは英雄の經驗する心理である。さういふ點での英雄の單純さが、俗物によつて傷けられる。ナポレオンの場合は、ハイネがこれを辯護してゐる。しかもその瞬間のナポレオンは、セント・ヘレナ島の流人に他なかつた。私はこの近代に於ける悲劇を、多少細々とのべようとしたもので、これをヱルテル論と對照されることは、私の思想を明らかにする上で、好都合と思ふ。

近代は初めより無意味だつた、價値でない、私はその近代の終焉をのべるのである。私の近代の批判は、普通の東洋主義者の如く、政策論的結論から始つたのではない。天心の場合とも、ガンヂーの場合とも、私の考へ方は趣きがちがふのである。その一端を、この年少の日の近代批判――近代否定の論理によつて、讀者が了解されれば幸甚である。結論は同じだらうが、私の近代否定の論理は、この二人のアジアの近頃の代表思想家と異つてゐるのである。しかし何分にも私の文章は二十五歳あまりの年少の日の作である。意餘つて筆の及ばぬ點は、今から見ても如何ともならぬ。

しかし、近代を否定し、その終焉に卽して、アジアの恢弘をのべる私の思想の骨格の中で、この二篇は、年少の日の作であるが、對象とした事柄のゆゑに、今も意味をもつものと思ふ。又わが思想を解明する上で重要のものと考へてゐる。この二篇を十數年以前によんだ人々は、今改めてこれを讀む勞をいとはなければ、私が云はんとした眞意を、却つて今日になつて了解してくれることと思ふのである。それは私の本意である。又今日はさういふ時代になつてゐる。アジアの時代は十數年以前より明らかになつてきたのだ。

私の近代否定論が、どういふ骨格かといふことを、理解して欲しいので、この本を出した。ヱルテル論や「セント・ヘレナ」から、京都祖國社より上梓した、「日本に祈る」に及んで、理解して欲しいのである。私は昭和十九年以後初めて出す本が、この二著であつたことを、滿足としてゐる。それによつて、私がどんな思想家であるかといふことが、今日なら却つてよく大體の心ある人々に理解されると思ふからである。

近代の絶望は愛情を理性にくづしたときに始つた。愛情は神の秩序を全面的に肯定し、それに歸服した時に於て、自然であり同時に絶對である。人工の進歩を基礎にしたなら、そこには何の安心の根據もない。わが西鶴などが、卑く愛情を物によつて考へたなどといふのは、近代の狀態から云ふと、とんでもない誤解誤讀である。物によつて裏づけられる愛情情癡の變化世界の中へ、眞の神ながらの自然としての愛情を、投げ出すやうに、ヒステリツクに描いてゐるのが彼の文學だ。しかし私はさうしたヒステリーを認めない。たゞ彼がその信を失はなかつた證據は、その文體の健康さが證して餘りある。その信を失つた文章が、健康である筈がない。

しかも近代社會の成立に當つては、自由と幸福の家庭といふものが最も大切な基礎と考へられた。この家庭を、古い相續制度から解放し、さらに一切の制度の外におき、つまり理性と愛情の妥協によつて、成立させようといふ考へ方が、近代のものである。このやうな近代の矛盾に、誰も氣づかぬといふことがをかしい。近代の所謂進歩主義思考法は、さういふことに氣づかぬしくみなのだ。しかしさういふのが思ひ上つた近代の實相だ。だから近代に對し野望をもつたり、批判をいだく人は、こともなく、無造作に、この點を衝く。それはニイチエも、ハイネも、エンゲルスもしたことだ。仕方はみな違つてゐて、各々の品性をそのことによつて自ら示して了つた。

しかしこの「近代」の據點は、その開始の日すでにくづれてゐて矛盾だつたといふことを、近代の始りに於て云うてゐるものがある。これがゲエテの「ヱルテル」の意味だ。ゲエテはさういふ近代と共に死ぬ人でない。むしろ彼は彼なりのセント・ヘレナで苦しむ側の人だ。そのセント・ヘレナは、我々東洋から云へば、巨大な「業」――因業といふものである。それはヨーロッパ人の因業――不幸の象徴である。

これらの愛情や家庭といつたものを、近代の開始時に於て、一人の天才にうけとられた形を問題にし、諸般に及んで近代否定の趣旨を立てんとすることが、年少の私の目的であつた。しかもその天才とは、「近代史」に於て、「近代」の父であり、近代自體或ひは近代の象徴とも呼ばねばならぬやうな存在だつた。かういふ矛盾の論理を、どのやうにさばくか、わが青春の筆ゆゑ、多少荷が重すぎることも意としなかつた。しかし「ロツテの辯明」といふ文章は、その難關彷徨のさまをよく示してゐて、事理明瞭と評し得ぬ、我ながらいたはりたくなるやうなものだ。

近代否定のわが思想は、今も以前も變らない。舊來私は、その點に卽して、日本の歴史上の原理を特に關心の中心としてしるしてきたが、昭和十九年以來殆ど筆を斷つて、その間ひそかに日本の古制と生活原型の再現を構想してきた。わが思想の大綱には變化ないが、今日特に心をかたむけてゐることは、私の近代拒否と近代否定に、つゝましいアジアと日本の根據を與へるために、わが國の道義生活のあり方を、一歩一歩明らかにすることである。私はその間多少の成功を得た。私の近代批判は、たゞアジアの時代が來ると絶叫して、その比較文明論に、政治的結論めいた項目を羅列する類の文明論ではない。

さてこれを執筆した當時の私は、近代批判から始つて、ゲエテがヱルテルを殺したことに、同情したのである。それは換言すれば、何故ゲエテにヱルテルを殺す權利があるかといふことである。しかしゲエテは直觀でヱルテルを殺したのである。しかもその經過の敍述から、ゲエテは、近代の價値を拒否し拒絶してゐる事實を教へた。私はよみとつた。ゲエテはたゞ直觀で殺したのである。それが美しいと判斷したのである。

小說家は世の中にあつた話題や事實をありのまゝにかくものだといふ如きリアリズムは、例へ進步主義の徒でなくとも淺はかな考へと思ふであらう。日本と獨逸と、それに多數の外國の批評家さへ、ヱルテルは死んだがゲエテは死ななかつたなどと、とりとめないことをいふのは、みな淺はかなリアリズムを考へるからだ。ゲエテが何故ヱルテルを殺したかといふことを考へると、さういふ設問の無意味さと、本當に大切な問題は、ゲエテがヱルテルを殺したことにあるといふことが判明するであらう。

しかし詩人としてのゲエテには、一人の人間を殺してもよいといふ權利が、どこで保證されてゐるのであらうか。これは戰爭で、一瞬に何萬の市民が虐殺されてゐる日にも、神の眼と人の考へで、やはり考へておく方が、良心的だと思はれる。私はこの一人の死と何萬の死を、同じ重さで本文の中でしるしてゐる。これは今よんでも後悔しないところである。それこそヨーロッパの思考法の因業だ。

私はゲエテの諸作中、「ヱルテル」と「西東詩集」に最も興味をもつた。ゲエテは「ヱルテル」で「近代」といふものの價値を、直觀的に否定してゐるし、又デイヴアンの方では、それに代るべき原理を、直觀的に示してゐるからである。しかもこの時代を年代記としてみると、ゲエテの出發の日に始り、最後に至つてゐることが、まことに尊敬に價すると考へたのである。ゲエテは少しも進歩しなかつた。神は昔から増えも減りもしてゐない。

私はこの數年間の隱遁時代にも、ヱルテルとデイヴアン（西東詩集）を、改めてていねいによみかへし、この文章を執筆した當時に考へた以上に、彼が「近代」の宿命を暗示し、これに代る原理を「東洋」に求めた事實を知つて、故人に對する尊敬をさらに深くした。心ある人々は、デイヴアンの註釋篇を、心をおちつけてよむとよいと思ふ。さうして今日の西洋人の考へる「絶望」と「虛無」は、ヨーロッパの迷妄と幽靈にすぎず、東洋人の場合、何ごとでもないといふことを、心の底から悟るべきである。

しかし私はその再讀の間に、多少の同情をもつたことは、ゲエテはその「近代」といふものを自身の中に形象し、その己の作つた「近代」——それは一種の幽靈のたぐひだとも云へるが——を對象としたのであつて、これは實際にまだない理想的「近代」であつたのではないかといふことである。卽ちゲエテは理想的近代をヱルテルと共に葬つて了つたのだ。

さうして十年以上以前に誌した自分の舊作をみると、私も亦ゲエテの如く、ゲエテの妄視（或ひは豫見）した「近代」を、一きは美化してこれを批判してゐるのである。しかしこれについては、私は少しも後悔しない。何となれば、美しい「近代」が生れなかつたのは、ゲエテの責任でないし、又それを美しくして批判しても、私の思想を汚すこととはならない。且つまだ原子爆彈といつたものもない十年まへの「近代」は、今日の「近代」よりなほいくらか美しかつたのであらう。人心も世情も。

いづれにしても、ゲエテは、名實をそなへた「近代」の文學と思想の始祖である。否、近代とはゲエテである。ゲエテは世界なのだ。その人がその處女作に於て、「近代」の價値を根本的に否定する傾向の思想を示し、最終作では、東方のものを代る原理として示してゐるといふことは、何といふ奇妙な事實であらうか。（ヱルテルは嚴密には處女作でないが）しかしこれこそ「近代」の性格であり、ヨーロツパ（近代）はかゝる矛盾のものであつて、その右も左もおしくるめて、一箇の精神史に對する反動にすぎないのである。それは百年にして消滅した不正である。

このヨーロツパから生れた共產主義といふものも「近代」に對して、これを革命する文明原則ではない。それは近代の繁榮を奪取せんとする政治的浮浪人の信奉する、政治軍隊組織の原理であつて、それ自體として近代文明の內部のものである。近代に相反する精神と魂の高貴な原理は、東方のもの以外に存在しないといふことは、偉大なゲエテが、年少の日の啓示を五十年に亙つて、もちこたへつゝ、且つはたしかめた、今日の教訓である。明日への教訓である。その祈念をうけとるのがアジアのつとめである。

この故に彼はリアリズムの作者でなく、神話を描いた人である。それは浪曼派だといふことである。しかしこの神話を描いた人の志と、その嘆きと、不撓な情意とは、今日のわれわれの心の態度のリアリズムだと云ひ得るのである。

私は二年ほどまへにデイヴアンを精密によんだが、それを今日論ずるといふ血氣はすでにないやうに思へる。このヱルテル論は、私の若さであつた。よみかへして、私はその若さをしきりにおもふ。そしてそのころの青年や少女は、私の描いた惡意さへ嫌ひはしなかつた。今日當時を思ひ出しつゝ、舊作に朱を加へながら、この點について最もおほらかな感銘を味つたのである。故に舊作の原形には變化を與へず、眼につく修辭の不備なものに、解說的な一二句をつけ加へて筆をおいた。

右のやうな解題を、私は再刊の新著のためにしるし了つた後に、思ひついたことがある。それを、專ら年若い人のためにしるしておかうと思ふ。十五年まへに、我々の時代の青春の周邊にあつた愛の態度とその高い精神が、今では一變してゐるといふ事實についてである。私はこの事實についての註を加へておかねばならないと思つた。

十五年まへの日本には、それでも多少アメリカニズム——植民地文化の傾向があつた。或ひは菊池寛といふやうな作家が、醇眞な愛についての思想や、さういふところから出た愛の表現法を輕蔑することを教へてゐた。醇眞な愛を否定し、愛情の根柢を、物欲の機構から考へ、邪推の心理學を教へたのは、この作家であつた。しかし時代の青春はなほ、ゲエテのやうな精神の教へた魂の醇眞さから出る愛を、その高い愛の表現を失つてゐなかつた。戰争中の青年少女は、生死の關頭の意識から、おのづからに愛の高い絶對性を了知することができた。

併し事情は一變した。今日の風俗ではアメリカニズムと、その活動寫眞の愛情描寫が、わが青春を風靡してゐるやうに見える。さういふ影響の中でそだつた人々は、ゲエテ以來の近代文學で語られた愛の表現に面しても、もう何の感動も理解もわかないといふ悲しい――怖ろしい時代を現出させる人々であるかもしれない。

だが問題はそれのみでない、ゲエテに學んで、愛を表現し、愛を求める、魂の高い狀態を知つた者は、このアメリカニズムの時代に、さういふ「愛」を空しく求めて現在の人間的關係から、孤獨な存在としてさびしく生きてゆかねばならぬ。問題はこの悲しい事實にある。それこそゲエテが早く怖れた狀態だつた。

古い時代の「愛の教養」と魂をもつ人々は、今日の人々のしてゐるやうな、輕率な輕口で、愛を求めることも、愛を與へることも出來ない。さういふものを信じ得ないだらう。高い教養をもつ女性はさういふ求愛をうけつけ得ない、信じ得ないために、人間關係の孤獨をしのばねばならぬだらうし、まことの男たちは今日の輕薄な求愛者の競爭相手となり得ない。さうして今日の自由戀愛と自由結婚は、結局下等な對偶をつくり、低級な子孫をつくることとなる。日本の女性の大半は、眞の男を識別する知能をもたないし、眞の求愛の表現をうけ入れることの出來る、文化上の教養と魂の狀態に缺けてゐる。今日の日本の戀愛のありさまが、アメリカニズムであり、植民地文化であることを、私は嘆くのである。

しかしかういふ我々の慨嘆は、ゲエテの生涯に、いくども味つた悲嘆だつたといふことを、――その形は異るが、時代の一時期に、失はれてゆく大切なものを感じたいきさつは、あまりにもよく共通してゐる。その大切なものは、それを失つてゐるものの間に於ては、失はれても氣づかない。存在することにさへ氣づかれてゐない。それゆゑアメリカニズムは陽氣である、くよくよしない。彼らに於て、愛情と冒險とスポーツと欲望は、單純に分類される。彼らは人間生態の學は統計學で十分だと考へることの出來る人種だ。ハリウッドの作家さへあれば、文學など必要としない人々だ。それを健康と考へてゐる人々だ。

さういふ人々に「文學」を與へる努力をなす必要はない、與へても無意味であらう。しかし「文學」を必要とする精神と魂は、おそらく生得のもののやうだ。生得のものは多分失はれないだらうし、奪ふことも出來ないと思ふ。だからやはり今日の日本にも、その若い人々の間に、「愛」は殘つてゐるにちがひない。それはめつたにあひ會はないのだらう。そんなに遠く離れてゐて、數少いのであらう。さうしてさびしく孤獨であるだらう。かういふ事情は、ヱルテル當時のドイツにもあつたのかもしれない。

東方の詩人の「愛の詩集」をよみ、東方の詩人から愛と詩を語られた人々は、アルベルト型の近代人の語る愛を（それは一つの事務にすぎない）信じ得なかつたのは當然だ。しかしさういふ魂をもつために、悲劇をふくんだ少女に較べてさへ、東方の詩人の愛のことばを知つたゆゑに、近代の戀愛の事務を身につけて戀の相手と爭ふことの出來なかつた若者の魂の方がもつと不憫である。數も多かつただらう。

ヱルテルは、古い愛の魂とことばを知つてゐた一人である。「近代」は愛情さへ事務化してゐるから、さういふ古い求愛に恐怖を感じる女性でみちみちてゐる。このヱルテルの不幸は少女の場合よりももつと悲劇だ。しかし我々が諸般の面で、何どもくりかへし、今もくりかへしてゐる悲劇の原型は、その一つとしてここに示されてある。

さういふ熱い心と、かなしい狀態の魂をもつた若者は、ヱルテルの時代の周邊に多數ゐたやうである。家出した夫人たちは、さういふ青年がゐると思ひ込んでゐたとドイツの風俗史家は註釋してゐる。

ロツテはヱルテルの愛を自分に代つてうけ入れてくれるやうに、他の女性を友達の中からさがさうとした。ロツテの考へでは、ヱルテルの愛は、ヱルテル自身の情熱の影像であつて、これはロツテといふ特定の人に限つたものでないと考へてゐたのだ。かういふ氣の毒な思考方法を、近代では「進步的」といふのだ。

ロツテの場合は、ロツテたゞ一人といふことについて、自信がなかつた。これは惡いことである。魂の圓滿な狀態でない。だから辯明ではすまない。懺悔せねばならない。神の御前に身を投げだした時にのみ許される。だがこの心情のわからぬ人には懺悔といつても全然無意味なことだ。さういふ人々は可愛さうな人々だ。戰後の「戀愛」といつてゐるものは、みなさういふ人々のする動物行爲だ。それは「戀愛」でない。

この點について、私の年少の日の文章は少し曖昧なかき方をしてゐるやうに見える。ロツテが天道の秩序に從ふ「自信」をもてなかつたといふことは、何を意味するか。しかしそれはいづれにしても、ヱルテルの最後を決定する、最も大きい鍵の一つだ。ヱルテルの不幸な運命の決定因の一つだ。

その當時熱烈な魂の愛のことばが、新しい時代に向つて通じなくなつてゐた。さういふ青年らの思ひのさびしさが、ヱルテル好みの風裝をさせたのかもしれないと思ふ。つまり自己紹介としてである。私はこんな冗談を考へてみた。

近代の唯一つの價値と考へられるもの――その小說の描いた戀愛の醇乎と匂高い絶對のものを、もう全然理解し得ない人々によつて、今日の近代末期の世界は充滿してゐるやうに見える。近代の中ですぐれた小說とその作者だけが各々の神を齋いで、「近代」の文明原理に根本的に對立する原理を、本能的に、或ひは生得のものとしてもつてゐたのである。

この見透しも近代の終焉を印象づけるものの一つである。やがて植民地文化の進步は、さういふ「戀愛」文學を、少女小說の不健康な同性愛へ追ひやるだらう。人間に於ける魂の正常な位置や、人間の精神の健全な複雜さについての自覺は、一途に排斥され、動物の健康さにまで人類の思考とひいて行爲をひきおろすに至る。これが「近代」の動向である。近代の進步の實相である。かういふ一事態も、史上でいくどかくりかへされた、西洋の世界帝國の末期文化の動向として、吾々のみたところであつた。「近代――ヨーロツパ」文明といふ最も短命の文化は、ヱルテルの死後百數十年をへて、終焉狀態に入つた。かつて美しかつたものが、汚れて了つたといふことが、死相上の決定的な差異である。

庚寅歳暮　於跡見茂岡北畔居　著者識

萩原朔太郎詩集解題

○明治十九年、前橋市北曲輪町で誕生せられた。父は醫家で、河内國木本（大阪府）の人、母は武州の士族の女だと承つた。』

わが詩人は晩年、二人の女兒と共に、既に高齢の母の許で暮し、子供のやうな世話をうけてゐた。「老書生」といふ題の文章の中で、老子の、人は皆名利を思ひ、榮達富貴の功名を愛するが、「我レ獨リ人ト異リ、無名ニシテ母ニ養ハレンコトヲ希ヒ願フ」とある章をよんで、「三誦して涙を流し」と書いてゐる。詩人の晩年の傾向では、詩もアフオリズムも、かうした深い人生體驗にもとづくあるものを描かうとしてゐた。また創作機緣となつてゐた。催眠劑としての文藝ではなく、もつと生活實感に迫つてくる眞の意味での「詩」――といふ考へ方は、「青猫」の終期に於て既に積極的になつてゐる。だから老子のこんな一句に「詩」の眞髓を考へたのである。しかしそれは「月に吠える」「青猫」によつて、心理と感情の內殼風景を次々に詩に定位させていつた、この詩人の、當然ゆきつくべきもの――思想と意志の內部風景を描き出す營みであると解される。

この文章は昭和四年十二月のもの、詩「歸鄕」の傍記によれば、次の冬「妻と離別し二兒を抱へて故鄕に歸る」とある。

この「三誦して涙を流し」た時、詩人は、人生に於て最終のもの、しかも發足のもの、最も誠實にして、天來のもの、人の世に於て唯一の絶對の何を感得してゐたのであらう。それはこの上なく悲しいものであつた。かつて情感の內風景としてしば〳〵歌はれた「悲しい」風景は、一層深刻な「人間」の內部風景の中に位置をしめたわけである。そのきざしはすでに大正晩年の「鄕土望景詩」の中に見るものであるが、これが「氷島」に於て、つひに極つて、慟哭となつた。この慟哭には條件と經歷がある。それが詩人の生成であつた。この慟哭に至る經歷と條件、それに加はる詩人の態度とその作品は、ともにわが新詩史に獨自のものである。「氷島」はある內的慟哭を象つた點で、新詩始まつてより唯一の詩集である。

この絶對のものは、「愛」と呼んでもよい。小生の親近した晩年ほゞ十年の間に於て、詩人はこれを「ヒユマニテイ」といふ言葉で呼ばれたこともある。例へば芥川龍之介の文學を不滿とする理由として、彼は對象の何に對しても「同情《シムパシイ》」をもつてゐないからだといふことがわかつた、などと批評されたが、この「同情」とは、この絶對的な人なつかしさ、人が一人であり得ないことを泣きわめきながら味ふやうな氣持の、誠實な愛の作用をさすのであらう。「もののあはれ」といつても、惻隱の心と云うても、大むね當ると思ふ。しかしその時にも、詩人の場合は、「意志」の內的風景を濃厚に表現してゐた。

郷土望景詩の後、詩人の文學は、すでに慟哭の表現をとるより他ないやうな、廣大無邊の極端な愛情にもとづくやうになつてゐた。それは現世で反應のないものである。かゝる點に於てこの詩人を、わが新詩開始以來唯一獨自の存在と小生は考へた。

「月に吠える」から「青猫」に於て異常に强烈な（決して病的に不健康ではない）、感覺やイメーヂを、未曾有の數々の樣式に定着し、次々に心象の新しい風景と世界を定めつゝ、しかもそれは、日本語を初めて生み出した人の如くに、はき出すやうなことばによつて、初めて現れるやうな人間の内部風景を、順序よく、無量に定めていつた、この詩人の天才的偉業を重んずると共に、それ以上に、人生の最も奥深い内面に立入つて、その廣大無極の愛と誠實を、よく思ひ定めて、他を傷けず、己を失はず、聲として慟哭した詩人の道に、小生はより深く感動する。小生はこの選集に於ては、前期（「郷土望景詩」以前）の、代表的作品をあげると共に、その前期の中より、この本質的詩人の一貫する肖像を抽出するに努めた。

又小生は「郷土望景詩」と「氷島」とを、いづれも原初の全き形で示した。以て詩人の本領を示すと共に、この一群を一つの詩として味ひたいためである。「氷島」は詩集一巻が緊密な形で、一つの詩である。この點を讀者に味つて欲しいと思つたからである。しかしこの詩人を口吟によつて愛誦し、その思ひ出を燃燒するよすがとしたい人々には、「氷島」の中の一篇「地下鐵道《さぶうえい》にて」をすゝめる。

深い思想、鋭い人生觀、心裡内景の象徵、斬新の感覺等々を藏した名品は數多いが、その口調と情緒がよく對應し、人の口に輕くのつて、無限の美觀といたましい情感と、切ない哀愁と人生の深所の思ひを導き出す上で、しかも人生觀に深さと慰安を與へる點で、各人の教養素質に應じて、どのやうにも生きてくるものとしては、この「地下鐵道にて」が適當であらうと思ふ。その「掛詞」は、無限な慰めを、傷いた心に與へるだらう。

藝術を理解するといふことは安易でない。藝術は難しいものである。努力なくしては理解できない。この詩人の作品も、さういふ點で、難解である。思ひの奥が深いのである。新詩初つて以來、最も意義をもつたこの詩人は、すべてのわが近々年代の「詩的なもの」の原型を包括して一身にあつめてゐる。それは彼以前を截ち、彼以後に始まつたものである。それは偉觀である。しかもその人は、日本の新詩の確立のために(世間的確立のためにも)、生涯を、最も高い闘ひから最も低い闘ひにわたつて、幾度もくりかへすことをいとはなかつた。それは詩人の天才のために、かなしい風景であつた。しかしさういふ誠實が、つひにこつて、「氷島」の慟哭となつた。これは條件の一つである。

世の中の新しい「詩的なもの」――それはすべてこの詩人から發したものだつたが、それを自ら一切放擲して、「氷島」の詩境を象つた。かうして青年期から耽溺してきた、ニイチエ、ドストエフスキー、シヨーペンハウエル、ボードレエル等を、殆どを忘れたころに、彼らのめざした「詩」そのものが、自然にこの詩人の口からほとばしつたのだ。しかも條件と經歴は、それを慟哭の詩とした。「詩」は存在するといふ實證を見せたのだ。さういふ「詩」が必要かどうかといふ點では、詩人は無數の辯證を空しくくりかへさねばならなかつた。何となれば、すぐれた「詩」は、必ず人生の永遠の寂滅感を與へたからである。「月に吠える」から「青猫」に於て、おのづからに出來あがつた斬新無類の感覺の詩の、ほとばしり方に共通するものを、後期にも感ずるが、前期の詩は、今日すでに「詩的なもの」として、大方は時代の中へ解消して了つてゐる。無數のエピゴーネンが、さういふ役割を終へたのである。

しかし後期の二詩集は（それは如上の理由で、前期の別箇のものでない）、今もなほ、今後もまた、その獨自を以てわれらの人生の行路に於て、傍の慰めとなり、愛情となり、勇氣を供與するにちがひない。

小生は以前に、この詩人の「誠實」を「宇宙的」な構造と呼んだ。それは實に「原始」のものである。宇宙は無限にして永遠である。有限と考へる心は、救ひを思はねばならぬ心を意識せねばならぬ。それは何もないと云へば何もない。我々も地球もその中では、無である。

しかしこの詩人の人生觀や思想を簡單に抽象することは、不可能である。それは詩人の詩の外にはないものだから、彼の著作をよんで知るより他ないのである。

○前橋中學を終へ、明治四十年九月、熊本の第五高等學校に入り、次いで翌年九月、岡山の第六高等學校に轉じたが、四十三年四月、三年生で中途退學せられた。この間音樂學校入學の意思があつた由である。』

○前橋中學在學中、級友と「公孫樹」「野守」などいふ回覽雜誌をつくり、短歌や插繪を書かれた。この中學生の頃か、その前か、少年音樂隊を作つて、自轉車競爭の樂隊として出場したと、聞いたことがある。後大正二年頃郷里で「上毛マンドリンクラブ」を作られたが、これは日本で第二番のものだつたさうである。樂器ではギタアを好まれ、自作の詩でも、古典でも、知人のものでも、未知の人の作でも感銘した作品は、ギタアをひきつゝ低誦された。』

小生が始めて世田ケ谷の家を訪れた時は、夜になつて大雪になつたが、そのころ佐野一彦の作つた「つひに別れて夜おそく泊つた停車場の前のホテル……」といふ長歌風の詩を、ギタアをひきつゝ幾度もくりかへし低誦された（この詩については、口語詩の問題として述べられてゐる）。未知の人だつたと思ふ。小生もその時始めてその名を知り、その後彼の書き物をよむ機會をもつた。

○この趣味の他に、晩年「東京アマチユア・マヂシアンス倶樂部」の會員となられた。魔術手品を好み、小生などもよく見せられた。戰爭に入つてから陸軍病院へ手品をもつて慰問にゆかれたこともあつた。活動寫眞も好まれた。すべて興味は、哲學、文學から市井の俗事井戸端のあたりまで、何ごとによらず廣範であつたが、現在の政治については殆ど話題にされなかつた。しかし史上の英雄や政治を批判するのは得意で、よく獨自の批評を聞いた。』

○大正二年五月、當時北原白秋の主宰してゐた「朱欒《ザンボア》」に、「夜汽車」「こゝろ」「櫻」その他二篇を投じられた。これが初めての作品發表だつたが、白秋が激賞し、且つ世評も高かつた。「朱欒」はこの月で終刊したので、後しばらく若山牧水の「創作」に作品をのせられた。當時白秋門下として大手拓次、室生犀星と、三者竝び稱された。犀星は少し早くより作品を出してゐて、初め犀星の詩風に非常に傾倒してゐたと書かれたものにもある。』
○大正四年三月、犀星と共に人魚詩社を作られ、「卓上噴水」といふ詩誌を創刊せられた。』
○大正五年十月、犀星と共に詩誌「感情」を發刊された。』
○大正六年二月、「月に吠える」を感情詩社より出版された。』

この「月に吠える」は處女出版であるが、作品としては、「愛憐詩篇」につゞくものである。「愛憐詩篇」は後大正十四年に、「郷土望景詩」と合はせて「純情小曲集」と題して上梓された。愛憐詩篇時代は、犀星を愛誦してゐたと云はれてゐたが、「月に吠える」のやうな、（やがて「青猫」につゞくやうな）獨自な感情や情緒や心的傾向あるひは内面風景を、このやうなかつてなかつた獨自な詩語に定位する方法は、どういふ天才の所産であらうか。その獨自な詩境と獨自な表現は「詩的なもの」として、多くのエピゴーネン的解放にもかゝはらず、原物の詩品としては、未だ大半に於て斬新性を失つてゐない。

この詩風の創造には、犀星は關與してゐない。詩人の言によれば、新風の起原は大手拓次だといふのである。恐らく兩者の交友の間に生れたといふ意味であらう。この一卷を處女出版としたことは、詩人にとつても、又わが詩史に於ても測り難い意味があつた。それは新詩以來、日本人が始めてみた詩だつた。その作品みなほとばしり出るやうに、生れ出たものばかりから出來てゐた。想像の中にさへなかつたものが、さうして誰も知らなかつた心と心理の世界が、次々に詩として定位づけられたのは、云ひやうのない驚異だつた。さうして定められると、誰でもおぼえあることに見えた。かうして新詩始つて以來、最も意味あつた詩人は出發した。

世評も亦、詩人の天分を認め、詩品の劃期性を肯ぜざるを得なかつた。そしてたゞ「詩的なもの」を描くに巧みな亞流詩人は、この詩人の前から光を失つてゐた。

この「月に吠える」の前の期間をなす「愛憐詩篇」時代につゞき、キリスト教風な氣分をもつた「淨罪詩篇」と題する未定詩集（全集收錄）があり、これは基督教徒だつた河內の父の里の當主、萩原榮次（故人）との交友の一つの影響と云はれてゐる。なほ「月に吠える」には、「從兄萩原榮次氏に捧ぐ」との獻辭が附されてゐた。
○大正六年十一月、詩話會が成立し、會員となられた。この會は詩人の位置を高め、詩を文學として認めさせるといふ目的のために、當時の有力な詩人を集めた團體で、感情詩社が中介し、冊子「感情」を利用して、作られた會であつた。』
○大正七年、結婚された。子供は葉子明子の二女子がある。昭和四年離婚された。晩年に近く門下の妹の少女と結婚された事があつたがうまくゆかなかつた。詩人の若い友人の中には、初めからこの結婚を中止するやうに忠告したものもあつた。』
○大正十一年、アルスから「月に吠える」の再版と「新しい欲情」を上梓された。』
これは詩人の詩作と竝行してなされたアフォリズムの第一集だつた。この書の內容は、人道主義や社會主義や平和思想の如き、あらゆる當時の流行思想に對する嫌惡で一貫されてゐる。しからばその嫌惡の根柢となる詩人の思想は何か。その內的欲求を露出させた原型のものは、詩人の「本質」だつた。その本質の考へ方が深まるに從つて、これを論理的に示す代りに慟哭の詩となつた。この時代に「慟哭」となる如きものが本質であつた。

このアフォリズムは、外國にはある形式だが、日本に未だない、この形式を新につくるといふ心がまへでなされた。さうして作品としても、詩と竝んで成功してゐる。この種の考へ方は、明治の人々の一つの底力だつた。望景詩以前の全詩集を見ても、さういふ「文明開化」を眞向から闘つた人々の、眞向な氣分が時々よく出てゐる。そこには無數の西洋の詩に對抗するつもりの詩が試みられてゐる。それは摸倣でない、征服とも考へてゐない。所謂自衞だ。鐵幹子規以來、芳賀矢一ももつた、蒲原有明や薄田泣菫のやうな人ももつた一貫する明治人の思ひだつた。

小林清親は明治初期文明開化當時の最後の浮世繪師だつたが、外國から初めて入つてくるあらゆる版畫、寫眞版、複製畫、油繪、三色版、といつたものに劣らぬもの、同じものを、浮世繪、版畫の技術でつくつた繪師であつた。小生はこの繪師を、心の底で忘れることが出來ない。清親は職人であつた。しかし彼こそ開化の一大藝術家だ。悲しい「文明開化」そのものだ。彼の心の底を思ふと、今の洋畫家——梅原でも安井でも、小生には水沫のやうに思はれる。本當の藝術の心、を彼に感ずることも出來るからだ。この偉大に悲しい職人繪師は、小生に勇氣と忍耐と、加ふるに慰安さへ與へてくれる。この清親には、彼なりの「不可能」はなかつた。

「月に吠える」――「青猫」の間にも、多分にさういふ感じのものがある。例へばとは云ふ必要がない。しかしさういふ「思ひ」が、つひに慟哭に轉じた心的風景とその過程に、この詩人の負うた一切の傳統と歴史と思想が、極端に燃焼したのだ。これは日本に於て、唯一人の詩人の生成だつた。かういふ文明開化の慟哭を象つた詩人は、日本の新詩史上に一人として存在しない。その點ではこの詩人こそ「近代日本」の歴史的精神と云はねばならぬ。この詩人の慟哭は、「近代日本」を解く鍵だ。同時にそれは將來の精神に方法を教へる。小生はこの詩人を、心の師とし、最大の尊敬と支持を思つた。又それを感動として描いた。

「青猫」に於てこの心的葛藤は、都會と田舎をつねに對蹠して考へた詩人の思想に出てゐる。詩人は田舎の生活を見、これを怖れた――そこから逃れられぬことを、誠實に怖れたのだ。しかも都會は都會として日本に生れなかつた。文明開化期の職人の描いた西洋風景版畫が、自分の藝術意欲を最も刺戟すると、詩人はかつて述懐した。明治初年の煉瓦建築が展開する代りに、ペンキ文明になつたのが悲しいから、と云つて、古い文明開化の遺物を謳歌した詩人である。しかし何故の葛藤か。詩人が「宿命」と見たものの生れながらにもつたアジアと日本が、彼を西洋のエピゴーネンとし得なかつた。彼の「誠實」はさういふ形の植民地文化を極力排斥したのだ。この過程は葛藤そのものであつた。小生はこの點で、近代日本に於て、萬般に關して誠實だつた眞の詩人の肖像を見る。しかもその人の詩は慟哭の歌であつた。詩を歌ふ代りに、専ら語らねばならぬ境涯に入つていつたのだ。

文明開化の運命と、傳統と歴史の回想と、この二つの關係から、詩人は、その古典研究を通じて、紆餘曲折の論理をもつた「日本への回歸」へたどりつくのである。故に詩人の常用のことば、虚無とか虚妄とか絶望といつた言葉は、近代西洋の考へ方で解すると見當がはづれる。その慟哭と云ふものは、この式のレデイ・メードでは理解できないのだ。詩人は文明開化の職人の根性を思ひ、それを無限大に純粹化して慟哭したのである。この間に「近代」と「日本」に對する詩人的分析が伴なひ、一つの自覺が形成せられた。この詩人の唯一の方法は、ものを無限に純粹化することであつた。これは永遠に價する詩人の資格である。

○大正十二年、「青猫」を出された。ついで七月、「蝶を夢む」を上梓された。いづれも新潮社の刊行であつた。』

「青猫」は「月に吠える」の濃度をさらに深刻化した。その濃度は深刻化に卽して現れた。深刻化の原因は、詩人の思想と人生觀による。詩人は後年瀨戸内海の小島に旅して、小生に語つたことがある。野口米次郎の詩は日本の詩でない。あれは西洋のものだ。西洋が野口を日本として認める限り、さうしてそれが限度なら、自分の詩は絶對に彼らに認められないのだ。——これは昭和十一年ごろだつた。

ニイチエを機縁として、二人の東洋の文人が、東洋的な思想を自己の内部で明確にした。その一人はわが詩人、今一人は生田長江である。萩原朔太郎も、アジアの本質詩人の變貌した姿だつた。むしろ「近代」に傷ついたいたましい姿である。小生はこの二人の思想を、深く尊重した。今も人は、「月に吠える」から「青猫」の間に造型された感覺のものを、この小生の批評に沿つてよみ返してみるがよい。必ず思ひ當る筈だ。この造型に到る詩の原始の狀態は「東洋の滿月」の詩人、藏原伸二郎が、あざやかに一方の純一な昂奮の方へ導いた。藏原も「詩人」の名に價する稀有な一人だつた。

わが詩人が、日本の生活を怖れたのは、理由があつた。詩人は直觀し、次に慟哭した。この慟哭の原因は、我々が解説すればよい。詩人は本質的なアジア（文明の五千年である）をたゞ直觀し、その本質の運命を直觀しただけだからだ。詩人にとつて、これは如何ともならないことであつた。解決はない。かくてあふれでたものの奔流は、自然に慟哭に變じた。

この解決は、我々がしようと思つてゐる。昔からの決心は衰へない。さうして今やこれは最高精神にとつて、廿世紀今後の世界史的課題となつた。小生はこの詩人の「慟哭」を、正しく世界史の語彙で説明し、その變貌と轉身の原理をさぐりあてねばならない。しかしこれは、心ある讀者——さうして若い人々に、多くの期待として殘し、こゝでは暗示と斷定のみをのべておかう。これを獨斷と考へるものは、わが無緣の衆生である。さうしてさういふ人々に、わが詩人は、西洋を試みはしたが、誰の摸倣もしなかつたといふことを一言申しておかう。摸倣と見えるのは、自衞に他ならぬのだ。何故摸倣と自衞といふやうに、言葉が全く變るかといへば、それは判斷する人間が變るからだ。判斷する人間の氣概の違ひによつて、言葉は變るのだ。摸倣しか考へない人、飜譯しかできない人、さういふ人々には、この自衛の考への起る心の場所がわからない。わが詩人は、彼に於て、異常神經の持主と考へられるのみであらう。しかも自衛こそ本來的に何かの「鎖國」をともなふのである。この「鎖國」は一箇の道德でもある。
○大正十三年に上京された。大地震の後で、この時、江戸の文化も、明治の文明も共になくなつた。』
○大正十四年八月、「純情小曲集」上梓。初期の「愛憐詩篇」に近作「鄕土望景詩」を加へられたものであつた。』
望景詩の異常な慟哭は、殆ど理解されなかつた。まさに憤怒を通りこした慟哭であつた。世評は高く、しかも詩人は孤獨と憤怒を負うてゐた。何の誇張ぞと世人は考へた。詩人はことばなく慟哭してゐたのだ。今や云はんとする心に足らふことばを見出し得なかつた。この慟哭の調子の中に、しば〳〵切ない嗚咽のひゞく所以である。誰も知らない重荷を、詩人はひとりで負うてゐたのだ。詩人自身で云ふ「厭世」よりも、はるかに深い宿命だ。あたかも時代はペンキ文化の開始期だつた。その慟哭は、この事實とも、皮相面で關係があつた。
○昭和二年、再び上京された。この間田端、大森、大井、牛込、赤坂、それに鎌倉と、移り住まはれたが、晩年は世田ケ谷の宅に落つかれた。』
○昭和三年二月、「詩論と感想」(素人社) 三月、「萩原朔太郎詩集」(第一書房) 十二月、「詩の原理」(第一書房) と次々に上梓された。』

「詩の原理」はすでに「感情」時代に豫告されたもので、成立に十年を要した。この書で到達した東西文明の一般比較論は、詩人の生涯の思想としても一貫してゐる。しかしそれにもとづく積極的な行動的結論では、矛盾し、流動し、このことがまたかの悲劇性、悲壮性、慟哭の原因となつた。しかし晩年に於ては、その純粋の詩人の性格と混淆して、崇高感をかもしだした。詩人は、人が見るよりも、はるかに重く、その悲劇感と苦惱を負うてゐた。

すでにそれは、「月に吠える」「青猫」「蝶を夢む」を一貫して現れる内景的なもの、情緒と感覺が内面化して、思想的になる過程の現れであつた。しかしこの本質直觀を、語る人としては、原有の詩人は適任者でない。思想化して、語りつゝ、直觀を傷ねることは、見てゐて不幸だつた。晩年に於て、この歌ふべき人、つねに最高の戰ひだけを闘ふべき人は、最も低い戰ひのために語りつゞけた。しかし神の公平な思寵は、さういふ詩人の不均衡な狀態から、あの一きは悲壮な慟哭の詩を生誕させた。我々は、それを誦して、かなしみを共にする。詩人は自らの言葉で、自らの崇高なこの抵抗の深因を解明するよりも、つねに最も低い敵と、最も低いところで戰つてゐたのだ。これは英雄の悲劇に共通する。

○昭和四年十月、アフオリズム「虛妄の正義」（第一書房）。編選「室生犀星詩集」（第一書房）を上梓さる。この年離婚されたことは初めに誌した。』

○昭和六年、「戀愛名歌集」（第一書房）が上梓された。』

これはわが古典、敕撰集から戀愛相聞の歌を選んで、これに註釋を附したのだが、選擇は獨創的で、觀賞法に藝術的香芬の高い好著である。この書はアララギ風の觀賞が壓倒的であつた當時の古典觀賞法に對し、革命的な作用を及した。

小生はこの本をよんで、多くの勇氣と、その勇氣の現れの方法を知つた。このころの詩壇では、畸型的な詩風が横行し、眞の詩人は不遇の狀態にあつたが、この一巻は、後に見れば、明らかに我が浪曼派運動の燈臺の一つであつた。この一年後に我々は「コギト」を刊行し、これを十年繼續し、その間別の雜誌「日本浪曼派」による文學運動を始め、わが詩人はこれに進んで加つた。

○昭和八、九年頃から數年は、詩人の生涯に於ても、文壇的には最も多く活躍された期間であつた。昭和八年六月に個人雜誌「生理」を刊行せられた。』

この時代の詩人は、語る人にならざるを得なかつた。内的に、本質的に、最も高い闘ひを不斷にしてゐた詩人は、語る人としては、最も低い闘ひに、最も下等な敵を相手とせねばならなかつた。さうして彼は、それを好まずとも嫌はなかつた。そして天上と地下を往還するやうな戰ひを根氣よくつゞけられた。強烈な厭世家に與へた、神の一層苛酷な恩寵であつた。又このころから、「コギト」の詩人たち、田中克己、伊東靜雄、藏原伸二郎それに立原道造、津村秀夫、神保光太郎或ひは中原中也、かういふよい詩人が續々と現れた。彼らは昭和初年の詩壇の風を一排し、日本のつねに新しい詩は、萩原朔太郎の原血脈なることを誇らかに示した。

中でも特に、伊東靜雄の出現を喜ばれた。「まだ日本に一人の詩人がゐることを知つて、自分の胸は躍つた」といふやうな表現で、その發見のよろこびをしるされた。伊東の「わがひとに與ふる哀歌」のもつ、「心の歌」の深さ、情熱の切ない激しさ、明るい外景の底にしづむ深い心象、しかもこの寂しい歸郷者が歸つてゆく風景には「時間」が無い。それは人生の永劫の寂寥を象つてゐる。それは確實に、詩人萩原朔太郎の最も本質的な詩人の原始の狀態、直系を燃燒するものであつた。且つそれは詩の正統である。詩は生きてゐたのだ。詩人の三十年の詩業を、一貫して考へることの出來る者は、何故殊に伊東の出現に歡喜されたかを了知するであらう。

詩人の經歷の時代譜に合はせて云ふなら、伊東の抒情詩の青春は、「青猫」以後の、傷いたリリシズムから、始つてゐたのだ。そのさきの「青春」のリリシズムがない。伊東のために、――その時代の青春のために、わが詩人は相擁して泣いた。

喪失と絶望の末に、今は歸るべき家郷さへない。しかし彼を見よ、青春の囘想さへないではないか。それが詩人の嘆の底だつた。詩人の憤怒は、その對象を、當節の人々のやうに、手がるにとることが出來ない。その絶望的な思ひを憤怒といふ形に展いて、以て己の「詩人」を眠らせるといふことができなかつたのだ。然も神は歸るべき家郷さへ詩人に與へなかつた。眼のまへに浮ぶその家郷の風景は、すべての時間を斷たれてゐる。それは永劫な寂寥、巨大な岩石の被覆する不毛地。しかもその岩を自身で作つた鑿で、こつ〳〵打碎いてゐる若者がゐる。それは東洋の孝子傳に於ても、絶えて聞いた例がなかつた。

それを見る者は、必ず岩の底に青春のあることを信ずるであらう。必ず信じよ、それが

「詩」の原理だ。しかし何といふ心いたい若者の姿だらうか。愛人を擁して、「いざ歸らまし」の家郷がこれだ。そこには寢臺がない。「寢臺を求め」てゐた日、詩人はその風景を十分知つてゐたのだ。たゞ異つたのは「詩」の現れ方である。「青猫」の時代に於て、すでに外的風景と内的風景は間斷なく錯亂して現れてゐる。これが一定の方向をたどつて、「心の歌」の眞底の寂寥境に入るのは、必然と云ふべきだ。「進歩」や「發展」でない、みな始めにあつたものだ。詩人はたゞ一切の「快適のみ」を失つただけだ。しかも、あゝ、それを失つて「久しい」。

詩人は怖ろしい風景を見てゐた。そこには岩と空氣と太陽がある。空氣は透明だ。誰もそれのあるといふことを意識しない。瀕死の病人だけが始めてそれを意識し、あがいて求め、その恩寵を思ひ知らされる。これを造物主の復讐と考へてはいけない、神は恩寵に於てつねに公平なのだ。

人間に必要なものだが、誰もその必要を意識してゐない。誰もそれが無くなることなど考へない。さうしてもしそれが無ければといつた假定で、この恩寵を説くものを誰も相手にしない。さうした人を阿呆として待遇するのでない。さういふ論法は、神の恩寵に逆つてゐるからだ。さらに神の恩寵を己の言論のために、恣に利用する下等の根性を、誰でもが本能的に嫌ひ、相手とせぬのだ。水は循環してゐるが、空氣の循環は見えない。――しかし詩人は、空氣の稀薄なところにゐて、それをいつも見てゐたのである。その周圍はつねにほのぐらい。

○昭和九年六月、「氷島」が上梓せられた。』

これは新詩始まつて以來、唯一の慟哭の詩の集である。「青猫」後期の傷いたリリシズムは、いま慟哭に轉じた。わが詩人は、すでにその日、年齢的青春の人でなかつた。その魂は若くとも、意識は老いて傷きすぎてゐた。これは悲劇である。

「月に吠える」によつて、一切の舊來の「詩的なもの」をおのづからに斷つた詩人は、今や自身の「詩人」を、時間を斷つた風景の中におかねばならない狀態をあり〳〵と知つた。そこは空氣が稀薄で、それがよく見える。怖ろしいことだ。小生は詩の技巧や樣式方法などを今こゝでは全然問題にしてゐない。「詩的なもの」を斷つて出現した詩人は、そのうちにその「詩人」が時間のない風景のなかに立つてゐることを知つたのだ。そこが、これこそおまへの家鄉だぞと、天地にある「詩」が叫んだ。詩人はその聲をきく。それを聞いて――そのゝちに歌つた。この「そのゝち」といふことばに、小生は千萬感をこめて、しかもこともなく言ふ。その慟哭の詩に、この前提と前景の述べられてゐないこと、これは當然のことである。

「氷島」ほどに悲しい文學の例はない。こゝに「詩的なもの」は一切ない。あるのは「詩」と「詩人」だ。しかも傷き果てた「詩」と「詩人」だ。いはばアジアのそのまゝの姿だ。その悲しさは尋常のものでない。何故詩人が、永劫の寂寥の場、時間の無い風景に立つたか――詩人はそれを歌つた。それを小生らは、解決せねばならぬ。しかもそれは今や世界史的課題だ、我々の時々刻々の目標だ。我々の家鄉は、怖ろしい永劫の寂寥と化し、すべての生命はその巨大な不毛の岩石で覆ひつゝまれてゐるのだ。手を携へて歸るべき心の「戀人」（それも一つの「詩」だつた）はない。薄田泣菫の明治の青春に於ては、手を携へて歸る戀人がゐたし、絢爛としてこの世にない美しいふるさとがあつたのだ。「かなたへ、君といざかへらまし」。この家郷が今や詩人にはなかつた。しかも、詩とは逃避と睡眠に無縁のものだ。かくて「詩人」の、「詩」の、家郷は無いと考へられた。悲しいことである。我々はそれを解決する上で、なほ青春の何かをもちこらへよう。たとへわがリリシズムは傷いてゐようとも。例へ敗殘であらうとも。神々は增えも減りもしない。「詩」は一貫してゐる。鑿で岩を缺きつゝ、我々は外にある「時間」を無視して久しい。

「氷島」の個々の作品は、昭和四年前後の生涯の危機を超えた記念碑である。新詩史に於て未聞の成果は、その一面ではかうして成立した。この集に「鄕土望景詩」の主部を入れられたのは、當然のことと思ふ。その系統の「詩」だからだ。

その一つの特色は、對象に對する批判に於ても、自己內部の何かの思ひを振動させぬものは、しるされてゐない。對象を器用に扱ふとか、知的に扱ふといふことは、全然ない。普通に輕蔑すべき對象に對してさへ、その共感をとらへ、この內景の方に、全身全靈を以て處してゐる。これは獅子の態度である。理想上での帝王の態度だ。對象が何であるかといふことよりも、その全身全靈の態度に、「詩人」が現れ、ひいて「詩」が、定位づけられてゐる。

しかも「詩」の前提となる心的動向、小生がこゝでのべた類の人生思索の經過は、一切

「詩」の底にかくされてゐる。この美事な進退節度は、純粋痼癖の詩人でなければ出來ない。この人生思索の深さでは追随する者はない。
○昭和十年四月、「純正詩論」（第一書房）十月、「絶望の逃走」（アフォリズム集、第一書房）を上梓された。』

詩人が伊東靜雄の「わがひとに與ふる哀歌」を傷いたリリシズムと評し、その失はれてゐた青春に同感した事實について、小生は自分の經歴の思想から一ことつけ加へておきたい。

これこそ正しい評語である。我々——アジアの生民の詩人には、近代の意味で「青春」はなく、（アジアの狀態は近代の所謂「人間」を滿足に享受してゐなかつたのだ！）近代詩の意味に於て、その「青春のリリシズム」はあり得なかつた。（それは如何なる時にも失はれないものではなかつたのだ）近代と近代詩とのエピゴーネンがあつたといふことは、たゞ彼らの不誠實と非良心に原因するのみである。眞の詩人は責任を重んじ、正義を求めた。その時、アジアの眞の詩人は、かゝるエピゴーネンを良心の犯罪として排斥するのである（この責任と良心の本質的なもの、意識されたか否かを問はさしめないもの、それが「氷島」にこりかたまる慟哭の因であつた！）

泣菫が「いざ歸らまし」と歌つた世界は、「近代詩」のいふ青春とは無關係である。近代詩のいふリリシズムと關係がない。泣菫の王朝頌歌は、かのヨーロツパ人の希臘遺物の頌と別物である。この世界は我々の生活基幹になほ脈動してゐる。血脈は通つてゐる。しかもその情景も生成も構造も、近代詩にない永遠である。その世界では「近代」の時間は停止してゐる。「近代」の歴史は無視されてゐる。「近代」を本氣で構想せんとした人々にとつて、この事實は怖ろしい壓迫である。詩人の慟哭の一因は又こゝにある。そして詩人は「日本への回歸」を歌ひ上げた。

　この意味で、東洋の近ごろに於て、眞に誠實な詩人が、廣大無邊な愛情——人倫第一義のものを文藝に象るべく、生得の責任から、文藝と人倫を身邊に於て、根柢的に考へた場合、ヨーロッパ近代詩の描いた「青春のリリシズム」は、東洋に於てあり得ない。尋常の歴史的知識は、あり得る筈がないと自身に呼ぶ。この心は憤りをふくんでゐる。眞の詩人はこの心情を、いち早く知つてゐた。我々は世間の詩人に對し、かたよることのない、歴史知識と、歴史の古今東西に通じ、世界の文明にあまねく及ぶ文明觀的視野を希望する。我々はもはや單純な無知の醜態を避けるべきだ。カナリヤの如くただ美聲を發するのみの人をも、詩人文人として珍重するけれど、さういふ人は却つて少い。日本の詩人は目覺めるまへに、無知を追放すべきである。

　アジアの民族は、近代の意味に於て、「人間」を知らない、自覺しない。否、(我々は自己に對する虚僞を憎む、言葉の飾りをすてよう)アジア人に於て近代史上の「人間」は許されてゐなかつたのだ。近代の機構に於て、アジア人は「半人間」である。しかしアジアの傳統に於て、アジアは別の形で、「人間の正像」を傳へてゐる。(この二つの文明の宥和し難い狀態を説く論理を示すことが、我々の任務だつた)

アジアに於て「人間」が可能であるかの如く説くものは、政治的謀略に導かれた欺瞞者にすぎない。このことは日本人は當然わきまへておくべきだ。それはブルヂョア對プロレタリアといつた關係ではない。西洋と東洋の二百年來の政治的關係だ。アジアは近代の意味で、青春といふものを持たない。知らないのではない、持たない、持たされてゐない。この明日の光を思ふ者は、この人爲を憤るがよいが、この不幸に報復を思ふ必要はない。この不幸は、やがて神々の恩寵だと自覺されるからだ！

不誠實な者（かの植民地人！）それが（人間が）あるかの如く（考へもせぬから）思つてゐる。さうしてそれをつくらねばならぬと思つてゐる。彼らは手先かあるひはエピゴーネンである。近代詩に云ふ「青春」はアジアに存在しないのだ。これが小生の一言云ひたいところだつた。これは「我々の青春」の自覺といふことだ！

それはまたアジアの現在の悲劇の原因である。近代世界史上のアジアの本有の悲劇的性格である。（アジアの人海作戰にあらはれた「青春」の情熱のいたましさを見よ。）「近代史の侵略」に附隨して、強ひられた人爲人工の悲劇である。卽ち「近代」の罪惡の顯證である。小生はアジアの民として、この罪惡に慷慨する。わが二十年の文業に僞りはない。改めるべき負目はない。

しかしこの狀態を、單に政治的現象のみから判斷し、この解放を共產主義に期待することは、皮相な謬りであり、深刻な不幸をすでに現出してゐる。共產主義も亦「近代」に他ならないからである。我々のアジアの道義は、單に「近代」の奪取と所有を願ふのでなく、

「近代」に對立する別箇の文明の、原理としての、アジアの恢弘を願望してゐるからである。そのアジアは「永遠」である。故に「近代」と「近代詩」の眼を以て見れば、アジアの青春は、あくまで傷いてゐる！　失はれつくしてゐる！　そしてこれこそ、わが詩人の慟哭の因となる。しかもアジアの原有は、それに代る「永遠」をもつてゐる。その藝術は一箇の自然である。本質の人は必ずこの「自然」に回歸しうるのだ。ただその場所が、今は荒れてゐる、それが新しい慟哭と悲哭をかもすのである。

かつてリルケをして、その「自然」に歸りたいと思ふほどに遠ざかつてゐる、と嘆ぜしめたものが、それである。（「人間」の歴史に於て、遠ざかつてゐるのだ、そんな考へ方が、近代の「人間」の實體だ。別の意味で不幸な狀態だ。この狀態はアジアが自らの力で救はれるまで、絶對、誰によつても救はれはしない）リルケは、さういふ「自然」に比較すると、ヨーロツパ（近代）の文化は、文化とは云へない、根のないものだ、と正直に嘆いた。しかしこの言葉を聞いた時、小生はこの近代末期の最も良心的な詩人を、一應白眼視し、やがて已をたしなめて、彼を氣の毒な人と思ふやうになつた。萩原朔太郎――伊東靜雄、といふ人々は、リルケよりもおのづからにもつて生れた思ひの深い詩人に見えたからである。小生はかういふ詩人を知つてゐたからだ。アジアに生れたといふことは、詩人にとつて不幸のみでなかつた。神々の公平な恩寵――と詩人の嘆息のことばが、こゝでも小生の口から出る。我々に於て、一つも遠ざかつてゐない。遠世のまゝに古りてゐるだけだ。今ある永遠である。それが遠ざかつてゐるといふのは、たか〴〵一つの詩の比喩にすぎない。

この東洋の詩の「比喩」については、ゲエテが熱心に調べたものである。
○昭和十一年三月、「鄕愁の詩人與謝蕪村」(第一書房)を上梓された。』
これは古典解釋に於て新しい風格を示した、なつかしい著作である。しかしこの時代の少し前から、詩人は蕪村の彼方に、芭蕉の人生實感に彩られた慟哭のしらべを切なく思ふやうになつたと語られた。齢なるべしとも申された。蕪村の作はみな藝術の珠玉であるが、芭蕉は、その俗と愚の中にさへ、絶對にしてたゞ仰ぐばかりの人生感の深さが象られてゐる、他の言葉で云ふことさへ出來ないなどと語られた。
○同年三月、定本「青猫」(版畫莊)「現代詩人全集萩原朔太郎集」(新潮社)五月感想集「廊下と室房」(第一書房)十一月、小説「猫町」(版畫莊)。他に小説の作品としては、探偵小説が二、三ある由である。』
○昭和十一年、「新日本文化の會」が出來、會員となられた。その他の團體に加盟されたのは、「四季」「文藝世紀」の同人となつてをられた。』
○昭和十二年三月、「詩人の使命」(第一書房)九月、評論集「無からの抗爭」(白水社)を上梓された。』
○昭和十四年頃「詩の研究會」といふものを作られ、自身で、青年に詩を講じられた。そのさき明治大學の教壇に立たれたこともあつた。
○昭和十五年一月、自選詩集「宿命」(創元社)三月、編選「昭和詩鈔」(冨山房)七月、アフォリズム「港にて」(創元社)評論集「日本への回歸」同「歸鄕者」(二著白水社刊)

十月、編纂樋口一葉全集第五巻（新世社）等を上梓された。』
○以上刊行著作三十六種編纂三種であつた。』
○なほこの他に計劃中のものとして、「小泉八雲」「日本詩歌論」「女性と文學」があつた。
また小生が直接に聞いた話だが、「方丈記」の如き詩篇を、近年の世相を題材として作らうと思つてゐると云はれてゐた。さうしてすでに出來上つた一、二ケ所を暗んじて、聞かせてもらつたこともあつた。しかし小生はそれを記憶し得なかつた。
○昭和十六年秋ごろから、急に健康が衰へられたやうであつた。あけて昭和十七年の正月過ぎに、小生の許へ二葉の短冊が（手紙をそへずに）郵送されてきた。この二葉はいづれも小生の大陸出征中に、敵の焼討ちによつて焼亡したが、一つは白い短冊に「新年」の詩の初句、今一つは赤い短冊に「……枕邊に七日咲きたるアネモネの花」といふ歌がした〻めてあつた。この上句を今思ひ出せないで申し訣ない。小生はそれを眺めながら、病臥を察し、且つ不吉なことをふと思つて、暗然とした。かつて書を乞うたことも、與へられたこともないのに、わざ〳〵送つてこられたのは、何か思ひおこされたことがあると、後になつて考へられたからである。間もなく最後の病牀につかれ、そのま〻起上ることなく、五月十一日午前三時長逝された。病名は肺炎であつた。享年五十五だつた。その十三日世田ケ谷の自宅で告別式を營み、前橋市榎町政淳寺の墓地に埋葬した。法名、光英院釋文昭居士。』
○最後に發表された作品としては、十二年暮、朝日新聞にのつた南京陷落祝賀の詩であつた。』

○全集は十巻と別册二巻、小學館の刊行で、昭和十八年三月から、昭和十九年十月の間に完了した。』

昭和二十五年冬

藤村の詩

明治の詩壇で、藤村・晩翠を以て盛時を示し、泣菫・有明を以て圓熟期を示すのは、文學史家の衆目のめざす通説であり、まづ正當の批評である。

しかし草創期に於て、先驅の決定者をあげる時は、私見では湯淺半月と落合直文を云ふ。他をおいてこの兩者をいふのは、ともに時代に於て最も成熟せる詩想を、最も整つた技法で歌ひ、その技巧が一應成長したものだつたからである。

藤村詩の最も高度な技法――これは詩人のものの考へ方や發想と不可分離のものだが――それは芭蕉の詩論に云ふ「輕み」といふ思想で表現されるものに通ずるものであるが、これを春夫がもつとも深く解し、これをうけ入れてゐるやうに見える。藤村詩は明治の疾風怒濤の香しい青春を象徴するものだが、「落梅集」あたりでは、人生觀的な詩想が極めて濃厚になつてゐる。このあたりは、晩年の朔太郎の詩境にいくらか通じて現れてくる。しかもこれは、うけ入れたといつても、勿論、後の人の共感を示すものにて、指摘し得るが如き末端の發想はむしろ偶然の暗合、天成の近似といふべきであらう。

藤村の大人びた技法とはどんなものかといふに、(この大人びたといふ語は拙いことばだが、進歩したとか、完成されたとか、成熟したといつた言葉では、いづれも不十分だ。年代的なものでなく、多少比較的なものである。小面憎いとかうまいといふ俗語が却つてよく當る。それは所謂輕みを現すに最もふさはしい技法である。技法としてより發想として解する方が、一面では近いと云へるわけである。)

「若菜集」の「おえふ」の末句、

おのれも知らず世を經れば
若き命に堪へかねて
岩のほとりの草を藉《し》き
微笑みて泣く吾身かな

これはその片鱗である。この最後の一句の眼は、どうかすると小説家の眼になるが、これを小説家の惡意の眼と思つてはならぬ。この詩からは、さういふ受け取り方はない。さういふ意味でこの眼と心の美しさは、(その肯定の土臺の美しさは)竝々のものでない。これはいぢのわるい末期の眼でなく、——白眼視といふ心を病む者の歪んだ眼でもない。この眼とこの眼の見たものからは、自然そのまゝの青春が展かれる。しかもこの片鱗を見て、藤村が竝々の人でないことがわかる。最近の戰後世代にはかういふ「青春」がない。それを知るものもない。云ひやうのない不幸なことだ。藤村詩によつて「青春」を教はつた我々から見ると、悲しい氣の毒な有樣だ。しかしこの眼——藤村の眼はじりじりと燃えてゐるやうな――一時に燃え上らぬ心だ、それに對する好惡感は別事である。しかしこの詩の調子――戀愛の調子も明治の大きさを申し分なく出してゐる。

同じ集の「哀歌」は、中野逍遙をいたむ詩だが、その中に、

同じ時世《ときよ》に生れきて
同じいのちのあさぼらけ
君からくれなゐの花は散り
われ命あり八重律《やへむぐら》

この終二句の技巧修辭の如きは、たゞ〳〵感嘆するより他ない。詩想は常凡、常凡の詩想をこのやうに端的にいふのは非凡の技巧であるが、又十分に非凡の自信を示してゐる。一種の名人必殺劍の氣合が見られる。さきに春夫の受入れた云々……と云つたのは、こゝの呼吸と、呼吸よりもむしろこの獨自の技法と發想に通ずるものを云ふので、春夫はしばしばこれを一層大らかにし、必殺劍卽ち自他定佛の劍としてゐる。それは陶淵明に近い詩境である。それは自然にあらはれ、この自然こそ感嘆の他ない修辭であり人柄である。或ひは藤村もこゝは古い歌謠より學んだ呼吸かと思ふ。――近松門左衞門も使ひ、清元が使ひ、浪花節も使ひ、鷗外も使ひ、敏も使つてゐるではないか、といふのは俗論である。その俗論の上で、余は入神の藝道を云々してゐるのだ。

一々こゝでその比較検討はできない。藤村のいゝところは、捨身であるところだ。捨身――必殺――定佛を一貫する冥想觀のうらで、これを律した「自然」をみてゐる。この「自

然」こそ「入神」である。これが後になると却つて思はせぶりの小説と批評される。それは藤村が教育者になつたからだらう。しかしこの教育者といふ意味は、鑑三や天心とも共通した壮烈なものだが、泰西の雄辯術にまねて口に出さなかつただけ、藤村の場合、きついものがある。

　ふりさけ見れば青山も
　色はもみぢに染めかへて
　霜葉をかへす秋風の
　空の明鏡《かゞみ》にあらはれぬ（「秋風の歌」）

　この調子も、近世上方の謠物の中でいくらでも原型をみ得る。「八犬傳」の馬琴も愛用したしらべ發想だが、この上方調のかもすものは、心のひびきに通じるのだ。（しつこいことは謠のしらべでのべる。これは上方文藝の風で、露骨なものや現實的なものを、あくどい形のリアリズムに現すところは、謠物の本調子となる。圓熟した文藝文化の風格と云へるわけだ。）藤村がこゝで示した發想もこれは單なる抒情でない。藤村のこの技法は勿論、馬琴の因果論の情緒など考へなかつただらう。竝々でない藤村の人がらが出てゐる。

　あゆめば蘭の花を踏み
　ゆけば楊梅《やまもゝ》袖に散り
　袂にまとふ山葛の
　葛のうら葉をかへしては

女蘿《ひかげ》の蔭のやまいちご

色よき實こそ落ちにけれ（「林の歌」）

こゝも同様の意味で、殊に最後の句が曲があつてよい。「うら葉をかへす」といふ意味の句は、一通りの古典を味つたものなら、必ず心にとめてゐる句で、日本人が千年もの間、くりかへしてきた技法、それをそのまゝかりてきた末句のうけ方は、亞流の詩人の呼吸をしてゐるものの場合は受け入れられぬ。秋風のうらばをかへす情景は、藤村が古典に教へられて自ら見たものに違ひない。そこで深い美と深い人生の嗟嘆を、何かにかこづけて味つたにちがひないと思ふ。再びこゝで春夫の詩句のあるものに注意を向けることを希望しておく。

「一葉集」はやゝ低調になつたやうに見える。これはさうした定めだらう。それが「夏草」ではまた少し異つてくる。「晩春の別離」といふ長詩の中で、詩人の思ひを現す句として、二つを指示しておく。これらは余の共感による思ひである。

かのバビロンの水青く

千歳の色をうつすとも

柳に懸けしいにしへの

琴は空しく流れけり

やはり末句に注意を求めたい。對象事物の新古の如き問題でない。尋常でない詩人は何に向つても非凡を描き、人の心を高め豊かにするものである。しかし、それによつて、人が睡るか、醒めるか、と云へば、やはり睡つてゐる者を起き立せるやうだ。さういふ藝術の用を嫌ふ者は、藝術を去るがよい。日本人は、――アジアの民らは、「近代」に於て、生れながらにして不幸なのである。不幸であることが近代史の秩序である。神の秩序でなく、人爲の支配だ。近代に於て幸福といふのは、近代の繁榮を享受してゐることを云ふのである。他の原理に於てなら、近代を逃避した時、多少幸福である。しかし藤村はさういふ人文史を深く考へてゐない。晩翠はその出發と共に、それを考へ、その解決に向つて了つた。これを樗牛などが、晩翠の宗教的信仰的傾向といつたのは不當ではないが、晩翠の思想は、もう少し生々しく、從つてそれを明確に示し得る。但しこゝでは道義上から幸福を規定してゐるのではない。

なほこの數句の起承轉結に於て、結句の發想は、よく晩翠との異同を示す。この二名家の優劣を云ふのでない。いづれも獨自の詩人であつたことが、かういふところでもわかる。

さらば名殘はつきずとも
袂を別つ夕まぐれ
見よ影深き欄干《おばしま》に
煙をふくむ藤の花

夕方の藤を煙をふくむと形容したのは、直接の印象に違ひない。傳承された詩美が、この印象によつて生き返る。これは「詩」が人生を豊かにする一つの證明である。花を煙と合せ形容するのは由來遠い、しかし夕方の藤は、おのづからに煙をふくむ如く(自ら吐く如く――藤花が烟を吐くと思ふのはやりきれぬが――）色がくたぶれてゐて、實にわびしい。これは漢詩風の形容と思ふ。陳腐の形容もみな源は寫生である。今さら新しい寫生々々といふ者は、原始の古典的驚嘆を失ふ傾きがあるから、余はその心の向きを不遜としてとらぬのである。

花を形容する法を、藤村がどの程度支那の詩人から學んだか、余は審にせぬ。當時の藤村は、杜甫はよく讀んでゐたやうである。しかし余は、その幾分かも暗んじてゐないから、兩者の技法上の關係を云々できない。又檢討の興味と時間もない。

この「煙をふくむ……」といふ句は、よく歌つてゐる。それを指摘するのは、讀書人としての評家の任である。

むらさきの藤のたりふさいろしづみ
ゆふげのけむり花にはひゆく

この歌は栢木喜一の作である。彼の板蓋宮の藤を歌つた作品の中から余がこれをことさらほめたのは、藤の花に夕べの炊ぎの煙をははせて、煙をふくむその花の風情をたしかめたのをほめたのである。この風情は大様であるが、發想になかなかの曲あるものだ。藤村の詩を知つてゐると、或ひは芭蕉の句を知つてゐると、一層この歌の面白さ（それは發想として「輕み」に轉じる）がうれしい筈だ。もつとも歌の作者は藤村の詩などおぼえてゐたといふわけでなからう。芭蕉の句を知つてゐても、この場で回想したとおもへぬ。作者より評者の方が、作品に對して餘裕があるものだ。

「夏草」の中の「新潮」は、思ふところあつて作られたものであらう。心の激昂が感じられるが、その中の一句、

朝夕《あしたゆふべ》を刻《きざ》みてし
天の柱の影暗く
雲の帳《とばり》のひとたびは
輝きかへる高御座《たかみくら》

このやうな句は、古典にのみ見られるやうな、荘厳な畏怖にみちてゐる。詩人が「神の如し」といふ形容は、かういふ句をみる時に於て當る。いはゞ天地一體神人一如の詩境である。しかもこの神は畏怖の神である。かゝる句が口から吐かれる時、詩と詩人の神の如き偉大さといふものは申し分なく現證せられる。このやうな場合、詩人は神をとりもつものでなく、直接一體である。少くとも我々アジアの神觀に於ては――。唯一神教の場合は教理上さうは云へない。彼らは神になれない。不幸である。故にかういふ神の域を詩に於て知つた人々は、たとへヨーロッパ人でも、アジアの神話を信奉するのだ。

藤村がかういふ荘嚴な心境をもつてゐたといふことに、少し意外に思ふ人があるかもしれぬが、實にこれは現證である。かうしてみると七五韻文は實に荘重な詩型である。なほ晩翠はかういふ詩境の壯烈なものや畏怖にみちたものを深く理解してゐたが、彼の場合は、その冥想と祈念から、比較的合理的に出たもので、藤村の場合の方は、印象から出てゐるから、唐突感を以て激しさを與へる時がある。これは惡い感じでなく、その反對に作用す

る。

光は離れ星隠れ
みそらの花はちりうせぬ
彩美《あやうるは》しき卷物を
高く舒《の》べたる大空は
みるまに暗く覆はれて
目にすさまじく變りけり

この章も古典的な美事さがある。莊嚴だ。末句のひき出し方と、その句のしらべの大様ないゝ弛みが、讀者の心を反つて無窮のものへと導く手法は、新體詩に共通する大様の氣宇の反映だが、藤村はこの永遠のものを、人生の思ひと合體させた。新體詩の最高の雅味はこゝらで完成されたのである。細心緻密の想をふくめて、一般の心境大様といふところが、これに對する余の評語である。末句五音の語尾のひき方が、永遠にひゞく如き感は又格別である。

この「新潮」といふ詩は、挫折と反撥と激昂をつぎつぎにうつし、身上に卽したものであらう。

我よるべなき海の上に
活ける力の胸の火を
わづかに賴む心より

消えてはもゆる闇の夜の
その靜かなる光こそ
漂ふ身にはうれしけれ

かういふ狀態であるから、挫折激昂の中にも、陰慘とした反省はない。後の晩翠に東方の光を思はざるを得ざらしめた如き、現實具體への歷史的人文的凝視もない。如何なる悲運も個人の情熱によつて拓けるとしたところの、明治初期のヒユマニズムの、最も昂揚した歌は、藤村のものである。藤村は唯一の「青春」を歌ひ、新體詩の氣分を、藝術として完成した人と云へる。晩翠の思念と思想は、近代文明の分析にもとづいて、深刻である。最も深刻である。晩翠の藝術はいつも危機にさらされるのである。例の「藝術か政治か」といふ形の危機であり、これはアジアの文人の運命であつた。

「落梅集」は三十二年から三十三年のもので、「若菜集」と比べると色々の興味があるが、人生の觀念が、明確の具體として經驗されてゐるのが特色とすべきであらう。

常磐樹の枯れざるは
百千《もゝち》の草の落つるより
傷ましきかな（「常磐樹」）

かういふのがなつかしい藤村調である。

たまたまことし歸りきて
昔懷へばふるさとや

蔭を岡邊に尋ぬれば
松 柏《しようはく》すでに折れ砕け
徑《みち》を川邊にもとむれば
野草は深く荒れにけり（「響りん〳〵音りん〳〵」）

素氣ない風情につゝまれてゐるもの、そのさまがよい。「松柏すでに折れ砕け」といつた句が、慰めを與へる。それはアジア的滿足觀といへるかもしれぬ。單なるあきらめや、くすぐるやうなユーモアだけではない。一見近代に於て敗殘せる如くして、實に不死の自然の人情のおほらかさといつたものに通ずる何かである。よく云へない。陶淵明でも味つてゐたら、心づくかもしれぬと思ふ。さうして悟つてもらふより他ない。アジアの詩の醍醐味の一つだ。人生の詩の極北のものだ。いづれにしても人生の愛誦となり、逆境の人に慰めを、失意の人に望みを與へる、といふ形の句は、この頃の藤村に少くない。「詩人」がおちついてきた感じである。

この「落梅集」には例の「千曲川旅情の歌」や「勞働雜詠」など、有名な詩が出てゐる。「寂寥」といふ詩の中に、

麥に添ひ寢の農夫には
はつかねずみとあらはれて

といふ句があつてこれは「いつはり薄き寂寥《さびしさ》よ、いづれいましのわざならめ」といふ意味だが、寂寥といふものを擬人化し、そのさまを歌ふのに、はつかねずみを思ひ出してゐ

るのは、眞劍な人のユーモアで、比類なくたのしい。うれしい心持である。慰められる。誰でもたへ難いさびしさの人は、必ずなぐさめを味ふと思ふ。こゝでみれば藤村のもつてゐた愛情は廣大である。かけがへのないところがある。思ひつめたはてに、そつけなく云つて了つたやうなところが、少しつめたさうに見えて滋味がある。それが藤村詩のよいところだ。

「千曲川旅情の歌」と「勞働雜詠」の歌は周知のものだが、今とりたてゝ云ふことを思ひつかぬ。余はむしろ「爐邊雜興」をよんで涙ぐましい。思ふに藤村の愛も涙も志も、今の余にはこれがその底のやうに思へる。それは尊敬すべきものだし、日本人を自覺するものなら、己も又涙と志と愛に切ないところだ。我々が娯しい詩よりも、悲痛な詩を愛するのは、こゝ三百年、アジアの運命と狀態が悲痛だからである。しかもその原因は、主として歐洲民族の侵略の、反道義と非倫に原因してゐるからである。

この集には「黄昏」とか「枝うちかはす梅と梅」「君こそは遠音に響く」などよい詩がある。この種の、人生に圓熟した抒情の列を、余は後の春夫詩集に較べ見たわけである。

あな哀し戀の暗には
君もまた同じ盲目《めしひ》か
手引せよ盲目《めしひ》の身には
盲目《めしひ》こそうれしかりけれ

この句は「君こそは遠音に響く」の末節である。「落梅集」は「若菜集」と共に重んじらるべきものだが、前者のひたむきなのに比し、後者はかげりが多く、時には感興複雑である。

この集には、作者の意圖とその時の條件、狀態の、想像を絶したやうなものさへある。「縫ひかへせ」といふ詩などは、想像できる方である。「鼠をあはれむ」といふ作は想像を絶してゐる。余は誰人か藤村の傳記作者に乞うて、この作の背景についての見解を知り得たいと思ふ。この背景となつた特殊な事件、もしくば心境を知りたい。念のため全部をあげておく。

星近く戸を照せども
戸に枕して人知らず
鼠古巣を出づれども
人夢さめず驚かず

情の海の淡路島
通ふ千鳥の聲絶えて
やじりを穿つ盗人の
寢息をはかる影もなし

長き尻尾をうちふりつ

小踊りしつゝ軒づたひ
煤のみ深き梁《うつばり》に
夜をうかがふ古鼠

光をいとひいとはれて
白歯もいとゞ冷やかに
竈の隅に忍びより
ながしに捜る鰺の骨

闇夜に物を透かし視て
暗きに遊ぶさまながら
なほ聲無きに疑ひて
影を懼れてきゝと鳴き鳴く

余はこれをよんで寒氣を味つた。卽ち被害を外に歸して、何ともいへぬ嫌惡が、ことごとく終了した好しい感情である。これほどにひやゝかに人を憎み、人をあざけつた歌は、數少い。近ごろでは伊東靜雄が、僅かにこの心境を、かゝるやさしい詩型に形成するすべに通じてゐたのみである。その心の底には不思議な頑迷と評したいやうな強いものが見える。それを大ていの人は氣にもかけぬだらう。余はこの作に興味を感じたのである。作者に同感し、かゝる時にはかくもあるべしと同情したのである。この冷酷の情は、名人の剣の如く、すでに陰慘でない。無言必殺の相である。誰も陰慘と評し得ない。怖ろしい威力だ。藤村の尋常の文人でないことが明らかである。

同じ集に「罪人と名にも呼ばれむ」といふのがある。事件に於て通ずるものか否かを知らない。心境は等しくない。同時同條件下に於ても、詩の現れに異りあることは普通事である。詩人の常である。

戰ひの世にしあなれば
野の草の露と知れれど
吾父の射る矢に立ちて
消えむとは思ひかけずよ

といふ悲痛な句がある。考へると陰慘耐へ難いものだ。この句の感じは前作と通ずるものでない。この「戰ひの世にしあなれば」といふのも、三十二年三十三年の間は、具體的な軍國の時代でないから、一般的な考へ方や云ひ方に從つたのであらう。山田美妙の「敵は幾萬ありとても、すべて烏合の衆なるぞ、烏合の衆にあらずとも、味方に正しき道理あり、邪はそれ正に勝ち難く……」といふ「敵は幾萬」の名で絶ゆる時なく愛誦された「戰景大和魂」も、軍國の日でもない明治十九年の發表である。この美妙は日本新詩建設史上の最大恩人の一人である。

戰ひの世といへど、「吾父の射る矢に立ちて消えむ」狀態よりは、人心が非倫の狀態にあるといへない。さういふ狀態はもし非倫でなければ、精神の異常ないし錯亂の現れである。しかしさうした非倫なる場合が時にあるといふことを、誰でも知つてゐる。しかしそれによつて、道德としての父の一部分を一般的に規定しようとするのは、非常な間違である。世の中には神々によらねば解決できない問題がある。しかし近代文明社會はさういふ彼らの所謂「非道德な嫌惡すべき野蠻」を、たゞ隔離的に放任し、自身で救はうとする代りに、何萬人に一人あたり程度の宣教師を、派遣することを慈善と考へてゐる。わが東洋の文明に於て、その文明の最高の擔當者或ひは支配者は癩者に接吻せねばならなかつたのだ。——接吻することが出來たのだ。それが道德であつた。宗教でなく文化の道德だつたのだ。例へば光明皇后の說話はそれを教へてゐる。

　亂世とは父子相鬪の狀態を云ふのである。亂世が始つて、父子相鬪に入るといふのは、結果からみた反對の考へ方である。さうして亂世は戰爭から始まらない。むしろ戰爭が、亂世の豫感から人々を逃避させようとか、亂世の來るを救はうとする役割のものとして考へられ、亂世を戰爭に逃れる時がある。戰爭より非倫な狀態があるからだ。あはれな英雄豪傑は、亂世より逃れるみちを戰國に求める時がある。

　廣漠な民族が、壓迫されてゐるとか、下層階級が非人間的な悲慘な狀態にあるとか、しばしば人間の不都合な裁判によつて死刑が宣告されてゐるやうな、(しかもそれが莊重典雅の技法で宣告される）さうした文明社會の秩序の維持の機構の中で、戰爭だけを嫌惡し、戰爭にだけ反對するといふことは純理的でない。しかし、だからといつて戰爭をきりはなして抽象的に肯定することも、たゞちに正しいわけでない。たゞ自由と平等のために戰爭を肯定するといふ思想は、悲慘な狀態のアジア人が唱へた思想でなく、ヨーロッパの唱へ行ひ、且つその行爲を以て近代文明の曙光とし、且つ究極目標としたのだといふことを彼らは反省する必要がある。世界に於て、不自由と不平等の事情は少しも變つてゐない。文明狀態に於て、アジア人を隔離せねばならぬと考へるものは、アジアの文明の歷史と現狀を知らぬ無教養者である。アジアの文明の本質は、世界の現在の權力者に追從してゐるアジア人らのもつ、卑屈と狡猾と不純と無關係なところにあることを、教養者以外は理解できないのである。

しかし「戰の世にしあなれば――」といふ一句を、藤村はこともなく云うたのである。しかしこともなく云ふのは、こともなく考へてゐることがあつたからだ。このことを僅かの言葉で、下手に解したら、余は多數の人々に、不幸な誤解を與へると思ふから、今は他事を云ふのである。藤村の考へとどこが通じてゐるかといふこともあへていはない。

余は辛卯の年の長い病牀に於て、晩翠を學ばうと思ひ、かたがた新體詩の古きより、明治詩壇の諸家を、閑暇にまかせてよみつゞけた。藤村詩をかくもしづかに味ふこと、實に二十數年ぶりである。少年の感銘に間違ひはないが、年少氣づかなかつたところで、心うたれるものが少くない。己の成長のゆゑであらう。以前谷崎潤一郎が高山樗牛を幼稚と評した時、生田長江が憤りを以て、谷崎は自己の幼稚な年少の頭腦で樗牛をよみ、己の知能の範圍でこれを解して幼稚とした、それは大いなる不遜不敬であるとたしなめたのをおぼえてゐる。古き時代の名家の一代にうたはれた傑作に對しては、必ずこの長江の教へた心掛けがなくてはならぬ。まして明治盛代の文藝に於てをや。けだし名作については、これを少年の日によんで、そのまゝなるものが多いからである。

しかし余はこの度藤村詩をよみ、多くの詩興を味つたが、「鼠をあはれむ」の一篇に、感興わき、藤村のその時の心境を肯んじ、同情したことを以て、翻つてわが心境の今に、何かの危機と危惧のきざしを反省したのである。こゝに愼而勿ㇾ怠と余は已に向つて口ずさむ。

その文學

私が、折口先生の著作に深い文學の感動を味つたのは、その詩歌の集よりも、「古代研究」の方でありました。當時私は大阪高等學校の生徒、十九歳か二十歳の頃です。そのさき「海やまのあひだ」をよんで、大いに傾倒し、當時上梓された「古代研究」を手にし、はからずもさらに強い感銘を與へられました。こゝで啓發されたものの考へ方、ものの見方は、さらに私自身の土俗的なものと、一種のともなりを起したのでせう。在るのに知らないことを、しかも知識としてでなく、生きたもののあり様として、その生きてゐるもののまゝを、次々に無數に教へられました。これはその文學に他ならぬのです。

折口先生は、大和でも由緒正しい飛鳥神社の家すぢの出で、その飛鳥家は、當代で、事代主命より八十七代とか八代とか承つてゐます。そんなわけで先生は飛鳥がお好きで、特別の感覺をもつてゐられたし、特異の風景の見方をしてをられたやうです。これは終戰後のことですが、お後に従つて飛鳥を歩いた時に感じたことでした。またこの時、古い藤原京址の見えるあたりで、私は立留つて、ぼうとして、その風景を見てゐると、全く心も遠のくやうな氣分でしたが、その時先生は、保田さん評論を止めて小說をかきませうとおつしやつた。私にさうせよといふことをおつしやつたやうな云ひ方でした。その二十歳頃から、思ひかへすとずゐ分久しい年月が立ち、その間、天柱崩れ地軸壞ゆといつた文字通りの大變を經驗したわけですが、それでゐて何ごとも變らず、崩れず、たしかなものが一貫してゐるといふ頑强な感じは、折口先生に關する私の關心一つを考へても思ひ知らされます。おそらくこれが民族の……といふものでありませうか。これをその文學として考へてもよいでせう、さうした時にうける一切の誤解は、もう輕く受け流せます。

今は、二十數年以前のやうな、娯しい花やかな時代ではありませんが、私自身は、かつて知らされなかつた信や、思ひや、わけてそのありがたさを感じる狀態にゐます。人と人との關係に動くものの豐さは、申訣ないと思ふほどありがたいものであります。折口先生の學者として、文人としての御生涯には、いつもかうした深い大きい豐かで、しかもほのぼのとした生き身の四圍があつたのではないでせうか。それがどういふ作用をしたか、これからどうなるかといふことは、さうした集ひの外にゐた私に述べる資格はありませんが、數ならぬ私が、日々に味ふ思ひを、かりに考へて先生の場合に較べて見ても、そこから生れるその文學を考へることは出來ます。これは芭蕉翁の俳諧の座と、似てゐるのでないかなどと思ふこともあります。その色どりの類推でなく、何か大切なもの、創造力とか、世界といつたものが、互にあるといふ點で、近しさや類似を味ふのです。しかしこれは、例の芭蕉翁の十哲などといふ人々や、その一座の作家の列を考へて、群星彩々の情景を、先生の周圍に比較してゐるのではありませぬ。それでゐて較べると相共にさびしさうに見えます。業の深さといつたことは、その文學の天性かもしれません。佛者が不動明王に象つたものを私は考へます。

二十歳前後の少年の私が描いてゐた先生に對する印象は、つひに變りませんでした。天と地の間、神と人の間、神代と今日との間、その別箇の次元の無限の距離を瞬間にあれもこれも交通される實證であつた先生の文學は、人間が方法として發明した機械速度などと竝べ論ずべきものでありません。現に人間の見る、神々の創造された速度さへ、これに比較できませぬ。さういふ實證者を何と呼べばよいでせうか。このさきに露骨に一語で云つて了へば、俗なあはれな人の抵抗を購ふだけでありませう。

私にとつて創造力の一つの源泉であり、對象的には一箇の世界でありました。だから私は、一つの世界であつた先生のその文學を、輕々に分析解説評論するといふ考へは毛頭起しませぬ。しかし言葉のつながりで一つだけ申したいことは、このといふこの世界は、神の御心であるといふことへの信であります。少くとも先生のその文學から、私のうけてきた廿數年の關係は、東洋の五千年、義しい人が教へたり、その生涯の果に嘆じたことを、今も具體的に痛切に教へました。しかしこゝでもう一つ私のことわりとして、申さねばならぬことは、私は一つならず世界をもつてゐるといふことです。だからかくいふ私の美觀は、多神教的といはれてもよいのですが、かうした西洋人の考と事實と歴史に立脚して生れたことばで云ふことは、自らをあざむく間違であります。この所以を了解してゐるので私は決して多神教でありませぬ。云ふならばこゝに、神々といふ、間違ひのない、いかがはしさを認めぬ、我々の血と歴史に傳つたことばがあります。神々は神の複數形でなく、多くの神々といふ考へ方でもありません。この最も大事なところで、我々と古典ギリシヤ人とは別れてゐます。定まつた多くの神々の職分を手段として、思想を考へるといふことを我々はしないのです。否、わが歴史では、さうした必要がなかつたのです。我々の東洋の理想と文學が、永遠の目的を求めたり、それを出發點とした時、地中海の周邊に住んだ民族らが、專ら手段方法ばかりを探究してきたといふことは、いふならば、近代史の悲劇の原因でありませう。どうして人間は二つだつたのでせうか。

この我々のもつ、神々といふ信と、ギリシヤ人の思想や神觀との距てといふことも、誰か優雅な若い、今日でもまともに文學を考へることの出來る人が、折口先生の文學をよむといふことに限つても、必ず何かの暗示となるかと思ふのですが、さうした觀點から、私自身で先生の文學を評論することは、これをまとめるだけの見込みがないので、さしひかへませう。

少年から青年期に入るころの私が、はからずも先生の研究と銘じた文學をよんだことは、私にとつて絶對でした。その感銘を今から思つても、私の心は躍ります。その時に心の躍つたまゝに、私の今の心もたかぶります。ふと思ふと、その時以上に今日の私の中の青春が、純一に昂ぶるのかもしれません。かういふ常時にある青春は、世俗の生活にどんな作用をするでせうか。さうした世俗の意味は考へてゐません。私はその心の躍る時、豊かで樂しく、つねに若々しく、つねに輝く、たゞ一つのものを十分に味ふのです。わが生命に於ける不滅の證は、この青春であります。

昭和十年の頃かと思ひますが、佐藤先生の御書齋で、茂吉翁と折口先生の文學の比較批評が話題になつたことがありました。折口先生の文學の原質は、茂吉翁の原始の人を思はすきはの文學とも全く異質であるといふことを、私はその時云つたとおぼえてゐます。原始と古代は違ふのです。佐藤先生が、この兩大家のいづれを重んじられてゐるかは、よく承つてゐませんが、折口先生の文學の複雜さに、上の興味をもたれたのでないか、とひそかに今でも想像してゐます。

私らの文學思想の運動、かのコギトと日本浪曼派の學藝の主張の一つの柱が、折口先生の文學であつたといふことを、私から申しておくことは、正しいと思ひます。かうした稀代の文學を文壇につなぐといふことさへ、それ以前のわが文壇はしなかつたのです。できなかつたのです。終戰を期して、小説がなくなり、小説の餘光が例へば虚子翁によつて僅かに支へられ、明治に名をなした人々や、「明星」終焉以前の作家によつて、今日の文學が僅かに保たれてゐるといふ事實は、何とも云ひやうのない事實であります。

折口先生の文學を、學問として體系づけて、その骨組をとり出し、ものの考へ方の手段方法と出來るやうな、論理と學問にくみ立てるといふことは、これは大變大切なことと思つてゐます。この上なく難しいことだが、魅力のある學問的野心と考へます。のみならず日本の學問のためにも、日本人の文化のためにも、さらに又世界に對する日本民族の偉大な使命のためにも、それは極めて必要なことであります。このことを發心してする人が、私の氣にかゝつてゐます。勿論私に出來ないことを、他人に求めて、それが無いのは不甲斐ないなど申すのではありません。その方法論を立て、學問化するためには、一應文學を死屍解剖するやうな手續が必要です。それが學問といふものであります。私はこの手續に耐へませぬ。この事情は柳田先生の文學の場合にも云へることです。――この方法論を、民俗學方法論といつた形で考へてくれたら大きい誤解です。先生のつくられた文學を、見出された國民生活の世界を、日本と日本人の學的方法とする學問の營爲です。ものの見方考へ方の教育といふところで考へてゐるわけです。

私はこの八月卅日はからずも吉野山上で發病し、十數日山上に病臥してゐました。折口先生の悲報はこの時の吉野山の宿、櫻花壇でき、ました。宿の主人辰巳長樂翁は、すでに八十歳を越えて、吉野山史の故老であり、吉野山の近代の變遷を生きてきた唯一の物知りですが、保存してあつた手簡の類をもち出して折口先生の思ひ出を色々と語り、なほ柳田先生のことも申してゐました。近ごろの先生の御はがきの一つに、柳田先生を御案内して、吉野山に上りたい云々と記されてゐるのを、この時に拜見しました。

私は病中極めて心わびしく、この寂しさを柳田先生に訴へたいとふと思ひ立ちました。夢とも思へないやうな大きい悲しみのあまたを經驗した日の果に、なほ悲しいことをき、、無性にうたれて、柳田先生に訴へたいといふ氣持が起つたのでした。氣持の訴へでなく、願ひでせうか、祈りといふ方がふさはしいかも知れませぬ。日本の學問も文學も、これでもう一段と心細くなる、かけがへないものを失つたといふやうな氣持などといふと、この云ひぶりのあまりな空々しさ。しかも私が柳田先生に訴へたいと思ひ、願ひ祈りつゝ、それを果し得なかつたのは、立居も苦しい位の貧血のせゐでした。一日のうち廿時間に垂んとする程の時間を、うつ〳〵と睡り呆けてゐた日に、私はそんな衝擊をうけ、こんな思ひを、心の中でくりかへし、暖め、それをしるさぬ言葉のまゝで、心の中で語りつゞけてゐたのです。吉野山の秋風は、大和國原より一月位早く吹くやうでした。山を下りて大阪の病院にゆき、漸く十一月、郷里の現在地に歸り、この一文をしたゝめました。

あまり虛しい理窟のやうなくりごとをつゞけてゐると、一つ位形をもつたことを云つておきたいといふ氣持が起りました。ついてはそのことをもう一こと、申します。折口先生の具體的な業蹟については、多くの人々が語られるでせう。しかし誰方も申されなければ心殘りと思ふのは、三矢重松先生を祭られた時の祝詞をおぼえてゐます。これを拜讀して、私は、あゝ古の「祝詞式」にあるまゝの祝詞が今もあつたと感じたことでした。そのことばも、そのこゝろも、その神々も、その祭る人々も、あゝ、そのまゝ今に生きてありました。民族と國の歷史の一貫を痛感させる、これ以上の現物がありませうか。この時の祭りに、先生は普通の禮裝の羽織袴で祭主をされ、神饌は熟饌だつたと國學院の新聞で見たやうにおぼえてゐます。これはまた何とした確かな信でありませうか。私はさう感じたのであります。先生のこの時の祝詞には、その信が實證されてゐます。

大和の生んだ最大藝術家は、萬葉の人麿の昔はともかくとして、中世では惠心僧都にならぶ者はありません。長谷の谷より昇る天の物を拜み、二上山の二山の谷合に沈む落日を眺めて成長した惠心僧都は、全平安藝術の最大の創造者であり、自身がその時代の最もすぐれた世界の創造者でした。私が「當麻曼陀羅」や惠心僧都のことをかいたのはもう十數年以前ですが、そののち新宿の驛で偶然先生にお眼にかゝつた時の立話に、拙稿をお讀み下され、そのきつかけで御自身の御心にあつた小説をかきましたと笑つて申されたのが、かの「死者の書」で、この小説も靈妙な御作ですが、二上の麓から當麻の地帶も、大和でも一種不思議にも奇妙な土地柄です。昔から、さういふものやさうした異色をなす風土人情のしくみが、文學の實體となるものだつたと私は思つてゐます。惠心僧都の生れた里は五位堂と云はれ、二上のま下に當ります。私などは、この僧都にくらべては、ダンテももののかはと思つてゐるのですが、その僧都の眺めた落日と、今日も大和の村々に殘つてゐる信仰の古俗生活の奇妙な實體とを、想像力で結びつけられた生きの力に、私はたゞ〳〵驚くばかりでした。

舶來の文化の尺度をのみこんで、そんなものに眩惑されず、そんなものの淺さ深さを見破つたのみならず、今の世俗文化の尺度が定めてゐる類の、愚劣な段階や區別を一擲して、それと無關係に、民族の信仰と生活の根源のものを確かに見定め、そのものを理窟としてでなく、あるまゝのものとして、世俗の定めてゐる最高と卑賤との中を貫く、民族の魂の生活の諸相を、歷史を、その本當のものを、同じ高さに於て示され、その生命力を逞く持つた、形あるものの、そのまゝを示されたといふことは、偉大といふより他の辭がありません。日本人として生れた者は、この點で先生に感謝すべきです。

しかもそれは小說にしか描き上げられぬ實體でせう。この小說といふのは今日の巷間に通る小說といふのとはまるで違ふ時もあり、一寸通じてゐるものも稀にはあります。いづれにしても、さういふ實體として示されたものから、考へ方見方の方法論として組織してくれる人があればといふことを、今も志を立てて學問をする若い人々への希望として、私はもつてゐます。その實體を見定めた人の天來の方法を、一應誰のものとも出來る方法論として、示してくれる人があれば、その技術の主に私は民族の感謝をさゝげます。さういふ人は、眞の教育者の名に價ひします。教育者はさういふ人に他ありません。その人は人間文化の大きい恩人であります。我々の青春の日の浪曼的な理想であり、輝く果敢な實踐であつたことに間違ありませぬ。東洋は西洋三百年間の侵略を拂除し、東洋の文化が、世界文化論上で對等に扱はれる時は必ずくるでせう、またその次の段階では、眞の魂の文化は、世界に一つしかないことの實感を導き出すことでありませう。トインビー氏の歷史學は、多分に岡倉天心先生の影響と、わが國の識者はすでに云つてゐますが、その歷史の方法はほゞ前段階に來るものであり、しかも以前のトルストイ翁は、六十年以前にすでに後者の段階にたどりついてゐたのであります。つまりその「人生論」といふ著述は、この事情を、驚くに耐へた素朴さと信念と歡喜とで、惇々とくりかへし談つたものであります。一般に歐洲人の偉大な人々は、その悟りに至つて素朴に立ちかへり、東洋の偉大な人々は、その聖の境地から出發して、複雑になつてゆくことは、現在の私にとつての非常な課題でありま す。恐らくそのデテエイルが、全然別箇の本質から生れ作られてゐるのでありませう。折口先生の文學を學ぶ若い人に、この點の事情を見違はぬやうに忠告するのは私の老婆心のせゐです。などとことばの誘ひからふと思ひかへすと、わが齢、先生の「古代研究」を世に出されたお年を、はや過ぎてゐることに氣づきました。今の今永遠の青春などとあげつらつたあとの、深い心の深淵を意識せざるを得ませぬ。

巳、十一、四

天の夕顔解説

「天の夕顔」は中河與一の代表作の一つと世上に認められ、作者自身もそのやうに考へてゐるやうである。昭和十三年に發表され、以來大東亞戰爭中から戰後にわたつて、おほよそ四十五萬部を出したといふから、その讀者の數からいつても、またその作が喜ばれてきた歳月の久しい持續からいつても、近來文壇において珍しい作品の一つである。

しかるに、この小説が雜誌に發表された當時、ほとんど文壇からは默殺された、と作者は云つてゐる。私も發表當時のこの事實を覺えてゐる。

作者の中河與一は、「文藝春秋」の初期の同人として、横光利一、川端康成と竝んで世に稱へられた。大正十二年「文藝春秋」がはじめて小説欄を設けた時、この三人はおのおの小説を發表した。「天の夕顔」發表時より、十數年以前のことである。だから、昭和十三年に中河與一が自作について、默殺されたと云つてゐることは、尋常作家の處女作が默殺されたといふやうな事情と異るものがあるわけである。

その事情を明らかにすることは、今日の讀者に不要かもしれない。この小説を喜んだ多くの若い人々、さうして今も止ることを知らない讀者の、若者の心持を信じるなら、さういふ文壇的俗事に觸れる必要はないとも思はれる。さうした仕組みへの反撥の絶對的な事實を、「天の夕顏」の流布が示してゐると見られるからである。しかしその頃、そして今も、文壇が作つてゐる文學と小説と小説家についての考へ方とそのヂャーナリズムと、日本の若い讀者の考への間には懸隔があるといふ事實については考へておいてもよいと思ふ。さうした文壇の影響圏は僅少であるが、彼らの世俗上では絶對的なもののやうに見られてゐる。この「天の夕顏」といふ作品は、さういふ文壇のからくりに對し、本質的な、根本的な、文學上の抵抗を示したものであり、挑戰を實踐してゐる。しかし主觀的にさうであつたといふことだけでは――それはそれだけとしても精神の見地から十分の尊敬に耐へるものだが、なほ獨斷自尊の嫌があると評されるかもしれない。しかしこの作品の場合は、讀者の自主的な愛好心が、明確に一つの文學と詩人に加擔するといふ事實を、廣範に、かつ長年月にわたつて證してゐるのである。

わが國の多くの浪曼的な作家が、その才能をいはゆる大衆小説の分野へうつし、時に從つて才能の墮落を伴つたのは、悲しむべきことでもあるが、「天の夕顏」は、さういふ危險な崖の手前で踏み止り、さういふ危機に耐へて、典雅な小説をなした。その簡潔な文章は、作者の自覺した自衞の發露といふべきであらう。

最も浪曼的な才能が文壇を離れるといふことは、日本の文化のために悲しむべき現象であり、それが戰前と戰後の文壇の實狀であつた。浪曼的で、空想的な、文學上の資質の多くが、大衆文藝の方へおもむいた。しかし文學的天稟が、文壇よりもさらに廣い近代的經濟機構をもつ通俗文學の市場組織の中に安住しうるはずがない。そこで天稟から墮落して俗な賣文家となりうるものは、元來さうした市民的俗物氣質の所有者だつたかもしれぬ。「天の夕顏」を俗な小説と分つてゐる原因は作者の內部の思想にあつた。このことは戰後に出た同じ著者の「悲劇の季節」において一段と明瞭であり、作家の文學者としての圓熟を實證した作品であつたが、この戰後の名作についても、わが文壇的時評家は一言する術を知らなかつたやうである。

「天の夕顏」發表時に、文壇がこの一編を默殺したといふことは、單にこの一作品に止らず作者とその文學の考へ方、ひいては、この作品の目ざしてゐる文學の方向を默殺しようとしたものであつた。文壇の實狀は、作者のこの一編のみを默殺したのではなかつたのである。

ところがこの作品が上梓されると、たちまちに當時の青年子女の間を風靡し、その狀態は二十年間にわたり、今日においても衰へを見せない。最近はこれがフランス語にうつされ、それによつて海外各國から、その翻譯の權利を求めて來たもの二、三に止らぬといふ。フランスにおいて、この小說は世界の果の國の異色ある作品として受入れられたとはいへ、フランソワ・ギヤールやアルベール・カミユなど、わが國にも知られてゐる著名の文人が、この一編のため讚辭を惜しまなかつたことは、近來わが文學上において珍しい事實である。

この作品の發表當時、時の文壇はこぞつて無視したといつたが、永井荷風のごとき老文人は、いち早くこれを激賞し、徳富蘇峰もこれを推賞し、さらに與謝野晶子、穎原退藏、久松潛一などがこれをほめた。與謝野夫人と穎原博士は、私も親しく愛顧をうけた人々であつて、私にはこの人々の推賞の心持は十分に理解できるのである。つまり「天の夕顏」という作品は、當時のいわゆる文壇に容れられず、その代りに、學藝において圓熟した人々に歡迎され、同時に當時の若い子女に愛讀されたのである。これが「天の夕顏」といふ作品のもつ一つの意味である。しかしこれらの圓熟した文人の推薦が、本書を流布させたといふことは、ほとんど考へられない。荷風はその頃において、ほとんど小説をしるさず、その名は決して通俗的でなかつた。與謝野夫人の場合は、時の歌壇において、その稀代の天才を默殺されるといふ環境にゐたのである。しかしそれは默殺といふ雄々しい行爲でなく、眞實はその本態を理解し得なかつたのであらう。さうして、夫人の歌風に共感する者さへ、當時の盲目の群衆の暴勢に押されて、卑怯に己を守つてゐたのである。

これらの人々の推賞の辭は多少の影響を讀書界に與へたであらうが、「天の夕顏」は自身の存在によつて、當時の若い優雅な人々を風靡し、戰爭中の若い人々、戀愛を思ひあるひは行つてゐる年ごろの人々に愛されたのである。私はこれが教養と趣味の圓熟した人々と、軍國の青春の花ざかりにゐる人々とに、同時に喜ばれたことに、深い興味を感じた。

戰後の青年少女が、なほかつこの小説のストイックな戀愛の情緒を喜んでゐるといふ事實は、フランス文壇の有力な批評家がこれを讚へたといふこと以上に興味ふかいことである。さうしてこの小説の愛の情緒と戀愛の思想と人生の態度を喜び、この小説の中の人々の愛に對する節度と宗教的な態度に共感する若い人々が多いといふ事實に、私は一つの安堵感を今日と次代に對していだくほどである。かりに百人の信奉者に守られた十人の眞の文人があれば、一國の學藝はよりどころを示し、文士は安住感をいだきうるのである。私の見るところ、この安堵感は誤りなく、自信もまた確立してゐる。しかし「天の夕顔」をもって、私は自分の安堵感の現證とするばかりでなく、この小説をさらにひろく世の青年子女にすゝめ、また母や父兄がその子女にすゝめるのが實に正しいといふことを云ひたいのである。この小説は人間の文化が最もけだかく美しいものを念願してゐた時代と人々のおもひを傳へ、その時代と人々にあつた愛の情緒と思想を、一つの行儀作法や躾として次の代の子女に教へるからである。

今日における浪曼主義の文學の見識は、共産主義とアメリカニズムを排斥するところにある。それはあながち我々日本人の浪曼主義特有の思想でなく、世界に共通する保守的文學は、人間性の美しさ、理想の情緒、魂と道徳と愛の權威を樹立し、獻身と宗教的自己制御の感情を尊ぶ點で、人間を機械化する今日の二つの傾向と機構に反對するのである。だから浪曼主義は、文學上の右翼と考へられ、また自らも稱してはゞからなかつた。しかるにわが國においては、この人間の立場を自覺して守る浪曼主義の文藝も、學藝上の保守も右翼も存在してゐない。この我々の國の歪んだ文明機構は、國の文明の未熟の證であらうか、またはわが國の特殊な文明の狀態であらうか。この問題は、わが國の濃厚な文明が國民生活のどこに生息してゐるかを見るとき、即座に氷解する程度の問題である。文藝の皮相な流行と、わが國民生活の濃厚な美觀や趣味は少しも合致してゐない。わが國の濃厚な生活文化と、今のいはゆる文壇やその作品とは別個である。

人間を機械化し、ものごとを——戀愛さへ簡便に事務的に解決して滿足であるといふことは、極端な人間性の衰退であり、合理主義や實用主義とも無關係である。人間の愛情とか良心とか煩悶とか悔いといつたものは、かつて十九世紀文藝の主題であつたが、今日のわが國の文學のどこに、十九世紀の大作家らの發見して教へた愛情や戀愛の高さとその作法を豐かに述べた文藝があるか。それらの文藝を知らないといふことは不幸であり、またさういふ時代は人間性喪失の危險をもつ。さういふ不幸と危險から若者を防ぐべく、十九世紀文藝の理想と回復と維持をはかり、今日のアメリカニズムと共産主義による人間の機械奴隷化から、人間性を守るといふ考へ方が、今日の文明世界における保守の立場であり、右翼といはれる立場である。

近代の人間の自覺は、十九世紀文學の教へたものであり、戀愛の文學が、その教典であつた。これが近代における「エルテル」の意味であつて、政治や因習に對する反抗といふ反動的行動を原因としないところの、本質上のけだかい人間の觀念が、その人間自覺の原因となつてゐる。舊習によつて戀愛が阻害され、それを打破する行爲によつて、人間性の革命的自覺が生れる、といふ類の輕薄な方程式は「エルテル」にも無關係であるが、「天の夕顏」においても用をなさない。文學とはさうした通俗的輕薄さの上に成立しないものである。

もつとも日本ならびにアジアの道徳的立場は、西歐風十九世紀の考へ方やその人間觀とは異つてゐるが、十九世紀の偉大な文學者、たとへば、ゲーテやトルストイなどにおいては、アジア的なものへの接近と、共通の事實さへ見られる。十九世紀の精神は、革命といふ觀念によつて人間を最大限に自由化しようとした。偉大な文學者はその方向を、究極において魂の方に見た。しかし世俗は物欲の無限な擴大へと向ひ、こゝから人間の完全な機械化の方向をたどるといふ結果が生じた。この人間を機械奴隷化する政治的工作を、二十世紀の人々は、やはり革命とよんでゐる。しかしこのことはヨーロッパ中世への復歸——しかも地方的な最もグロテスクな奴隷生活への復歸——で、このことを共産黨の方では、今日革命とよんでゐるのである。

我々はこの十九世紀文學精神の現在における狀態と「天の夕顏」のもつ一般的な文學觀念を對比することができる。こゝに描かれてゐるやうな形と思ひで、戀愛や愛の思想を描いた文學は、今日の文壇にも通俗小説界にもない。それゆゑ、この小説の讀者で、世俗に對して純眞な觀察のできる稚い人々は、作者が「思想」といふ語で時々云つてゐるところに對した時には、この「思想」といふ言葉を、今日一般の用法で考へないで、すなほに作品とロマンスの内部に立入り、主人公の運命に參入した上で考へることを希望する。

荷風がはじめこの小説をほめた時、これをゲーテの「ヱルテル」に比較し、「天の夕顏」の主人公が、種々の武藝にさへ通じた青年であることを、特によろこんでゐる。かうしたロマンスをよろこぶ小説の讀み方は、十九世紀以來の正統的な讀書法である。與謝野夫人も、その青年が「劍道にも餘程秀れた腕があるらしい」のが、凡でないとほめてゐる。荷風の小説の讀み方と與謝野夫人の讀み方は共通してゐる。これが正統的な讀み方であつて、ロマンスを小說の源泉と考へるのである。この兩家は、一は國史上にも稀有な女流詩人であり、荷風もまた、明治新詩の建設者の一人として、その詩業に歴史的な意味をもつた人である。二十世紀風な短編小説と心理文學の教唆者であることも同様であつた。さういふ人が正風と正統をつねに保持しようとする保守の人となるのであらう。「文藝時代」より始つた新感覺派といふ文藝運動は、わが國におけるアメリカニズム的モダニズムの開始となつたものであるにもかゝはらず、横光も川端も、中河も、皆とり〴〵に極めて日本的な文藝の思想と趣味をいだくやうになつた。このうちで最もハイカラさうに見えた中河が、やがて最も正統的なロマンス文學をしるさうといふ方向に向つたことは、興味ふかい。

ロマンチシズム文藝の本源には、十九世紀社交界以來の傳統觀念がある。すなはち物語の主人公は、つねにスポーツと狩獵と武技に手練の美青年であり、ダンスが上手で、禮儀正しく、詩歌に巧みでなければならない。さらに獻身と敬虔を、愛情の日常として考へてゐて行ふ勇氣のある若者である。この敬虔と獻身が、のちにフランスなどのロマンチシズム文學の身上となる。しかしかうした云ひ方から輕薄でハイカラできざな青年紳士を想像する人もあらう。さういふ人々のために、わが國の古い理想だつた文武兩道の達人といふ言葉をあげておかう。東西軌を一にするものである。この「文」は時代によつて多少異るが、封建の後期においては、和歌、漢詩、南畫の三技に通じた趣味を云つた。單に孔孟の教へだけを旨としてゐたわけでない。
十八世紀風なヨーロッパ宮廷やその周圍の青年貴族が、皆かういふ戀愛をしてゐたといふわけでないのはもちろんである。彼らの戀愛の理想と思想がこゝにあり、それが文學の思想であり、それにもとづいてロマンスを主題とする文學が生れたといふ意味である。「十九世紀」の原因にはこの氣持が有力なのだ。

若い讀者は、谷崎潤一郎の「吉野葛」といふ小説の冒頭で、作者が描きたいと思つた小説のテーマについてしるしてゐるところに注意するとよい。想像力にとんだ小説家の野心といふべきものである。「吉野葛」は名作であるが、作者が眞に描きたい小説の構想を弄する間の隨想ともいふべき文章である。いふならば小説以前のものである。しかし、純文學といふ名で文壇で行はれた、特殊な市民生活の平凡な事實を描寫した文章などは、小説以前にも當らぬものが大多數である。

「天の夕顔」の發表直後、荷風は作者に與へた書簡の中で「我日本の文壇も夕顔の一篇を得てギヨーテのウエルテル、ミユツセの世紀の兒の告白、この二篇に匹敵すべき名篇を得たる心地致し候」と云つてゐる。「天の夕顔」を「ヱルテル」に比較することは不當でない。そしてドイツの批評家たちが、「ヱルテル」からひき出した、人生と歴史と思想と愛と心理にわたる問題を、「天の夕顔」からひき出すことも可能である。私もまた、この作品を語るについて、らちもない文壇論などにかゝはる代りに、史的な見地をふくめて、さうした作品解釋をした方が、はるかに有意義だつたかもしれないと思ふ。しかし「ヱルテル」に比較したり、「ヱルテル」に對したドイツの文藝學者らの設問をこゝで検討して、この小説の讀み方を明示する代りに、私は文壇批評をしてしまつたのである。文壇論は結局文明批評である。そして私は、今日の社會がなほ、文明批評によつて正統文藝の道をつけるやうな狀態にある事實を知つてゐる。

與謝野夫人はこの作品の評の中で、心と心とで堅く抱き合つた二人の戀人が、いつも一歩手前で辛くも踏止る痛々しい姿が忘れられぬと述べ、それは戀人らの「聰明」のゆゑであるとした。しかしこの痛々しい戀愛を、どのやうに考へることも、讀者の自由である。青年はこんな戀をしながら、しばらくの間だが、平凡な少女と普通の結婚をしてゐる。女の方もやがて夫と共にくらすこととなる。こゝで「戀愛」は現實の男女關係と關係がないやうに描かれてゐる。さうした意味でも、結末の不自然は、自然といふべきであらう。しかしかういふ問題について、私は少しも斷定しない。それは讀者が、自身で問題を作り自分で考へるとよいことだし、その考へを己の人生の上に活用できるかどうかといふことも、その設問と考へ方の自主性の如何によつて定まることである。

だから、讀者が作中人物の行爲に何かの疑惑をもつたとしても、それは少しもかまはない。ただその場合に注意すべきことは、作者の敍述と志向の純潔性である。作中人物への想像力の活用は作者から離れてもよいが、そのために作者の態度を見失ふことは正しい讀み方でない。同時に、作中人物の運命や思想や態度に思ひをいたし、これを想像して、批評することは、ロマンスや小説の讀者の一つの積極的な讀み方である。例へば、第一章の終りの男が女のまへで手紙を裂く場面などにしても、作者はそれがどういふ意味かといふことを少しも云つてゐない。そこで問題を作つて、自身で考へることは讀者の自由である。主人公の運命と思想を、すべて作者に任せきりにするやうな讀書は、低級な讀者のすることである。またさういふ讀者だけを對象として文學をつくる者は、まつたく通俗的で無用な文學の作者である。

第二章に出てくる醫學者の過失の死について「人は何によつて死ぬよりも、その心の影に愛情があつたと思はれる事ほどいたましい事はありません」とあつて、つゞいて女と抱き合ふ描寫があるが、その時女の「單衣の着物が、痛いほどコハかつた」のを今でもおぼえてゐると男は語つてゐる。この悲劇は象徵的である。悲劇はすでにこゝでもう決定してゐるのである。それを解くのは讀者の側である。なほそれにつゞいた川を渡る場面で、男が女のさし出すハンカチを拒むところも、終末の悲しさを思はせる。小說の讀者は、主人公の運命に對して感情と理性を移入して小說を讀むといふことを恥ぢる必要はない。さういふ讀み方を輕蔑する人は小說などを止した方がよい。さうした現實主義者が多くなつてから、文學のリアリズムがあらぬ方へ歪んでしまつたのである。

第三章では青年が、ある平凡な少女と結婚するところを敍してゐるが、青年はその少女について、川のせゝらぎのやうに、聞いても聞かぬでもよい、自然の音樂のやうだと云ひ、その戀人のあり方と區別だててゐる。こゝはあるひは決定的といつてもよいやうな結末になりかねない、問題のあるところである。しかし作者はこの少女のふりを、一行くらいの文句で巧みに可憐に愛らしくうつしてゐる。それも問題のいとぐちとなる。

第四章では、「わたくし無理をすまいと思つてゐるんですわ」に注意を向けたい。また「母親としての彼女を……」に、「結論せられた心の交通さへが」に、それから「あれほどの恥辱と苦痛」に、これらに注意を向けて問題とするのもよい。

かうした讀み方によつて、讀書を豊かにするとともに、人生の決意と教養の趣味を高める契機を見いだすことがある。だれでもかうした讀書法を多少はしてゐるものである。そしてこの種の讀書の態度は、一切を作者によつて教へてもらふといふ態度でなく、自ら啓發する態度である。自ら啓發する態度をとれば、無法な强制を受けることなく、强制を判別し、反抗と無抵抗主義の眞姿を悟ることができる。

こゝにあげた二三例は、特に選擇して、問題としてあげたわけでなく、讀み方の解説のためにひいた一例にすぎない。そして私が、問題を提出し、感想も批評も解決も加へなかつたのは、私の不親切や怠惰のためでなく、讀者に束縛や先入感を與へずに、たゞ問題のあり方とたて方を云ひ――小説の讀み方を啓發する一助としたい考へからである。

與謝野夫人はその批評の中で「眉と眼の間の近い、頬の線の細いその女主人公の顔は、私にはロゼチの描く女が思はれた」と云ふ。六甲山の下、大阪の燈の見える海灣、草深い東京西郊などの描寫をよろこび、飛騨山中の雪中の小屋、遲れてくるその地の春の描寫を「何とも云へずすぐれて美しい」とほめてゐる。古い小説の愛好者は、翻譯小説などでは、異國の風景描寫を暗んじたものである。

なほフランソワ・ギヤールは、この二人の戀愛を、「より多く尊敬するためにお互の愛情を拒んだ」ものと解したやうである。しかしそのどのゆき方が、無理といふものであらうか。これは讀者に託しておく問題である。ギヤールはさらに、この作品によつて、日本人の英雄主義の幾らかの祕密をのぞいたと云ひ、「人々はこの非人間的ともいへる純粹性に恐れを抱くかもしれない……女が宗教家的態度をとり、男が戀人の態度をとり、それに徹底してゆくといふ主義の偉大さはなかなかわかりにくいかもしれぬ」しかし「自身を越へ、更に現世を越えてゆく殉教者的價値に我々は同情し、それを讃めたゝへる」と云つて、魂の不滅の思想を述べ、作者については「我々を主人公の足跡と共に氷で閉ざされた山頂へ力強くひつぱつてゆく著者に尊敬をはらふ」とその強い筆力を賞讃し、この美しい物語のもつてゐる詩趣を解したと述べてゐる。カミユがこの小說を「毅然としてしかもつゝしみ深い」と評し、この美しいロマンスは、作者の「技巧の簡潔さによつて含蓄をもつて生きてゐる」と云ひ、作者の簡潔な筆をたゝへたのは、多少日本人の觀照を示唆するものがある。西洋人が節度と簡潔を見たところは、我々が、濃厚と執拗を見たところとどのやうに結びつくものであらうか。變質者を思はせるほどな濃厚と執拗を基調とした物語でなければ、西洋ではロマンスの名に價しないといふことであらう。この作品はめづらしくも濃厚執拗なロマンスであり、それが美しく描き出されたのは、作者が王朝的な唯美精神を理解した成果である。王朝文藝の系統をひく今の上方文化も、その意味で濃厚執拗なものである。海外の評家が、このロマンスの小說化の成功の原因を、作者の毅然としたつゝしみと、簡潔で節度ある文體に見たのは當つてゐるのである。濃厚な内容を淡々と現はすことが、文藝の目標である。

河井寛次郎

昭和二十八年十一月に上梓された河井寛次郎氏の「火の誓ひ」の第三篇は、「町の景物」と題されて、凡そ二十數篇の文章からなり、河井氏の郷里、出雲國安來の町で生ひ立つた少年時代の思ひ出がしるされてゐる。この二十數篇の文章は、一つ〳〵がみな詩情豐かにすぐれた作品で、全體として見る時、近年の文壇に比類を見ない文學である。

こゝに描かれてゐる、「一つまへの時代」の、人間を育む組織や環境、人間の生命觀と思想を生み出す條件といふものを考へる時、この美しい詩は、今日の世界で最も大切な、人間教育の目標と方法を暗示する思想から出來てゐる。このかつて人間を生成した、傳統的な生命の雰圍氣、卽ち最も人間的なそのしくみは、今日の近代文明の諸制度と諸生活樣式の中で、すでに大半が失はれて了つた。卽ち河井寛次郎氏といふ、この獨自な藝術家を生んだところの、かつては當然だつた條件と環境は、もう我々の周圍の日本の、大半の生活の中からなくなつてゐるといふ事實、——このことは十分に考へねばならぬ問題である。よしんば南都古寺の諸佛を、百貨店の陳列ケース迄運ばせ、古代の美を學ぶ便宜が增大しようとも、桂離宮の寫眞帖で、傳統美と稱するものを手早に學んだつもりになり得ても、そんなことと無關係な、藝術を生む最も大切なもの、土着のもの、生命のものが、もう生活の中で無くなつてゐるのである。從つてこれから先、もう河井寛次郎氏の示した如き、藝術や美やいのちを、新たな人に期待することは、極めて悲觀的に、時に絶望的にさへなつた。文化と歴史と人間と美觀の上で、重大なこの事實が、こゝでのつぴきならぬ形で考へさせられる。

この生成の祕密を語る文章は、過去の事實を敎へると共に、將來に對しては、一つの大切な人間の生活のあり方と、正しい人間觀を敎へてゐる。人間の敎育について、近代生活から失はれ、忘れられて了つた大切な點である。そしてそれは將來の道德と人倫と、おしなべて人間のあり方と理想について示唆する思想である。このことは云ひかへるなら、世界の理想といふ上から、今日、東洋が西洋に對し主張せねばならないところのものである。人間と道德の根據となる生活を、少年の生ひ立ちの日の囘想により、詩人はその思想を根柢の事實に於いて、美しい詩として示してゐるのである。人類が今後どういふ運命をたどるかは別として、心ある人々に、人道の希望と目標を與へるに足る思想——むしろさういふ思想の原因となる力を、この二十數篇の美しい詩篇は描いてゐるのである。それが理論や思想として說かれず、ゆたかな情緖を主題とした美的文學として示されたことはかりそめごとでない。

それは極めて美しい詩文である。當代の陶工として、海外からさへ望まれること久しいその人、おそらく今日の日本で藝術家と呼ばれる人々の中で、最も廣大果敢な仕事を次々と示してゐるその人が、どんな心の美しい、生れのたくましい詩人だつたかといふことを、この本は如實に示した。しかも文學としては、近來十年間の文壇に比肩するものを絶ち、内容の思想とその根據となつた生活の理解に於ては、かつて世界のいろ〳〵の作家の描いた「少年時代」と、別箇異質のものである。卽ちこゝに示された思想と生活は、それが人間の生活と教育の原則となるなら、必ず將來人類の理想とも希望ともなる類のものである。

かうした優雅で美しい文學――深い意味をふくむ文學が、文壇の外でつくられてゐたといふことも、全く驚くべきことだが、しかしそのことは日本の文藝の生命を信頼させるに足る事實と私は思ふのである。さうしてそれらの作品のふくむ美に、思想に、一人の批評家がきづくことがあるといふことは、心ある人の信じてよいことだと思ふ。このことは己を信ずることであり、それは眞理と生命を信じることに他ならない。しかしもつと激しい詩人や眞理者は、自然に火と燃えることによつて、さういふ世俗關心を一蹴してゐると、しば〳〵傍に見えるもののやうである。

町自體が手仕事の工場だつた。少年の印象に燒きついた、手仕事でものの出來る事實への感動は、それから五十年以上後の彼の陶業の中にあり餘つて生きてゐるのである。その觀念が生きてゐるばかりでなく、技法そのまゝが出てきたのだ。その生命がはちきれるやうにもり上つて、のたうち廻つてゐる。かの獨自な泥描の如き、少年が手仕事に見たまゝの生命造形の驚異の技法に他ならない。實に不思議な祕密の一つである。しかもかういふ祕密こそ、異常な河井氏の造型と繪畫の根柢にある自然だといふことが、私には大凡に了解せられる。

生命や美を説き明かす資格と能力は、理論より詩文藝がはるかにふさはしいといふ事實を、私は舊來から具體的にいくらも知つてゐる。詩文藝――藝術によらねば現し得ない思想がある。例へば河井氏の造形した信仰と人間と靈の關係にしても、その陶器が自ら語るほどには、どんなことばがこれを現し得ようか。しかも彼の魂といのちの造形世界が、昭和初年以來世界の若干の有識者を驚歎させた事實は決して不思議ではない。河井氏の藝術を讃仰する異國人らは、我が國人以上に、近代の弊害に苦しみ、救ひのない近代の、非人間的な機構としくみをあまねく經驗し、罪の深さと惡業の意識にのべつに呵責されてゐたからだ。今日歐米人で河井氏の工房に學ぶ者は少くない。最近までゐたフランス人ラウルなどは、まだ若い人ださうで、バーナード・リーチはその作品に疑問をもつたさうだが、私は尋常によい仕事と思ふ。しかしさういふ來朝者の心持やその作品を見ると、彼らは求道者として、はる〴〵我が國へきたといふ氣がする。わが國の陶の世界には、さういふものをうけ入れる精神が、今もなほ十分に殘つてゐるのだ。そして河井寛次郎といふ人は、さういふ意味でも、今日の世界で、生命の原始に生きてゐる稀有の藝術家の隨一といふべき存在である。それは又魂と靈の原始のたけりを、そのまゝ造形の原因としてゐる人といふことだ。我々は、この人を當代の大師匠《マイステル》と呼んでゐる。なみ〳〵ならぬ尊敬と、心を委ねた親近感――氣安さをこめてゐるわけだ。人が氣むづかしいといふ意味は私にわからない。この大なるマイステルは、しかし實はマハトマと呼ぶ方がもつとふさはしかつたのである。彼の藝術が、ふて〳〵しくなるに従ひ、ヨーロツパ人やアメリカ人が求道意識からこの人を感じだしたといふことは、今日の世の中の皮肉でなくて、人間の本質の嬉しさを現す、私の見るところではこの思ひが、人道と世界の希望の原因となる。

戰後の一つの注目すべき現象は、日本の純粋な民族藝術とその美が、アメリカに對し過大な影響を與へたことである。わが河井氏の藝術などもその一つであり、その第一人者である。このことはアメリカ（近代）に敗れないものを明確に示したのである。高い文化や藝術は絶對に武力に征服されることがない。しかるにアメリカでうつされた日本藝術の、要するにイミテーシヨンにすぎぬものが、東京あたりの流行意匠家の手によつて、再イミテーシヨンとして逆輸入されてゐるといふ、なさけない現象を見るにつけても、敗ける方の人間の生理が、いよ〳〵明らかになつたことである。

陶器が歐米人を誘惑した事實は、今日の世界の藝術と思想と精神の上から、まことに驚歎すべき現象であるが、十分に理由ある現象である。要するに東洋の自然觀や道徳感が、世界の救ひとして、一段と躍動する一つの前兆が見られた。河井氏の弟子となるためにはるばる來朝する、歐米の青年に共通する求道心に、今アメリカで陶器を造らうとしてゐる八萬の人間の思ひと、一脈を通ずるものであらう。

しかし河井氏の藝道と藝業には、さういふ人々の求道心にふさひ、かなへるに足るものが、最も濃厚にあつたのだ。これがわが大師匠の眞實である。その八萬といふ數は、來年あたりには二十萬まで昇るだらうとさへ云はれてゐる。しかしその思ひに驚くべきだ。一種の美の宗教の生れる素地さへ味へるほどだ。今日の世の中で、天文學と陶藝術は、最も深い人間の眞實と自然な神性の廣大さを教へる學藝と藝術である。

人間世界を平和ならしめる唯一の生活は、農の生活より他にない。しかも今日でさへ、陶藝術の基本は、農と手工業が分離しない狀態に於てあつたまゝを思想とし、創造の原理とし、生産のしくみとしたものだ。そしてさういふ生活の時代に於て、人間は最も雄渾な美の生活をしてゐたのである。近代の終末感の中にゐて、人生の救ひを求めようとする歐米人が、舊來の國際宗教にあき足らず、窯變の自然現象に神性を感じ、造形の陶化に信を求め始めたことは、微弱といつても、新しいアジアの岩戸開き——卽ち道德の恢弘の前兆と認められる。

河井氏の安來の町は、神々の町であつた。神々の集る町であつた。暮の廿五日になると、家々はしめをめぐらし、安來の町全體がしめで圍まれて了つた。この古い出雲の名どころの町は、彼の藝業の根柢と原因の祕密を育んだ故鄕である。しかしその人は最も幸ひな日に生れた。我國の歷史に於ても、藝術家にとつてこれほどにめぐまれた時代と環境は他になかつたと思はれるほどである。卽ち天稟の感受性に惠まれた少年は、この好い時代を、魂全體の一途なすなほさで、委ねきりにうけとつたのだ。今も河井氏の仕事に現れてゐるひたむきな、一途な、感動と感謝は、この惠みをうけるに足る魂の持主なることを十分に示してゐる。彼は健かにすなほに、己の魂を太らせ育んだ。遊ぶ所、食ふべきもの、みなわが山わが海のもの、他土のまざりけはうけないのだ。この河井氏が育くまれたやうな町の姿や生活、その時代と環境は、もう今の都市の生活では思ひやうもない、昔の幸福だつた。少年の彼はその絶好な幸福の條件の中へ無心に身を委ねた。しかもこの少年の日の狀態は、今日の河井氏とその藝業にそのまゝ現れてゐる姿である。

私は「町の景物」の諸篇に感銘し、よろこびつゝ、一步飜つて、河井氏の幸福を考へ、將來の藝術家の場合條件の絶望を味つてゐたのである。その日はあたり一杯に生命が充滿してゐた、土俗があつた。たゞの觀念でなく、生きた本ものである。しかも生ひ立ちの間に、無盡藏に與へられた恩惠だ。人間と民族が、生きた本態で、現れ、ものの愉快さへ生命の傍若無人さにあつた。その恩惠の意識の謙虛さが最もはげしい人間の發芽の根柢となるのだ。つまり生活が、環境としてあつた。そしてそれは今日の都市的文化の中では、どこにも見出せぬものである。

町全體が、そのころの普通の生活者の全生活を、十分にまかなふに足る工場であつた。少年は自然を美の教師とし、町で工業の技法を見て學び、わが身體を養ふ米も野菜も魚も、みな己のよく知つてゐる田畑や海から得たものばかりだつた。かうして少年は己のふるさとの土地から、自分の心と體をもらつたといふ自信を日常とした。この農漁と手工業は、實に道德の生活の根據だつた。そこでは魂が深く活動し、思ひやりと共同が製作の原理である。

共同によつてものが出來上るといふことは、陶器の世界では今日でも、思想でなく平素の現實である。しかも手工業に生きた頃の人々、その古い時代には、人は人體の各部の分離を認め、しかも計算や勘定のない絶對的な協同を尋常としてゐた。目耳鼻等は、各自獨自な人格をもたされてゐた。卽ち各々は別々に祭られたのだ。しかもそれは寓話でなかつたから、その協同の原理をいふ必要はなかつた。協同の原理を精神とし、それを寓話として云ふやうになつたころには、もうこの原始の生命觀は大方失はれてゐたのである。「町の景物」の中に、年に一度、膝ぼん（膝がしら）に牡丹餅を食はせてねぎらふ行事が描かれてゐるが、かうした行事の根柢にある生命觀を、河井氏はその陶藝の中に、自然に生かせてゐることを、私は了知してゐる。實にこれが民族であり、この民族は偉大な藝術の母胎だ。この膝ぼんにいのちを感得する生活の中で生ひ立つてきた人だといふことは、――もつともたゞの一例として云ふのだが、實に河井氏の獨擅場だ。その造形と繪畫に追從を許さぬ祕密だ。私が特に造形と繪畫といつてきたのは、彼の仕事がさういふ言葉でいふにふさはしいと思つたからである。しかもさらに云へば、仕事といふ成果を云ふより、仕事ぶりを云ふことの方が一層正しい。その仕事ぶりに於て、天下廣く、人多い中、否今日の世界中で、私の最も驚歎禁じ難い存在である。わが棟方志功畫伯と共に、彼こそけふの代表的日本人である。

今から四五年もまへに、檀一雄氏が始めて河井氏にあひ、そのあとの感想として、「河井寬次郎ほどに大希望をもつた藝術家は今日の世界にゐない、彼は世界一の大樂天家だ」といつたが、これを名言として私も贊成する。樂天家とは、そのあばれまくるやうな仕事のしぶりだ。生命自體の相だ。文壇に於て、その仕事ぶりの今も將來も期待できる作家は、實につひに檀一雄と私は定めた。出來たものよりも、仕事ぶりに彼の暴れを認める。しかしわが河井氏の藝業は、現實にも千何百度の火のたけりの中に、己の作品を投入れて創り出す。本質上の怖しい藝術に生きてゐるのだ。

人間生命の極度な燃燒と、人工の極致に達した科學と、無心に近い人間喪失といふ、三つの循環を不斷にくりかへして生きてゐる人である。これが河井氏だ。心靈のありのまゝの存在である。卽ち藝業に於ては神と云ふべきだ。原始人の如き神だ。神に近くゐる人、卽ち詩人の天性は、その作品に極端に溢れ出てゐる。この生れたての驚異を日常としてゐる人は、生れたての造型と繪畫にのみ、己の今の興味を燃やしてゐる。

河井氏は、陶工として、卽ち彩釉の科學者としては、前古比類ない作家といはれてゐる。これが、この詩人の造形と繪畫の前提である。こゝで「火の誓ひ」の中の數々の「手」の圖を見よう。この異常な繪畫は、ひつきやう安來の土俗の魂の現れである。河井氏の少年時代には出雲の安來では、今でもさうだが、今の何倍かも、神々と靈と魂が充滿してゐたのである。そして町の人々が、祖先傳承の年中行事によつて、少年たちに仕込んだことは、その充滿した魂を己の心に鎭魂する祕法ばかりだつた。「町の景物」をみれば、この詩人の祕法が十分に理解される。さういふ故郷と少年の祕法をもつ時に、必ず「河井寛次郎」を生むとはいへないが、さういふものなくしては、この「河井寛次郎」は生れなかつただらう。だから私は「火の誓ひ」の詩篇に感銘しつゝ、今の時代の人間の環境を考へて、悲觀と絶望を味ひ、思ひかへして深い決心を感じるわけである。

この人の存在を樂天家といふことが、すでにいたましいのである。しかし今日では言葉と人間の存在との關係はみながみなさういふ狀態にある。まことの人は、みないたましい存在だ。卽ちこの樂天家は、一刻も休む時がない。常時體と心は活動し、魂は燃えてゐる。彼は左右均齊や、表裏の觀念を、退屈と感じる。しかし私はこの新しい彼の傾向を、陶器世界に於ける革命と考へない。それは觀念上の操作でなく、もつと原始の造形觀――生命觀そのものの發露の自然と思ふ。河井氏は、ピカソを批判するのに、陶器をして語らせた。陶器のみたピカソ陶器の批判とは、何といふすさまじい自覺だつたか。理論や批評でなく、いのちとしての陶器に、ピカソを批判させたのである。だから、舊來の陶器知識や陶器觀念によつて、最近の河井氏の造形を見ようとすることは、いたつてつまらないことだと思ふ。彼の造形と繪畫は、私にとつては怖るべき生命と創造力と精氣の賦與者に他ならない。さらにいへば、私の一種の抵抗線が、「町の景物」などに、その祕密を云々しようなどとするのは、いはゞ兒戲の類である。普通の批評は、こゝに於て、兒戲以下である。私は河井寬次郎氏の作品に對しては必ず全身全靈で直面する意欲の狀態に陷るのだ――といふことを云へば、それで事足りる。今日の諸他の藝術に於て、さういふ態度をとらせるものは殆どないからである。いふならば、私の河井寬次郎論は、目下のところでは、この一言でつきたのである。

彼は克明に歩いた調査によつて、日本の原始の造形と、基本の構造自體の美を心に燒きつけてゐる。青年時代より人に知られた天才的な技法と、釉薬に關する精緻な科學をさめてゐる。すでに早くから簡單な作品を作り出したが、その以前には誰も及び得ない精巧な技巧の作品をこなした。しかし今私が、彼の豐富な興味と知識と、鋭い感受性によつて、語らせたいと思ふことは、まことの美の生れた環境と道德であり、その生活と經濟である。その經濟論は、よし暗示にとゞまつても、荒廢する人道を救ふ信と美の道德論として、舊來の民藝派のその論とも大いに面目を異にするものがあると思はれる。河井氏の美論の根柢は、ガンヂーの思想と、その基盤をほゞ等しくしたものだからだ。卽ち手工業の生活がその基盤である。しかもすでに今日に於て、近代の終焉から人道を救ひ、近代文明の斷末魔に於て人間を救出することは、尋常の妥協では如何ともならない。

この人の怖るべき意欲、生命の奔流、豐麗比類ない花やかさ、原始の生命に通じた肥滿充溢性の造形と色彩と文樣、しかも全面的には、はかり知れぬ上方風の高雅さ、すべてこの豐滿と華麗は、その魂の生產《むすび》の特長と思はれる比類のないものである。それは云ふならば、支那のものでなくインドに近いものであつた。しかしそれ以上に安來に生れた日本のものであることが、この上もない有難さであり感謝である。しかるにこゝ數年來の河井氏の造形と文樣と繪畫に於て、一段と生々しい精氣と色つぽさが橫溢してきたのは、果して何に理由するものであらうか。まことの青春の生々しさは、老年に於て始めて現れると云ふ、古來の大藝術家の常道を、我々はこゝに於て改めて確認せねばならないのだらうか。この生命は、ものを生む精氣である。今や河井氏の藝術は、またも改めて、見當のつかない若さに入つた。こゝに於て、四十年來の愛好者らは、どのやうにしてこの人の制作品のあとを追はうとするだらうか。しかもこの新しい造形は、所謂今日の抽象主義藝術とは、その觀念に於ても發生點に於ても、何の關係もない。

豐滿と華麗に加へて、今やものを生むいのちの原始が、彼の造形の上で荒れに荒れ、八方に溢出する。わが昭和廿年代に於て、最も驚歎すべき人間現象の隨一といはねばならない。ありうべからざるものが存在し、獨往する現象である。一見すれば、一切の現象に、眼をそむけしめるか、ないしその色を失はしめるやうな、魔力の發現とも考へられる。しかし魔力の現象といふよりも、最もプリミチイヴないのちの原初のもの、又それは信仰の根源となる魂の現象である。

不逞にして强固な高臺に安坐するこの一つの茶碗は、何といふ多彩の色をふくんでゐるだらうか。これは一種の神祕の實現だ。寶石の色より自然な多彩でないか。その泥描辰砂の配合は、一つ一つの文様が、神聖者の定めて描いた曼荼羅だ。この高雅な氣品は、實に充實し、豐滿し、花やかで嚴しく見える。腰のふくらみは、充滿した生命と愛情と肉體さへ思はせる。しかも嚴しさは人の思ひを拒絶せず、みだらな親近を絶對によせつけない。これが生れた周圍では何もかもが正しい服裝をしてゐたのだといふ感じがする。しかも全體として、この高雅な花やかさは、ある種の東洋の信仰の狀態の圓滿でないか。つひに圓熟して、線となり點となり無化し空化する信仰の實體が、この勁い高臺に支へられてゐるのだらうか。又は高臺の上に安座してゐるといふのであらうか。この時私はふと、この高臺を切りとるといふ企てを思つた。底の圓い碗が中空にうく。高臺を離れた信ヽ仰ヽ自ヽ體ヽが、かうした形で浮き上つてならないとしてゐるのは、何ものであらうか。高臺のない碗は喉をうるほす用を便じ得ないのだらうか。元よりこの企ては、おだやかな夢幻の想像であつた。しかし私の空想は、この碗のふくらみを截り離しその落着きのないまゝの大安坐を想像してみた。すると肉體と諸色は消えた。その時、その高臺こそ實に人間そのものであることにきづいたのである。この人間は、いヽのヽちヽである、氣ヽである、いのちと體をあはせ生む性である。高臺の下半分は、土肌そのまゝであつた。それが一つのくびれて突起した輪をもち上げてゐる。何といふ憎い魔術だ、これは——私は、河井氏の一つの茶碗と遊んでゐるのである。娯しんでゐるのである。昭和二十七年の秋の窯から出現したこの泥描辰砂の碗、數ある中から、わが大師匠と志功畫伯が選んで、「百」と銘じたものである。

信仰が美の實體に化した如きものを、人間の最もたくましく太々しいものが捧げてゐたのである。その人間は、作用する力に於てたくましいのではなく、ものを生む精氣の勁さが太々しい。こゝに於て私の興味はつきない。古い信仰の寶珠が、又聖者の碗が、しばしさうした精氣、生産のはちきれる性氣を象つてゐたやうに、河井氏の碗も、その高雅の美と化した信仰を、人間の最も原始のもの、本質のもの、卽ちいのちと、いのちを産むものによつて支へてゐるのである。否大地と結んでゐるのだ。天の御柱だ。その高臺を觀念の中で截つて、私はその精氣をつまびらかに味つた。しかもその截られた高臺の輪は、古墳地帶で掘り出されるのを見た、用途不明の土の圓筒輪と同じだつた。

河井氏は少年の日、文學者か醫者を志したといふ。その文筆がすでに當代の諸家の列でないことはさきにも述べた。その一切藝業に於て、彼は詩人のなし得なかつた詩を造形し、その藝業の全體を以て詩の世界を現した。のみならず精神の近代の疾患を治療するために、この詩人は最も高次な醫者の役目を、今や十分に果してゐるのである。私は河井陶業を批評讚美する代りに、その人のこの兩面の精神上の志業を専ら述べんとしたのである。

棟方志功のこと

棟方志功が、第三回サンパウロ・ビエンナーレ（國際美術展）で、國際賞を獲た時、朝日新聞は、日本で有名な大家で、かうした國際展で注目された例はなかつたといひ、つまり棟方の「日本的なもの」が認められたとし、また毎日新聞もこの「頑固な日本主義者」は、これで完全な「世界のムナカタ」となつたといつた。

棟方は、そのさきスイスのルガノでも第一回の世界板畫賞を得た。近年ニユーヨークに建てられたモダン・ミユージアムは、その開館の記念展を、棟方の作品でひらいた。しかも二十年前ルクセンブルグの美術館はすでに棟方の繪を收藏してゐた。もと〳〵海外で知られてゐた作家だつた。

棟方がかうした形で認められたのは、その日本的なもののゆゑであり、日本主義者の信念のゆゑだと、わが新聞の美術批評は云つてゐる。何故「日本的なもの」が世界性をもち、「頑固な日本主義者」に世界のムナカタとなる可能性があるのであらうか。

美術の世界では、模倣と創造の區別は極めて明白だ。日本的なものがよいとか、日本的なものでなければ駄目だといつた議論だけでは通らない。日本的であるまへに、日本そのものをぢかに現したものでなければ、誰も納得しない。造型はそれほど明白である。造型の美の明白さは眞理の明白さに通じてゐる。

彼は日本的にかいてゐるのでなく、已の生命であるまゝを描いた。それは日本のいのちのそのまゝのものをぢかに描いた。生れるものの生々しさを、ぶちつけに描くことの出來るやうな作家は、もう今日では世界的に少くなつてゐるのだ。多くの世界中の畫家は、多かれ少なかれ、イデオロギーや觀念の下僕となつて了つてゐる。かたちを生み、造型と共に亂舞し、自然である原色のすばらしさを正直に描けるやうな、うぶな美の造型者は、もう世界中にも何人もゐない。少くとも文明のある國には稀有で、もし、想像するなら、素朴な生活の正しさを守つてゐる民族の中に、集團的にゐるかもしれない。

日本でも繪を描くことの出來る作家や、「描いてゐる」といへる作家は寥々だ。しかし日本の不思議さは、都の美術界に美と造型がない時にも、民衆の生活の中に、その人間の生の生命の中に集團的にそれが殘り傳はつてゐた。棟方の藝術は、さういふ日本の美の高く激しく大きく開花したものだ。

この貴重な作家は、實にあたりまへに存在してゐる。それは一つの自然であるかの如く、又一つの生命であるかの如く、あたりまへなあり方をしてゐる。生活と生命が極めて簡單に一つである有様で、その行爲と振舞がすべて美しいといふ狀態が、棟方の藝業を最も端的に現はしてゐる。

最も激しい生命のもつてゐる祕密や、その美しさを、可憐に情緒的に、さびしく切なく現はすことは、彼の心に宇宙があり、そこに充滿する生命や美の造型家なることを示してゐる。これほどに心が靈の充滿した宇宙である作家は、東西に比類少ないと私は見てゐる。彼は原始の生命を造型するが、粗野や素朴に通ずる荒い人でない。どんな唯美主義も描き得なかつたやうな、文明の高さへ、彼に於ては一つの部分である。

彼が「自然兒」だといはれた、そしてその意味はしば〳〵皮相的に解釋された。いみじくも彼自身は云つてゐる。自分の仕事にはし損じや失敗はない、と。それは彼が自然の作家である意味を謙虛にあらはしたことばだ。これを傲慢と見るのは、天道の自然を悟らぬもののさかしらさである。彼は佛道の教理を學んで、かうした悟りを得たのでない。もし佛說より學んだと信じてゐるとしても、彼の天性が、さういふ佛書の中の死んだ言葉を見出して、それにいのちをふき込み、血をたぎらせただけである。もし彼にその性がなければ、その死語は永遠に死語であつただらう。我々は棟方の藝業をみて、死語だつたものが、生きて血色をふき出すさまを味つたのである。書籍の文字をみな死語と見てもよいと思ふ。我々の心が生きてゐなければ、又我々の心に於て生きてゐなければ、書かれた文字は生きるわけがない。

しかも棟方は、その生きてゐる心を、その最も原始のいのちを、そのまゝに畫面に描いた。それが板であらうと、布であらうと、紙であらうと、そのけぢめなど問題でなかつたほどだ。しかし人はかういふ表現から、彼の藝術を、奔放で力づよいものに限つて理解してはならない。

近ごろ「新論」の表紙に描きつゞけてゐる彼の裸婦は、女の羞らひ多い、美しい、けだかい、或ひは可憐な、さま〲の姿體を通じて、女自身さへ自分の中に知らなかつたやうな、姿態と心、姿態と情の關係を描き出してゐる。さま〲な姿態に於けるその心情の祕密を、深さに立入つて、怖ろしいまでに描き出したのである。かういふことは、單純な技術を習得しただけの畫家に出來ることでない。それは、この「自然の子」のもつてゐる濃厚な文明を思はせ、この「作家の祕密」を解剖することは、どんな批評家にも出來ない。女の心の奥の祕密を、その種々の姿態を通して描いて、彼は男に女を教へたが、おそらく女性を身ぶるはせただらう。文學の世界の近ごろでは、谷崎潤一郎ほどの作家でも、それだけに女の姿を通して心と情の祕密の種々相を、美しくなやましく怖ろしく描いた例はない。棟方は近作の表紙繪に於ても、今までの畫かきの知らなかつた畫業を示したのである。

要するに彼は稀有の怖ろしい作者である。彼は無盡藏の世界をもつてゐるのだ。世界が無盡藏であることを、微々たる一人の人間の振舞で實證してゐるのだ。さうして人間の無限なる所以を、同時に實證したわけだ。

悲天解題

大東亞戰爭中のある時期に於て、當今の日本の詩歌は、三浦義一さんの和歌と大木惇夫さんの詩、この二つと思つた時があつた。大木さんの詩は、いづれも開放的なもので、崇高な悲劇の悲痛ささへもが花やかに展かれてゐた。本質的に浪曼的な詩だつた。しかもそのあかるさは民族の歴史の精華が一時に開花するやうに絢爛と昂揚したものであつた。それに對し一方の三浦さんの歌は、極端に內攻的で、沈痛の底を貫き、しみとほつてゆく清澄な情感が、心の底にひゞいて切ないばかりであつた。一方の悲歌が花やかで時には賑はしいのに比し、こちらはもう何とも云ひやうのない、呻吟を伴ひ、きびしい自虐性さへたゞよはせつゝ、沈々として神祕と無氣味のあはひにしみわたるやうな感じであつた。この兩極端のいづれをも私は珍重し、當今の詩歌はこの二者に盡くると迄に感銘したことである。

三浦さんの「天の時雨」といふ長歌は、かういふ場合の最適例といふわけではないが、私には殊に印象ふかい作品である。昭和十八年の秋、東京から九州へ同車で西下した時のことであつた。三浦さんは學生用のノートにしるしたこの長歌の草稿をとり出し、一句一句、息をつめるやうにかすかに、しかし力をこめて吟じつゝ、その歌句を推敲しては私に示し、私の意見を云はせ、それをくりかへしてゐた。それは呉あたりから始り、九州へ入つてからもなほつゞけられた。門司かどこかで列車を移つたと思ふが、客車をかへてからも、三浦さんは洗面所の壁にもたれたまゝの姿勢で、やはりかすかに口ずさみつゝ、その推敲をやめなかつた。苦業のやうなその態度はむしろ深刻だつた。あくまで獲物をねらひ追ふやうな執心に似たものさへ感じたが、私はその態度に後々も大いに感銘したものであつた。この旅の果に私らは熊本にゆき、初めて紫垣隆翁にひきあはされたのである。さういふ意味からも、色々の點で、私の人生にとつて印象ふかい旅であり、又作であるが、この長歌は三浦さんの生涯の秀作の一つと私は思ふのである。

「寒々としぐれふりつぎ、みやこなる夜の街衢《チマタ》は、かしこくもあはれにぞ見ゆ」かういふ調べ、そのしらべにひかれてゐる「かしこくもあはれにぞ見ゆ」といふ字句が、初めにいつたやうな三浦さんの心術の表現である。この性向は、彼の思想であると共に、人生観である。それもありきたりの思想や人生観でなく、つねに捨身に生き、骨を削る苦業を好んでしてきた人の、すさまじい實踐的な人生感の根基が沈湎して見られる。「嗚呼をつゝ夜ふる雨は　塵泥《チリヒヂ》の自《シ》が身つらぬく　常立《トコタ》ちの天《アメ》の御柱」この境地はたしかにわが國文學史上に未曾有の世界を拓いたものであつた。宗教的な所謂神祕主義ではない。文藝上の象徴主義でもない。しかもこの詩句の歌ふところが、たゞちに彼の絶對的、行動的な人生観の基盤となるのである。簡單に云ひかへると、空々寂々の世界とでもいふべきであらう。この人に於ては、知と行が一なるのみならず、しば〳〵情と行とが一なるやうな、過激な人生派だつたのである。先の句のつゞき、「みつるぎゆ 滴りおつる 涙なりけり そらみつ大和島根の 時雨なりけり」と轉じてくると、天の御柱、みつるぎ、自が身の一如を筋道を立てて云つてゐるといふのではなく、はるかに絶對的なものが情感の現實として歌はれてゐるのである。かういふ詩歌の世界はわが文學史上に未曾有である。

こゝで云つておきたいのは、この「涙」である。三浦さんほど歌の中で、本當に泣き、しきりに涙を流した歌よみは類がない。啄木あたりが、われ泣きぬれてなどと歌つたやうな、新派和歌が常踏とした感傷の嘘の涙と、三浦さんの涙は歌の發想で違つてゐる。その根本がちがつてゐる。私はこれを丈夫の涙などとは決していはない。さういふ使ひふるしのことばに當るものでないからだ。そのいくつかの歌の中には、むかしの神が、雨のやうに流した純一無垢の涙は、かういふものではないかと思はせるものさへあるからだ。みやこのまちに降る雨を、滴る涙と歌つた心が、私にははかり難く怖ろしいものに思はれた。

それゆゑ、この長歌の二つの反歌、殊にあとの方の反歌、

目のまへを過ぎゆくたみは神ながらくにはらにふる時雨のごとし

かういふ思想になると、現實性以上の眞實を以て、私の心を激しく騒がせるものがあつた。まことに怖ろしいと思つたことである。それを歌つた人の怖ろしさはいまさらである。激しいといふだけでなく、狂か靈異に近い。畏しといふことばのふさはしい心境とも思はれた。しかも理の筋道としては、一分のくるひもない構想を藏してゐることから、この作

者の超時代的な膽力と嚴しい考へ方に、私はしみ〴〵と驚嘆したことである。

これは大凢戰爭中の印象である。今年昭和三十三年洛西嵯峨野の假寓でその歌をよみつゝ、私はむかし思つたよりも、その清澄な沈痛が寂に近いものを味ひ、身も世もあらぬやうに、わが人生永遠の寂寥感にかりたてられたことであつた。これを狂といふか癡といふか、いづれにしてもその時のわが涙はたゞ永劫よりの人間久遠の寂しさをかりたて、未生の哀傷をゆさぶる、そのさびしさをなぐさめたり、洗ひ流してくれるものではないことを知つた。さういふ深刻に耐へ難い寂しい歌を、私は三浦さんの古い「當観無常」の中に、いくつもよんでゐる。それは今の世にも昔にも、比類ない歌であつた。比類ない人の心の歌であつた。しかも私はさういふ歌を好み、三浦さんの發想と、彼がその發想の根源へ歌といふものをしみ入らせてゆく異常の執心と、或ひはその時の心術を、この上ないものにうけとつたことである。

この二つの反歌の、根柢にある廣大無邊な愛情と、しかもそれとは全然うらはらなやうな表現上の苛烈な觀念の事實とは、わが國の維新革新などをよばはつた革命者の心のしくみのやうに思はれる。さらにいへば東洋の愛に共通するものであらう。かういふ激しい、すてばちに近いやうな愛情は、表むきには水の如く、淡々とし、あるひは一見非情に近い。さういふ心境は彼がかつて知つた女人を歌つた歌にも同様に現れてゐる。それらは單なる冷酷苛烈ではない。この人の世、その人の生命を、無常と觀ぜよといふのか、無常に觀ぜよといふのか、私がさういふ點についての判定にくらいのは、私の國ぶりの考へ方は、つねに永遠に根柢をおくからである。しかし以前の三浦さんの「當觀無常」といふ歌集をよんだ時、この語は實に「永遠」を意味してゐるのではないかとふと考へたことがある。歌集の眞意は永遠を象徴してゐた。また三浦さんの歌の思想としての「無常」は、永遠の放埒な表情と見えた。無常を觀ずるといふことは、永遠を見るといふことの同意語となるのではないか。しかも嚴然とした無常世界に人みな住してゐるのである。この間の心情の事情が、彼の歌を沈痛しかも清澄にし、神ながらの涙と、神のまゝな泣き方を、ふんだんに歌はせた原因であらう。

晝闌けてぎぼしのはなに零る雨のかくはげしきをたれか知るらむ
やまがはのたぎつ瀬の音のごとくにもわれは寂ぶしゑ汝もしかあらむ
あはれなる遊里のうたとおもへどもよはひすぎたるわれも泣きにき
しづかなる青葉を沾らしゆく雨のごとく泣きをりやまと島根は
とろろめし食ひつゝ涙くだるなり霜夜に泣かむ君をおもひて
秋の燈はかなしきろかもわれひとり天地に慚づと泣くこゑきこゆ
あをぐものやどれる露の秋ぐさは夜半に泣きたるひとの如しも
をみなへしつゆけき花を活けしめてひとりひそかにわれも泣きけり
秋の夜の粥を煮るまもおもかげの見ゆると言ひて吾妻は泣けり
よるふかく山川にふる秋雨のごとくにひとり泣きましにけむ
水さび田をゆふあさりゐる白鷺に涙こぼれきと夜《ヨハ》に言ふ妻

「山川のたぎつ瀬の如くに寂しい」といふ大仰な云ひ方は、三浦さんだけのもので、三浦さんには眞實ふさはしい。

ま蒼なる大海を聽きてゐるごときわれのいのちのいかに寂しき

これも同じ類のうたである。三浦さんが現在どういふ役割を國に對してしてゐるか、私は具體的には知らないが、當代政界の黒幕といはれ、時代を動かす巨大な怪物と評されてゐる人を、私は廿年近い交友によつて彼の心情の面から自分としては自分なりに判斷してゐる。私はその歌を愛惜してゐるのである。「汝もしかあらむ」といふ調子が、私にはありがたいのである。しかし汝と名ざされた人は、重荷に耐へないかもしれない。そのさきに愕然とするだらう。これが三浦さんの歌であつて、その氣魄と表現は脅しやおどかしでない、彼自身の心の姿を、相手にもそのまゝぶつつけるのに、切迫して息苦しいばかりだ。己を捨て對象と一體化し、その己を對象にゆだねる形は、己まづ死して對象に向ふすばらしい自他一如の氣魄だ。しかもそれが彼の捨身の法であり、轉じて相手に對しての生命賦與の方法であり、道を貫く仕法とも、起死囘生の手術ともなつてゐる。彼の歌はさういふ激しいものを表現してゐるのである。その歌があへぐやうに息づまつて感じられるのは當然である。それをさらにいへば、云ひやうによつては、同情である。

「秋の夜の粥を煮るまも」と「水さび田をゆふあさりゐる」の二首は、往年より私が特に愛誦した作である。わけても「水さび田」の歌は、私の生涯の思ひ出となつた歌の一つである。寂しいのか、悲しいのか、無上に切ない感じをうける。三浦さんの他の歌に、生きて寂しゑ死して寂しゑといふやうな調子が出てゐるが、水さび田のうたを誦してゐると、私は確實にさういふ人生の永劫止まない寂寥感にわれとわが行方を知らないのである。かういふ場合、その思ひを愛といふことばでは云ひたくない、尋常の愛は執着と欲望を伴つてゐるからだ。こゝにあるのはたゞ淡々として永劫な感情である、虚無ではない、無常ではない、あくまで永遠の寂寥感である。それゆゑこの歌よりうける感じをいふ時も、私としてのわが涙といつたことばで現すより他ない。私はこの歌をよめば必ず涙を催すのである。そのいはれは知らない。聯想のよりどころもない。語り出せば無盡藏に、一生の思ひ出をつゞる始末となるだらう、あへていへば未生以前の感動につながるものであらう。

たはやすく櫻のはなの散るひまも大きいのちはとゞまらめやも

さくらばな散るを命とおもへども歸するがごとく散れば寂ぶしき

この「たはやすく散る」といふことばが、この作者の場合特別の感銘がある。作者心境の苛烈さであらう。それは他に及ぼすばかりか、努めて自己を律しようといふ至上命令形の人生觀である。この二首の最初の方の咏嘆と次の感慨は、作者に卽しては同時的でない筈である。よしんばそれが瞬間的な轉化としても、この瞬間に一大事はすでに完全に決せられる。このことが「たはやすく」と歌はれる所以をなしてゐる。作者の心境と信念に立脚した上での、作者の風懷である。そしてこの瞬間といつた時間に、一切の行がある。その間には何の停止もない、判斷もない。しかし間違ひもないと信ずる。藝術上でも創造といふものはかうした事情だ。その行は如何やうに歌はれたか。如何やうにも歌はれてゐない。この見方は私の大へんな謬りかも知れないが、私はさう見る。そしてこの作者に泪多いのも當然と、こゝで合點するのである。如何やうにといふものはなく、たゞ涙と歌そのものがあるのだ。その歌は空のやうなものである。

たはやすく散りゆきにけるわか櫻しづかにおもひて泣かぬ母なし

この「たはやすく散る」も、過激で果敢な作者の人生觀から出たことばだ。この母は、すべての母、國の母一般であらう。かういふ心術の果敢さは、ある意味では非常といはれるだらう、しかしそれ以上に不氣味な冷嚴さと云ひたい。自身の氣持によつて、已自身が復讐されてゐるやうな狀態を原因とした、畏怖感がある。古い時代、殺氣と呼んだものの中に、あるひはかうした感じのものがあつたかも知れない。

すべなかるいかりとおもへ錆石のおもきまはして茶を挽きにけり

大きいいかりが、前提となつて既記のやうな苛烈と見られる心境をうむのであらう。しかしこの歌は、よい歌である。まつたくすべなきいかりが、空氣のやうな存在になつてゐるやうにさへ感じられる。

こみあぐるいかり壓へむと雨寒きくろがねの窓に寄り立ちにけり

これは鐵窓内のいかりであるが、いづれも氣持のよい歌だが直情徑行の類ではない。

いかなればかゝる歎きをするならむよはひ過ぎしとおもふ我だに

いつの日にかく亂れたる世ぞありししづかにおもふわれの命を

これらのしづかな嘆きが、いかりに通じる。順序のある段階のものでなく、一如のもののやうだ。しかしそれが次のやうな歌に現れると、天地の間にある大なる浄化作用の流れと一體となつた感じで、「大きいのちは止らめやも」の咏嘆となるものも同じ狀態である。しかしその時の人の心はやはり寂しい。

梅活けて夜のまどゐに妻子らと茶を飲み合へりなにか果敢なく

この平和さへもが無常といふものかもしれない。「なにかはかなく」が惻々と心をうつのである。よい歌と思ふ。激しく果敢に、且つ過激に、道一筋に生きてきた人の境涯のゆゑに生れた歌であらう。悲しく寂しいが、心のあたゝまる歌だ。よい歌である。

しらじらと青桐の芽に日あたるをつぶさにわれは見て過ぎにけり

眞清水に棲みをる鯉と鮒のむれつかれを知らにおよぐあはれさ

日あたりを鯉つらなりておよぐなり春寒き日はふかくたむろし

をりをりは氷のつららよりしたたれる寂しき水のまたこほるなり

寂しかる雪とぞおもふ町かげにさむざむとして凍りたる雪

つゝましく怜悧の犬の乳のみ兒がみながらねむりゐるは愛しゑ

空晴れてあやに散りばふ白雲のすがしきかなや動きゐにけり

三浦さんの歌の根柢には、きびしい凝視がある。それは寫生といふやうなものと、全然別個の態度である。その歌は、いふならば、凝視と放心の隙間を擦過した歌である。この凝視が、大仰大ぶりの表現を好み、それがひいて一種のユーモアを漂はすこともある。又しばしば人生の深遠なものを象徴する域に達することがある。「氷のつらら」や「凍りたる雪」はさういふふかい象徴の域に至つてゐる。悲劇の崇高感に通ふよい歌である。このやうな場合寫生とも實相觀入ともいふ必要がさら〳〵ない。たゞの凝視と云へばよい。それは一見苛酷のやうで、眞實大様に切ない愛情だ。

芽ぶきたるたくましきものわが見居りいつか滅びむと愛しがりつゝ

この「愛しがりつゝ」は、時間的に同時でないと思ふ。

いつしかに早蕨とおもふ萌えいでし庭土の上に燈はとゞきをり

やまざくらこずゑの花のをりをりに散りゆくを見きけふのひと日は

春寒き枯芝原にきぎするて鳴くたまゆらをわれは見にけり

芽ぶきたる落葉松林にあよみ入りしきぎすをおもふ雄のきぎすを

早蕨の歌はたくみなよい歌である。

秋ふかき燒野がはらに零るあめのしづかに昏らくなりにけるかも

みやこべの燒野が原にしぐれふり大きく暮れてゆくは寂ぶしも

難民のひそかに住みつ荒れ果てし大き都は夢のごとしも

眼のまへに日のあたる雪とけゆけりすみやかにして夢にかも似たり

「大きく暮れてゆくは寂ぶしも」表現が極めて大ぶりである。その大ぶりに破綻がないのは、氣魄のゆゑである。「しづかに昏く」の方もその大上段が充實してゐる。殺氣の世界でなく、寂の境に入つてゐる。いづれもさういふ氣魄にあふれた心境を根柢にしてゐる。慟哭や嗚咽とも少し樣相がちがつてゐる。知的で理性的なものが思ひの他に冷靜を支へてゐるからだ。難民の歌は南京還都の時の寫眞を見てと註してある。獄中の作である。「大き都は夢のごとし」は細部にこだはらぬ表現である。作者が執拗に表現の微細を檢討しうるのはかういふ大ぶりなものがあるからである。

ひさびさに天城のやまをあふぎけりしづかなるかもこの冬山は
中仙道のむかしおもほゆ夕ぐれの家なみのまへをながれゆく水
秋風の身に沁む初瀬の停車場にたちて見放くるゆふぐれの國
ゆふぐれの黒松の枝のさしぶりは大いなる穹の遙か上にし

黒松の枝の歌のかういふ境地は、當然拓かれるべくして、大いなる明治の歌風にも殆ど見られなかつた。これは純日本の景觀だ。その大樣な口ぶりがよい。かういふ歌から色々と想像をめぐらしてゐると、日本の美しさ、くらしのなつかしさ、その歴史と人情、國がらのたのもしさが、とめどなく物語を伴つてわき上つてくる。觀念や理窟で愛國心を説く必要はない。かういふ歌を誦むと、おのづからに國への思ひがわくからである。歌がらの大樣不敵なのが殊によい。「ゆふぐれの國」は、しづかな、それとない表現の底に、深々とした悲痛感をたゞよはせてゐる。一期一會、わが句すべて辭世の句也、生命なりけり佐夜の中山、かういふ古人の詠嘆が身に沁みる狀態だ。

畏みて生けるすがたか海びとのあかつき早く磯につどへり
縫ひもののしづけきときを享けにける女の幸をつゝしみおもふ

貧しい漁夫らが、夜の明けやらぬ磯につどつてゐる風景を、「畏みて生けるすがた」とよんでゐる。自他一如、泪のこぼれるやうな歌ひぶりだ。これと「女の幸をつゝしみおもふ」は對蹠である。聞いても見ても、情緒の豊かなくらしぶりであるものが、ふつとしたはずみに、人間のくらしのすさましい力、はげしい力に、人の力の畏さを感銘し、何もかも畏いといふ感じのすることがある。貧しい漁村や深い山村の生活の中などに、さういふものが感じられることがある。人間がくらしを立てるといふことの極限の力を現はした畏さだ。それはつぎの段階では神に通じる。しかしかういふ感情をいだく人の立場は、單調な人からは、あるひは高踏的と評されるかもしれない。しかし私はそれを一段高くに位置してゐる貴族趣味とは考へぬ。この歌など、高所の感想でなく、むしろ己が對象と化した位置での咏嘆である。一番高いところで庶民と心を一つによせてゐるのだ。己の中の人間を抽象しての感銘の表現である。三浦さんは自身では歌人でないと云つて、さういふことを歌にもよんでゐる。しかし私はこゝで彼を歌人として語つてゐるのだ。かういふ歌をつくつた歌人は、比類がないといふことを云つてきたのだ。「畏みて生きる姿か」といふやうないかめしい、しかもなつかしい發想をした歌人は今までなかつた。類ない歌人なのだ。

あはれなる女なりとはおもひしがせむすべをなみぜにをあたへぬ

この歌が、どんな状態の時のものか、情景雰圍氣は物語的にいくとほりにも想像できるが、私はこの歌をよみつゝ、何となしに「善人なほもて往生すいはんや惡人をや」といふ親鸞の名高いことばを思ひ出した。世に善人といはれる人間の無慈悲さ、善人といはれる人の無情さを考へ、惡人といはれる人間のもつ非情の慈悲——純情を考へたのである。近ごろの公式主義の史學徒が惡人善人を階級と解しようとしてゐるのは人間に對する愚しい無知だ。

みごもりて汝はた悲しくありにけむ生れし國へかへりゆきにき

燈のもとにいのちかそけき白菊のさびしき花をただに在らしむ

一方は亡き妻の二十年むかしを憶つての歌、次はたゞ白菊の花を對象として情を敍した歌であるが、歌のこゝろは一つである。「たゞに在らしむ」はかなしい血の悲涙をこめたやうな云ひぶりだが、まさにきびしい、鬼氣に化する氣魄を感じさせる。名もなき草かげの民の心と、平天下の英雄の心といふ、二つの極端の性格が、この人の心裡には竝存してゐるのである。

「幽情」の連作は、何といつても、三浦さんの傑作であるが、

しら玉の美蕃登なるかもふくれなみ波の秀かげは悲しき色なり

こんな美しい歌を、私は知らない。

うば玉の黒髮のみだれうつゝなる消ぬかに聲のあなや呼ばはひ

絶唱といふべきものである。それにしても、彼自身は、歌人といはれたくないと誇つてゐる。しかし私は歌人と見た。これを近代の歌人と比較すれば、左千夫と赤彦の間にゐるやうに思ふ。私は赤彦のゆき方に己自らに對する面での霸道のけはひを味つて元來贊成しがたいものをもつてゐるが、そのことは別として、近來に於て最も驚嘆すべき歌人であつた。封建の世の霸者の精神を天性としてもち、歌道をとなへて道につゝ、ましく苦業した偉

人だつた。その慟哭の歌には、充實したものが少くなかつたが、自身のつゝましさは、殆ど宿命のやうに、消された形でしか現はれなかつた。しかしその師左千夫は、はるかに悠々として大人の俤があり、しかも熱情無類の詩人でしば〳〵平明崇高なものを歌ひあげてゐる。

三浦さんは少年時代の家庭のことを「舊曲」として歌つてゐる。

わが父と思ふべからず天地の寂しきがなかに我を生ましめ

わが母と思ふべからず櫻ばな散りゆくなかにわれを生ましめ

「汝が父に憎まれたるか、母にうとまれたるか。父は汝を憎むにあらじ、母は汝をうとむにあらじ。只、是れ天にして汝の性のつたなきに泣け」といつた芭蕉の語を、三浦さんは別の場所の詞書にひいてゐるが、この芭蕉の「非情」の底に流れる熱湯のやうな「愛情」が、三浦さんの場合は、さらに深く意識されて「道」として現はれてゐる感がする。芭蕉が淡々と、大虛にゆだねたもの、もちろんそこには天地のものへの大きい信があつたゆゑだが、同じ場合の三浦さんは、自力によつて貫道を考へたのだ。しかも彼に於て、その非情が、經歴にきざまれてあつたことは、何とも深い業因といふべきであらう。そして自力の「道」としてそれが信念された人にあつては、非情がさらに苛酷として現象するのも當然である。

この舊曲は二十代の作歌であるが、その時代らしい甘美さもあつて、後年のものとは色合がちがつてゐるが、考へ方は貫いてゐる。白秋の門に入つて、文章を志したのはまだ十代だつたといふ。しかもそのころの歌は、同時代の優秀な専門歌人たちに比して何のひけめもみえない。

まぼろしの雨と思ひつゝ眼さめたれ夕ちかき雨はうつゝにも降り
河原邊の眞竹の岡の葉のそよぎしましは聞きつ朝陽さすところ
をちこちゆ鷄鳴くきこえ來みなつきの朝明の堀に白く波立ち
十六夜の月さす山を一夜行きてこの世は母とその子とぞ思ひぬ
道の邊の老樹のかげに男ゐてもの讀みて居り筑波は遠し

いづれも二十代の歌だが、驚くほどに巧みで、また纖細で技巧的である。印象派風な風景を濃厚にまで表現してゐるのは、異常な天才といふべきだ。自身の宿命と考へたものを歌つた作には、後年の歌風の萌芽もあるが、この時代の主たる歌は、かうした技巧的に纖細なもの、濃厚なもの、浪曼的なもの、感傷的なものを自由にこなしてゐる。かういふところから、かりに歌人三浦義一が、そのまゝ成長したなら、どういふことになつただらうか。しかし所謂「歌人」とならなかつた三浦さんの作つた歌の方が、どれもこれも、まことの歌と思はれる。それほど巧みな歌でないものにも、私は無言のうちに深刻な人生的な檢問を强ひられたのである。それゆゑ、私の文學史觀では、三浦義一は、伴林光平以降の歌壇、つまり明治大正昭和の三代に於て數少い最も重要な歌人の一人である。のみならず私個人としていへば、この人は、人生についての思索と發想を最も多く教はつた、わが生涯の啓發者の一人である。

眞說石川五右衞門解說

昭和二十忘年某月某日、檀一雄がこの小說の執筆にかゝる直前に拙宅を訪れた。當時私は大和の櫻井に隱棲し、所謂文壇人とは殆ど交渉なく、今より見て文壇にかゝはりある交友といへば、當時にして十數年文壇を離れて、昂然としてゐた今東光と交つてゐた外は、まだ小說の一つも世に出してゐない五味康祐がしきりに出入してゐた位のことであつた。檀が突然訪ねてきたのは、その所謂「眞說石川五右衞門」の資料を集めるためだといつた。しかしその時の檀の心境は、所謂大衆讀物を新聞紙に連載するといふことに、本心すゝまぬやうな口吻であつた。この昭和二十忘年より何年の歲月が經過したか、現今の文界の事情の中で往時の檀の心境をふりかへると、まだ數年にならぬ以前が、むかしの話のやうに遠々しい氣がする。新しい時代は變化し、今日文學に職業的な志願をする人々は、檀のそのころの心境など、夢にも思はぬものであらう。この變化には、少しも好ましい面をもつてゐないのがなさけない。檀はわが文壇傳統の所謂純文學者氣質を、最後にもつた作家だつたわけである。それは旣に文學史的事實の一つと云へるかもしれない。私はこの純粹さを今もありがたく思ふ。しかし「石川五右衛門」は、さういふことゝ何のかゝはりもなく、檀の文學として恥づかしくなく出來上つた。奔放でむしろ亂暴無法なこの鎮西の奇才は、その少年の日から、純情と放心を本質とした詩人だつた。彼の作中に現はれる放心ぶりは、詩人の性として、美しくいさぎよい。

しかし檀が最後の人であつたことは、「日本浪曼派」の日に決定してゐた。「日本浪曼派」については近頃色々の人が何かといつてゐるらしいが、その主體としては中谷孝雄の痼性から生れたものであつた。これに側面で作用したのが「コギト」の中心だつた肥下恆夫の存在である。この二人が「日本浪曼派」の兩親である。中谷は怠惰の生涯をすごす人と自他ともに認めてゐた。それでも數少なからぬ作品をかき、その殆どが昭和文學史上の珠玉品である。肥下の方は、俗な意味で何もしなかつた。たゞ我々の若年から、多少異端で變屈な者が集まれば、この溫厚長者の風格の持主が必ずその中心人物だつた。中谷は青年時代から鬱然とした棟梁の器だつた。人の特異な才能を發見し擴大する一種の靈力の所有者だつた。かうした型の人物のゐた時代、ついきのふにすぎない古い時代をなつかしくありがたく思ふことである。

この「日本浪曼派」を代表する作品は伊藤佐喜雄の「花の宴」の華麗で賑々しい構成だつた。それは以前に見たことのない極彩色の曼陀羅だつた。そして作家としての性格の代表は、一番若かつた檀一雄である。今日の世間では太宰治を作家としての性格から、「日本浪曼派」を代表するもののやうにみてゐる。それは十分に理解せぬのである。その天才と特異性に於て、檀の奇才が、太宰をつねに狼狽させた兩者の交友ぶりは、私のよく知つてゐるところである。その作品と人がらを比較したら誰にもわかるほどの明らかなことだ。檀には、獨創的な夢と、空しい詩人性、わけのわからぬ巨大な衝動があつた。それは一歩作家をはなれた時に、確實に實踐性をもつやうな實動の原因である。この原因にあつては、建設と破壞が自體に於て一體だつた。建設に向ふか破壞の原理となるか、未決定の混沌だつた。私はさういふ狀態をイロニーといつた。これに比べて辯證法はごまかしで無氣力なものだと昂然と主張した。それが「日本浪曼派」の一つの主張である。自體がさういふイロニーだつたのが檀といふ人間であつた。文學以前のその詩人性に於てであつた。この間の事情は「石川五右衞門」を見てもわかると思ふ。

私の考へた浪曼派は、さういふデーモンの狀態だつた。ニヒルとかアナーキーといはれるものでない。さういふ傾向と異質の原初の原質の混沌狀態だつた。このことも「石川五右衞門」に相當露骨に出てゐる。新聞で拾ひよみしてはわかりかねるだらうが、一揃ひにまとまつた全篇をよみかへすと、本人も調子づいて描いてゐる。その思想や欲望、人生觀、理想、祈念といつたものを、どんな人間の口を通しても氣儘に語らせ、殆ど破綻をみせてゐない。作者の茫漠とした夢が讀者の心に入ることと思ふ。廣く人生の實社會に及ぼし得る原理力として、發意の人に勇氣を與へ、失意の人に慰安を與へるやうな、一種の混沌が描かれてゐる。それは甘美なものや夢幻のものではない、或ひは野性のものといふ類でもない、しかし節くれだつた一種の丈夫ぶりである。やはり鎭西の男ぶりといふのだらう。

「石川五右衞門」にも脈々と淸らかな作者の夢が流れてゐる。根柢が詩である。彼の本性だ。それを努めて下卑た小說のことばで消滅しようとしてゐる。作者の羞ひのせゐかもしれぬ、環境の文化のせゐであらうか。そのかくし方が太宰の風ではない。太宰は東國も東の偏遠の人だから、おもひきりわるく、かくし立てしたものの周遍でちらちらとことさらな辯明をした。それはイロニーでない。檀にはさういふ田舍くさゝはなく、辯解しないから男らしい。人に通じなければまた止んぬるかな、と昂つてゐる。それは無責任といふことでなく、勇氣なのだ。「石川五右衞門」の場合も、さういふ危い所で彼はしきりに遊んでゐる。大衆讀物をかくが、といつた辯解の氣持は毛頭ない。けなげな作家根性の發露だ。

檀が「石川五右衞門」の執筆を話した時、私はまともにそれに贊成した。今日の時代相から見て、適切な亂世の主題でないかとも云つた。人間の良心が亂世といふしくみの中で、思ひもよらぬ結末をつける宿命を描くだけでもよいし、それは又現世の惡の摘發にもなる。まづはさういふ氣持が私のその時の考へ方だつたが、結果としてみると、檀はもつと切迫した己のデーモンに存分に振舞はせ、豫想せぬ絕對自我を象つて了つた。この作家は最も卑俗なものになるところで、俗を去つて夢を描いたのだ。

その時、すでに檀は構想の大筋をもつてゐたらしく、特に細部に亙つてつき込んだ思惑も語つてゐたが、その話の中で、舊來の五右衞門傳をよんだ感想として、小さい惡人は、惡事の罰を卽座にうけるのに、大惡人は最後の最後まで生きのびるのはどういふことか、と語つたことが印象に殘つてゐる。これは極惡人を早く天罰の座に据ゑると、狂言が終るといふやうな、卑俗な解答のための設問でない。かういふ檀の道徳上の考へ方は、この小説で一貫して生かされてゐる。彼はこの作中で人間性と罪と罰、社會環境と惡といつたやうな幼稚な議論は一行もしてゐないが、彼はすべての極惡人の中に人間性の珠玉のものを必ず一つはみつけ、人の世の生命のなつかしい對象として描いた。それがこの作品の奇怪な善惡の彼岸の思想を形成してゐる。

この作品の中で、獨自な性格と業のやうな經歴の、登場人物の殆どすべてに、彼は已の分身をわかち與へた。詩人の性の美しいものを分ち與へたことは、むしろ作者の詩人魂の廣大さを證したものと云ふべきである。初めの描き出しの部分で薄野原を子供がつつ走ると、さきの枯草がひとりでに分れて道となるといふやうな記述が出てきて、私はずゐ分感嘆した。彼は特異な小説をつくつた。金銀財寶を木つ葉の如くにまきちらし、世の人の執着するものを塵芥のやうにふきとばすといふ大膽な夢想は、實感の隙間なく、僞りの虛飾でないリアリテーを以て、大方實現されてゐるのである。そして無償の英雄崇拜がこの作品の大切なテーマとなる。

その後二三年もして彼にあつた時、この頃は注文といへば必ず「石川五右衞門」みたいなものと云はれてねと笑つて語つた。私もそれにつられて、新聞雜誌の學藝部もずゐ分進歩したのだね、讀者が高尚になつたのだらうか、と笑ひかへしたが、この才人が人のことばを間違つてきく筈はないと今も思つてゐる。

檀の處女作は昭和八年の「此家の性格」だが、これは緻密な作品で、眞面目な老作家たちが、ひとしくその誠實な作風を推賞した。しかしそのあと「夕張胡亭塾景觀」をかくと、さきにほめた人が一せいに口をつぐんだ。「夕張胡亭」は檀の浪曼派的詩人の性格を示したものであつた。一般に浪曼派的性格は多様だが、これは間違ひなく檀のそれを示すに足るものだつた。自然に現はれて、その本質に近かつた。それをたゞ亂暴狼藉ぶりと見るのは間違ひだ。辯解の辭を弄して俗物を滿足させてゐないだけのことだつた。藝術上でなら高踏主義といふものを、檀は九州男子の雄々しさで示したのであつて、一見無責任と見られがちなものだが、態度としてはこれも高踏派である。私は多少の不滿など論外としてこの作品を推賞した。かういふ外形の粗暴といふ風土性の底にある作家の高踏ぶり、或ひは潔癖と勇敢さを理解し得なければ、藝術と人間性の妙味は了知されぬ。「石川五右衞門」にしても、主調がさういふものとさへ云ひ得るだらう。

しかし「夕張胡亭」にくらべると「石川五右衞門」は、性狀の圓熟、人生經驗の集積、思想の成熟の跡が顯著である。私は彼が時代に對する憤懣をこめた、才氣の小說をつくることを希望してゐた。しかるに彼は眞正面から本然の己のデーモンを、いかゞはしい世間に向つてた、きつけるやうな始末にして了つた。この特異な作家は、太宰や坂口安吾とは全然異質の存在であつた。要は詩人のデーモン、詩人の夢の問題である。情緒や氣分でなく、本質を描くといふ問題である。

「石川五右衞門」に現はれたデーモンは、「夕張胡亭」に現はれたやうな觀念のデーモンではない。さうした觀念のデーモンなら、か弱いアナーキーといはれる時、辯解の方法がない。虚榮のニヒルだといはれてもそれきりだ。しかし「石川五右衛門」のニヒルには、わが空觀の無に通ふものがある。一種無氣味な精神の状態を、しきりに描いてゐる。讀者はとりとめない作中架空人物の狂言綺語に幻惑されて、作者の人間と人生に對する眞の願望と祈念をみおとさぬことだ。これは大仰にいへば、作者の血で描かれたものだ。しかしわが血で描くとは、血の中のものを以て描く謂にほかない。血の中にものの有無が問題であつて、それは素質のものである。だから主觀的にも、客觀的にも、わが血で描くといふことは、何程の別儀でもない。

荒唐無稽と狂言綺語のかぎりをつくしながら、講談を語るかと思ふと大衆小説をかき、義太夫を語ると次は王朝文學調の擬古文を試みる、これは全くわがまゝな小説だ。戰爭中吉川英治の「宮本武藏」は軍人仲間で愛讀され、さういふ階級環境の人々に一種の人生哲學を與へたが、檀の「石川五右衛門」は浮世の風面を、わが裸身でうけて立つてゐる人々に、きつと自得する何かを與へると思ふ。

この作品を文藝批評の對象とした論者があつたか否か、私はさういふ事情を近ごろ全然知らず、關心してゐないが、もしさういふ例がないとすれば、そのことがわが國文壇の後進性の證である。批評の眼のくらさである。かつて「日本浪曼派」はさういふ後進性を實質的に碎破するのに、中央突破を目標とした。つまりわが國の當時のアメリカニズムとマルクシズムを、二つ合せて打破することを目的としたのであつた。

その恩惠の論

昭和の初年、ある雜誌の懸賞論文の當選作として、二つの文藝評論を見たのが、私が小林秀雄氏と呼ぶ人を知つた始めだつた。以來星霜四十年、小林氏は文學界に獨自な卓越の才幹を放つてきた。その久しい間、私はこの人ほどにあざやかな魅力をもつた文士の出現にまだあつてゐないやうな氣がする。ふと考へると、さういふ氣がして、思ひなほした時、若干の意味のある文士を數へることが出來た。

小林氏がつくりあげた位置とか、拓いていつた行路といふものは、わが國に文藝評論といふものを確立したものだと、一般に云はれてをり、この一般の見解に、私も反對するものではない。

昨今明治回顧の氣運が旺んで、それに應じて明治の文士への見解も、恐らく增大したことと思ふが、近頃では自分自身の娯しみにかかりきつてゐる私は、今の世俗のことに怠けてゐてよくわからない。明治の文士の文藝評論は、ただ高邁であつた。士風の殘存するものが多分にあつて、文藝は士の手中にあつたからであらう。その志に於ても申し分ないほどに現はれてゐた。

しかし小林氏の高邁さと、その志の高さには、新時代を劃する風があつた。初期の文章には、江戸市民の方言的發想が多少あつたが、漸次、文章の格調が高まるにつれて、やがて私は、この人の態度の眞にして、誠あるところを悟り、非常に教はるところがあり、またその點に關して深く敬服した。その輕快な表現や、破調の發想も、通常文藝批評の輕さや、反射的判斷でない眞劍のものだつた。多分ある時期々々には、獨りで日本文學を負つてゐるやうな氣概を持してをられたのでないか。ただそういふことを云ふことはなされなかつたやうに思ふ。

日本の近代文學には、私の思ふに、叛逆とか革命といふものは殆ど見當らない。たまたま見當るものは、小兒戲か非行程度のものが珍重されてゐる如くに私は感じてゐる。小林氏の文士としての見識の高さを、私が最も濃厚に味つたのは、彼が外國文學を扱ふ時の、自由の態度だつた。外國文學を簡單にふりほぐしてゐる、かういふ云ひ方をすると、肩をはつた感じと間違へられるかも知れぬ、そんなのではなく、もつとも自由、自然だつた。多分この人の資質によほどの天成のものがあつたのだらう。しかし私は天成のものより、その志の高さを思ふ。天成といへば、なすすべがない、志の高さは、己れの人生の態度によつて、修養しうると、私は稚く考へるからである。

しかしこの心は、文章は人力に非ずといふ自覺にいたるやうな修養だと私は思ふ。小林氏が、どういふ書物をよみ、どういふ思想を學んで、その人の生成に資したかといふことは、全部の著作をよんでも、どこかで隙間があり、又くひちがひ、こちらにそれを補ふものがなければ何ともならぬと思ふ。この補ふものが、何であり、どんな構造をした作用源かといふことを、私は今はよく知らない。四十年以前には、さういふものも、合理的に分析できると思つたこともあつて、多少さういふ方向を考へたこともあつたが、今日とりとめないままに、それをただの創造の力と云ふばかりである。文學の實や道は、かういふところにあると思つてゐるからである。小林氏の全作品をよめば、誰でも、おのもおのもの立場で、一ケ所位は、さういふ創造を自得するところにつき當るだらう、一ケ所位といふのは、最も愚鈍を自覺したものが、謙虚な態度で向ふ場合をいふのである。小林氏は、さういふものを人に與へることの出來る、又與へ得たやうな文士だつた。まことに百年の開國の歴史の中で數少ない文士だつたのだ。それは特に他の人のことを考へず、私獨自の恩惠として申してゐるのである。

小林氏が多年にわたつて、ロシヤの文士のことをかきつがれたものなどは、全く感銘すべき營爲だが、それは文學者として當然のことをされたのである。當然のことをする人が稀有だといふことは、これも現實である。小林氏のかかる時に一番學ぶべきことは、その態度の謙虚さにあつたと私は思ふ。私はさう思つてゐるのであつて、彼の作品を年代的によみ來つて、かくの如くに信じたことを別にかへる必要を思つてゐない、しかし私は特別に澤山によんだわけでない。私は小林氏がトルストイのことで、正宗白鳥翁と論爭されたやうなことを、非常に敬服した。あのやうな執心は、とても私にないと知つて、私はその時深く反省した。ただ、私は小林氏の最後の一言に、共通の負目のやうなものを感じ、ここにある小林氏を鏡として、自身を反省したのであるが、私自身ではどうといふ決着もつけ得なかつた、かういふところで、全く私が小林氏に對したやうな感じ方を、私に對してとつてくれる讀者を期待したい。

小林氏が日本の古典の文學を論じられるやうになつて、その態度が外國文學に對するよりはるかに愼重なのが、私にはうれしかつた。この態度は、近來さらに深厚になつたやうに思ふ。小林氏が宣長翁を語られ、あるひは徂徠を論じる。私はそこから知識や見方や考へ方を學ぶのでなく、心の緒にふれるものを、味ふことが多い。同じ意見だといつてよろこぶのでない。歴史を一つにした思ひだと思ふ。文學の同胞感であらうか。時々、私はそれらの文章をよんでゐて、自分の心があこがれてゆくさまを味ふことが出來た。無とか、空とか、虚といふことばでいへばよいかとも思ふ狀態だが、日本の古典のしきたりでは、遊びといふ狀態である。これは評論にも批評にもならない。恩惠のやうなものである。かういふたのしさを、評論や批評でいはうといふやうな考へは私には少しもない。

最近、と云つても私のくらしでは、もう二三年もまへとなるかもしれぬが、小林氏が藤樹先生のことを書かれてゐるのを讀み、一寸意外のことのやうに思ひ、やがて驚き、怖るべきものを、その人の思ひに痛感した。この怖るべきは、畏きものといふ方が、わが國の文學史の常道言かもしれない。しかし私はその人の思ひ、志、また心の、當然の動きのやうに思つた。この態度のまつたうさは、私には尊いと思はれた。小林氏が述べられた藤樹先生の心術については、私には私なりの見解もあつて、多少のくひちがひは十分感じるが、さういふことが一體何事であるといふか、意見見解の差など雲散霧消するほどに、高なるやうな何かを、私は小林氏の文章の底に、その心として、思ひとして味つたのである。昭和改元ごろの「様々の意匠」と「敗北の文學」といふ二つの、當選作品の題名は、當時の我文壇の相を示し全く象徴的に思はれる。私はそのころ、この二つの考へ方の中するところで、文學の系譜を考へたい、私の文學の系譜を立てるのだと氣負つた云ひ方をした。

私は小林氏の存在を造形したやうなその文學によつて多くを教はつたが、それは彼の文學の外相に表現されてゐないものであるやうにも思ふ。表現されてゐないその人の思ひの動きから、無數のものを教へられ、私はそれをこそ恩惠と信じてゐる。だから、私の受けた恩惠は、小林氏にかこつけられないところである。だからどんな批評家が精密に調べても、私が小林氏からうけた重大な影響まで見つけられぬと思ふ。さうしてやうやく小林氏がわかつてきたやうに、近年特に思ふことがある。

大なる國民詩人

晩翠先生の詩は、明治この方最も有力に國民感情の一を造形されたものだつた。新體詩の敍事形式の中へ、興と賦とを併せ自由自在に象られた。それは一つの敍事詩として、歴史や人生の詩情を敍しつゝ、その一篇の中に、又はその全體の主調として、浪曼的な抒情をあらはし、時には象徴主義的な悲壯の詩風を暗示された。晩翠調は、明治青年の丈夫ぶりを決定し、寮歌、軍歌、團體歌、などいふ國民詩は、殆ど晩翠詩の影響下につくられた。一種の悲壯感、悲劇感情、しかも崇高とか悠久とか雄大といふ詩情をあらはしてゐる。

今日に於ても、その國民詩歌的影響はなほ脈々と生きつゞけてゐる。誰人にもまねられる國民詩の作者、晩翠先生は明治大正昭和を通じて最も大きい國民詩人だつた。その詩風は、理想主義の悲愁感にあふれ、宇宙的にして、さらに他界に觀念を往來して、その終局の詩品に於ては、宗教的神祕を越え、宗教の根源的情緒まで造形された。人道の善意に立脚し、第一義の關心以外に他意なく、しかもいつも清々しかつた。晩翠詩は明治の御代の大行進曲だつたのである。明治はわが國の近代化の時代である。しかし晩翠詩は舊來の教養深さをもつが、近代のものほしげさはない。晩翠先生の詩は、今日に於ても依然として國民的な愛誦をうけてゐる。そのオリヂナルのみならず、そのイミテーションや模倣、あるひはもつと巧みなひきうつしは、今日歌はれてゐる詩歌歌謡の中に、最も多く且つ濃厚にゆきわたつてゐる。

その晩年の心情的傾向の詩は、象徴の域に至つて、單なる雄大悲壯でなく、極めて心靈的であり、魂のものである。しかも蕩々として大樣だつたのが歡しい。その詩人の生成の裡には、東洋的なる大らかさがある。西洋文學の大家の一人だつた晩翠先生が、さうした人柄をつくりあげられてゐるのはゆかしい。先生は漢詩の風儀を一變して和樣化され、明治といふ進取の時代の新しい國風をひらかれた。一見古風なその詩風が、いつまでも色あせることなく、くりかへし模倣されてゐる事情は、國民的感情として解すべきであらう。

晩翠先生の「イーリアス」の跋文は、淡々たる筆致にて、私の感動してよんだ文章である。明治の志士文人たちのもつてゐた第一義のもの、どのやうな形に現はしても、人に感銘を與へる名文となる本質のものであつた。この跋文の末尾に「今日のわが述ぶる言語、わが書く文章は、原人がはじめてことばを發した以來のいつさいの人に負ふ。嚴密にいつて、われのものと稱すべきは一もあることがない」とあつて、つゞけて「襟を正してしばし瞑目ののち、われに返りてこの跋文を結ぶ」と終つてゐる。例へば文章に對して襟を正すといふことは、古風の明治に於ては、少年初めて學ぶ日に教へられた躾である。かくの如き文章に對する禮式は、教養のある生活を美しくする規範だつた。まことに、五千年の東洋の文明の經過を考へる時、五十年の歳月は短くて、しかもその間に去つていつたもの、失つたものとのへだたりは、以前の五千年よりはるかに思へる。

先生は昭和二十五年文化勲章をうけられた。その勲章には年金がついてゐる。この金で五月の鯉のぼりをつくり、世界中の國々へおくつて、世界中の大空にひるがへしたい。これは二十五歳で早世したたゞ一人の男兒の遺志だと語られた。時は五月、日本の大空には鯉のぼりがをどつてゐる。私はそれを見ながら、晩翠先生の晩年に描かれた思ひをなつかしんでゐるのである。

誰よりも純粋正直に、人道や正義を歌はれたのが晩翠先生であつた。政治とか心理といふものに、その關心をおいた類のものは一つもない。ある國や政權の政治目的に奉仕する政治文學をつくるやうなことは、當時のわが國傳統文人は誰一人として思つてもゐなかつた。本來詩人はさういふ御用作家でないのが當然である。ロシア軍隊が黒龍江畔で一夜に數千の支那人を虐殺したのが、不幸な二十世紀の始まりだつた。勿論平時の狀態の中での事件だつた。戰時下でもないにかゝはらず、忽ちにして、武器の一つをもたない、何らの敵意のない、幼老婦女をまじへて數千の平和な市民が、一夜に殺しつくされた。この時晩翠先生は二篇の長篇の詩をつくり、世界の道義は未熟にて、文明なほ冥く、野蠻にゐるものを憐れまれてゐる。それはやりきれない無限ななげきを、空に向つて絶叫されるに近かつた。詩歌は、史實記錄のうたを超越して、歴史の眞實を人道に傳へるといふことを證されたやうな作品である。我々は今も政治的文學の無數の虚僞にとりまかれてゐるのである。

畏き人

かういふ場合に、私は讃嘆と感動と、そして感謝を語る以外に方法を知らない。その思ひは、世のつねのことばの內容を虛しいものと思はせる。わが經歷につきまとふものを、かりに思ひ出としていふなら、一つ一つの舊著作についても語られるだらう。その片言隻句について、長い囘想をひき出すこともよく出來る、いくつかの言葉のあやや、發想について、わが國の文學の系譜の中にも類のない、その一つ一つを云ひ出しては無際限である。所詮わが柳田先生米壽に及ぶ業績に對しては、私は感謝といふ一語で滿足する。

先生はその靑年時代文學者となる狀態から發足せられた。しかし先生が文壇的文學者になられなかつたのは、當然だつたと思ふ。先生が明治四十三年に出版された農政の本は、どんな文學者の描いたテーマよりも、大河の深さと廣さを、その感情と思ひさへもつてゐるのである。あるひは天才の小說家がその一生に一つも描けないやうな、この上もない「小說」を、土俗の傳へた傳承の中から無限にとり出される。その一つだけでも作り得たら、生涯の文藝の徒としてひそかな滿足を味ふだらうと思ふやうな、すばらしい民話の表現を、これほどに無數にとり出し得た時、人はどういふ變貌をするだらうか。

向ふから來る神々に、無盡藏に出會つて了つて、無限を生涯としたやうな先生には、天才とか偉大とかいふ文學的用語すら妥當しないと私は感じる。その大きさと意義深さに於て、何人が先生に比肩し得るであらうか。先生の多くの表現のうちの一つを、その中のたゞ一つの文章法をよく學び得たなら、もはや自負に耐へる十分な文學者となるであらう。先生の文學の大きさはさういふものである。さうしてすべての日本の文學と學藝と思想は、如何なる時如何にしても先生の掌中から脱し得ないだらう。たゞさういふ文學學藝思想が、わが國に於て、その正當な呼び名に價する場合に於ては。

わが柳田先生の世にいふ民俗學的業蹟の端初は、明治四十二年と云はれ、その方向が顯著に多彩に、そして豐沃になるのは、大正改元以後であり、公刊の増加するのは、昭和大東亞戰爭の風雲著しい時代にかけてである。明治天皇崩御が、日本と日本人に與へた影響は深甚であつた。明治の近代化の下に、消え亡びゆく固有のものへの關心は、天皇の崩御によつて始めて不安として意識されたやうである。改元當時内務省の示唆によつて全國的につくられた各地風俗誌の稿本――わが鄕里大和の三四町村の作つた風俗誌を見て、私はさういふ民族的な不安の樣相と經過を感じ、それに對應した明治の土着人たちの、すぐれた申し分のない志と才能を了解したのである。柳田先生の業蹟の根柢をなすものを、かういふ卑近を以て測るのではない。しかし先生の偉大な事業の根柢に、私は平凡にして巨大な、民族の願望と祈念と永遠の相を痛感するのである。

東海道のある町であつた、水をなみなみとた、へた川を挾んで、兩側の町家の裏側がならんでゐた。石垣の上の家の土臺から、手を伸すと水にふれる。その入日のころ、石の橋の欄干に倚つて、私はこの町を旅人として愛んでゐた。夕燒雲が一片、西空低く浮び出て、それが原始鳥のやうに見え、やがて眞紅の天馬と化して忽ち地平へ筋をひいて消えていつた、山も河も立木も壁も屋根も、そして行人も、眞紅に見えた町だつた。私はこの青年時代の記憶を思ひ出すと、今でも泪がとめどなく出る。

初瀬山に住んだ最後の大鹿が夕陽の中で黑崎の頂に立つた姿を見た。今から考へると見える筈のない高さ遠さなのに、その最後の大鹿は、繪畫より巨大に今も私の眼にうかぶ、それは正しく英雄の如くに。

久しい日でりの果に、大和の盆地をめぐる山々の頂上では、一せいに雨乞ひのかゞり火を焚き、平野には無數の提燈の波がゆれた。

かういふことを思ひ出したのは、山へ入つてゆく子供といふ、柳田先生の話の一つが私の生涯の不幸な記憶となつて了つてゐることに關聯してである。不幸ななどといふことばは不當である。しかし別のことばで、くりかへすことも今でも出來ない。永遠な心殘りとして、人生永劫の寂寥感に結びつくやうな、そんな記憶である。

昭和十七、八年ごろから、私は國の問題について、「としごひ」を手始めにしてその以前と異る發想をするやうになつてゐた。昭和二十二、三年の頃だつたが、そのころは、そして今も、私は隱者の境涯を身近にしてゐる。私は大和へこられた折口信夫先生におたづね折口先生は、神道の明日のあり方を、柳田先生はどうおつしやつてゐるでせうかと。折口先生はさきになくなられ、ついで早川孝太郎先生も逝かれた。先年吉野の宮の濫觴記の中で、丹生の御巡幸の御ことを述べた時、人づてに先生のおたよりをいただいた。折口先生におたづねした私の下心が、先生の思ひに則してゐたと思つて、十年ぶりで私は安心し、自分の考へ方に大きい力を得たと自ら信じた。

わが心、中有の旅の空……。

歴史の中へわが藝業をおいてみて、そのままの思ひを、虚空に消滅して了ふ、きびしく生きてゐる文人を、多少文學に志のあるものなら、同じ時代の一人二人に思つてをるべきだらう。私は今日、かういふ素朴なことを考へるだけで、心がうとましくなる。川端先生の書を、あれは鬼のものだよ、と春聽上人は仰言つた。例の口吻だから、そのあとにつづく言葉は、皮相できけば間違ふやうな表現だつた。この大僧正の上人が、淺草の巷を歩いてゐる川端先生の様子をかかれた文章は、さすがに多年手練の文士のすさび、私は感嘆して了つた。鬼界の魂魄と申せば、今なら强惡の印象がかつて、全く不適當となるが、いづれか人外の風景だつた。書かれた人も、書き手の方も、不思議な世界にゐる。文學の世界に現身をおいてゐるのだ。現世の奥行を、歴史の奥ゆきと、忽ち混同する祕策を簡單に發揮される。やはり一代まへには「純文學」といふものがあつたのだと、うべなはせるものであつた。大正大震災あとの事實を、五十年後に書いてゐて、けふのどんな文學風景より、心も筆もわかく生々しい。

春聽大僧正の話は、例のさりげない日常言だ。今日の論理や觀念とちがつて、俗談平語の中味は、佛教の培つた人間の心の深層の論理である。人間のあり方とか、自覺を釋く上で、佛教の觀念學には驚くべきものがある。舊來日本人なら、田夫野人でも、多少生身のままに心得てゐた。それが聖德太子の恩惠であり、さういふものが歷史である。「日本文學」はかういふ歷史を根柢にしてゐる。

春聽上人が五十年してから描かれた「生きてゐる文學」を、當時の記錄や資料、その肝心の作品からよみとることさへ、この當然文藝批評家のつとめが、今日出來てゐない。方今の大學の、文學史硏究では全然わかつてゐない。難しいのである。出來ないのではない。出來たものだけが文學批評である。

古人のなさなかつたものを作るといふ思ひを、淡々と考へ、その考へに何の束縛もうけてゐない。川端先生に於て、さういふ感想をうける。さういふことを思ふと、私のこころはあやしいものになる。ひろびろした、はろばろのものになる。さういふところで、「この人を」と思ふことも出來る。先生は上野櫻木町に住はれ、私は大學生だつた。さびしい永劫の遊びをされてこられ、齢のない人のやうに私は今も思ふ。私らが「日本浪曼派」で、川端先生を目標とし、大切な象徵としたのは、多少反時代的だつたが、今日の若い文藝評論は、この我々にとつて一番大切な深層の思ひだつたものを、よみとることをあまりせぬやうである。私は不滿ではないが、彼らを惜しむ。

私は「弓浦市」をよみ、ついで「岩に菊」をよんだ時、日本文學の生命が、何とすばらしかつたかと思つて感動した。それはもう一人の文士の作品を越えてゐた。この小説は、鬼のものか、魔のものか、はた佛か、菩薩か私にはわからない。ただ私の心あやしく、しかも心あくがれる、彼方は美しい人外、生命未發の世界、そんな狀態でわが心は風動した。「岩に菊」は短い文章だが、その主題の岩の話に入つた時、私は忽ち無限の境へひき入れられた。さびしい、かなしい、出口入口の無い、長い長い、やはり旅路だらうか、自分のあてどもわからない、中有の旅の空といふことばを、私は今思ひ出してゐる。「昔、唐の南陽の……」といふ條が出てこなければ、私は凡夫の心をどこに安心させ得たかしらぬ。しかしそのことがどうだといふ文藝批評を語るには、私はまだまだ未熟だと思ふ。

「眠れる美女」は一層の驚愕だつた。月々の雜誌で切々を見て、何程の關心もなかつたのは、やはり不覺、私はこの一篇をよむのに二十日ほどかかり、一心に思ひ、殆ど考へてゐた。知つてゐる限りの世界文學がみな人造輕薄のものと思はれてきた。その世界文學の中へはドストエフスキーもふくめてである。世の中には畏き人がゐる、怖ろしき業がある。これだけのことが云へることは、今生今世の幸ひである。その感想を書けと人がすすめた。深い深い井の底へおりてゆき、わく水を汲み上げるやうな仕事は、すぐには出來ない。ただその井の底へ入ると、この世のもの一切、何も見えないが、晝も星だけが輝いて見える。多分さう、もう見えたと思ひ込んでゐる。

その上、この小説の「世界」地圖は、今の私には點だけが、あまりにもきらきらとあやしげに輝いてゐるからだ。五年又は十年すれば、自然にわかつてくると思ふ。形ないものが、向うの方から教へにきて下さるだらうと思ふ。他の藝術は知らず、少くとも文學では、最高の意味で、前人未踏がある。それも「日本文學」の中にある、「前人」の流れの中にある、さう思つたことは、その時になつても間違ひでないだらうと思つてゐる。これには谷崎先生は「近代文學」、川端先生は「日本文學」といふ論證が先行してゐる。

松園女史讃

明治開國以來のわが藝術史の上で、この所謂近代日本を代表する女流といふ意味から、私が筆頭まづ數へるのは松園女史である。女史の描かれた、特に後半期の美人畫には、その以前の史上になかつた氣品があらはれてゐる。この氣品は、院政時代の佛畫や、その以前の古代から日本藝術の本願だつたものと、精神は同じくし、色合はちがふものである。女史は自身で描いたものを、天平の美女にくらべられてはゐないが、描かうとした現實の對象に、さういふ高雅な豐麗の中の、凜とした氣品をさがし、また見つけたといふことを述べてをられる。日本美術史上で、美人畫といふ類は何であるかは別として、千數百年來のわが美術史は、いつも「美人」を描いてきたと見ることが出來る。江戸後期になつて、さういふ傾向は、求める側の趣向に應じて増大したが、浮世繪も合せて、氣品にとむものはまことに少ない。松園女史の如く、作品の氣品にとむといふよりも、美人畫を氣品高いものにした一人の繪師は、こゝ數百年ゐなかつたのである。

女史の回想によると、少女時代より負けじ魂にかつてゐたと云はれる。どんな辛苦にも、自分は大鹽平八郎の血をひくものといふ、誇りと自負とから、じつと耐へ忍んだとも云つてをられる。中齋先生の血をひくといふのは、母方の血統と聞いてゐる。この一事は大事のことで、日本人は誰でも、正しい立派な先祖をもつてゐることを自覺せよといふのは、子弟の責任感を培ふ、明治以前よりの家庭教育の根基の一つだつた。

女史は舊來の尋常のおつとりとした美人畫の代りに、負けじ魂や、意地張りを、美人の資格のやうに描いてきた。それが中頃からは、さらに第一義の高雅な氣品をうつすべく、強い意欲を以て變つていつたことは、日本美術史上に唯一といふべき美人畫の出現となつたのである。かういふ變貌は、京都といふ都の地では、久しい間の朝廷の文明といふものが、一般市中の生活深層に、しづかにとけ入つてゐたからであらう。また女史の血統の自覺にもよるところ多いとも思ふ。

少女時代から非常の天分にめぐまれてゐたが、その畫業の成熟には、如何にも京の少女の教養といつたやうなもの、その趣味のものの作用が多い。女史が少女時代に、京のしきたりのくらしや趣味の中で、あこがれ、うれしいと思はれたものは、幸ひ今の京都にも、いくらか察せられるものが殘つてゐる。アメリカの燒打にあはなかつたから、さういふ古風の興味が、町の老女たちの思ひ出話の形で、中年の教育をうけた女性にも傳はつてゐる。聲を大きくして、それを保存しようなどとはいひたくないが、お互ひ大切にしたいし、又してゐる人が少くない。京はまだ町として修身をもつてゐる大都會である。

少女が少女趣味にあこがれるやうな狀態の中で、女史は格別の繪の天分を太らせてゐたのである。よくみれば、前期の作品にも、その品のよさがでてゐる。かういふものは、誰もうけつぐことが出來ないのであらうと、私は思ふのである。その少女の時代に、少女らしく、少女らしいあこがれに、つゝましく甘えてゐたことが、生長の因となつた。「ガス燈も電燈もなかつた時代のことで、ランプを往來にかゝげて夜店を張つてゐる。その前に立つて芝居の役者の似顔繪や、武者繪などを漁つてゐる自分の姿を思ひ出すことがありますが、あの頃は何といふことなしに、繪と夢とを一緒にして眺めてゐた時代なので」、女史のたゞ一つの著書である「青眉抄」の中には、こんな稚いなつかしい記事がでてゐる。このほの〴〵とした稚い追憶の事實が、まだ生命の始めの如くもえてゐた状態が、つまりこの少女ごころのあこがれが、女史の作品の一つの原因である。このこゝろは、所謂「藝術」でない、「藝術」などといふものより、もつとうぶでほの〴〵としてゐて、美しい。心と自然や世界や大氣とのけぢめもない。この世一杯、自分もふくめてまはり一杯に、創造と開闢の充滿した狀態を、何ごともない都の少女の風俗でのべられてゐるのだ。今の年齢の數へ方でいふと、十五歳位の時に、もう當時一流の大作家と展覽會で比肩できるやうな繪を描いた。今みても不思議な天分の他に、隨分な稽古をされたあとがわかる。しかし學びや稽古がまことにたのしく、「藝術」とか「藝術家」などいふことは少しも考へにない。苦惱とか懷疑といふものが全然なく、たゞ描くこと自體が無性にたのしかつた、それを「心から嬉しい氣分」と云つてをられる。

女史の少女時代の家庭は、いくどかの商賣がへのあと、葉茶屋をしてゐた。そのころのことは「あまり裕かな人でなくとも、よいお茶を飲むことが、京都の人たちのたのしみになつてゐた時代であつた」「江戸の床屋が町人のクラブであつたやうに、京の葉茶屋はお茶人のクラブであつたと云へる」。これは比喩的といふより象徴的に近い云ひ方で、なか〳〵面白い兩都の藝術の解説にすることが出來る。一箇の意義ある藝術が生まれるについては、横と縱のさま〴〵ふかいしくみが必要だつたのである。そしてさういふものが文化である。大ていの天才の作者でも、いつか世間を意識する時にあふ。世間にひきずられるのだ。「藝術」とか「藝術家」とかいふことを、時の世間の目で考へる。自身への懷疑や苦惱などと、純粋な云ひ方をしてみても、大方は世間關心である、處生觀である。高邁な藝術の雰圍氣とはさほど關係ないといふのが尋常だ。個人の天才より、世間《マスコミ》や時の流行が大たい强い。そして流行は愚劣と決まつてゐる。松園女史が、「花がたみ」を描き、ついで「焰」を描いたのは、四十歳から四十三歳の間だつた。「美術史」といふものの常識でいへば、轉機の作品と云はれるべきものである。『焰』は私の數多くある繪のうち、たつた一枚の凄艷な繪であります」と女史は後に自身で云つてをられる。「あのころは私の藝術の上にもスランプが來て、どうにも切り拔けられない苦しみをああ言ふ畫材にもとめ、それに一念をうちこんだのでありませう」――「あれは今憶ひ出しても、畫中の人物に恐しさを感じるのであります」女史は後年、かう述懷してをられるが、恐しさを感じるといふ意味には、何かふかいものがあつたのかと思ふだけで、繪そのものは、凄艷の現實といふよりも、すでにその氣品を描いてゐる。

「優美なうちにも毅然として犯しがたい女性の氣品を描きたい」――かういふ女史の自覺が、うき〳〵した天才の女性畫家を、歴史上の大作家にしたのである。「女性の氣品」といふものは、かつては日本歴史の華だつたが、今は次第にうすれた。日本でうすれることは、世界からなくなることである。松園女史はかういふ文明の第一義の道德を、描き殘さうとされた。これが女史の美人畫の根柢である。第一義の關心は、世上いふスランプといつたものから、悠々としてをられる筈である。松園女史の仕事ぶりがそれを十分示してゐる。

女史は自分の成長した時代の京の娘風俗や、女性の淸らかな品位を描き殘さうとされた。これは畫人として第一義の志である。その志が日本美術史上最も美しい、氣品高い美人畫をなしあげた。この志は本人の正統な教養、周圍の高い文化の環境、わが生命への自覺と誇り、かうしたものが凝固して出現する。わが生命云々といふのは、女史の場合は素朴な稚いことばで、大鹽中齋先生の血統といふものである。またその母の愛情や、その母の古風で質素なくらしが、女史にはかぎりのないあこがれと美しさだつた。母のうつしみが、女性の美しさと氣品の、理想の如く思はれたのである。稚な心、すなほ心の場合、これは同時に、もしくは次の瞬間、自分自身への憧憬となる。

「焰」について「畫中の人物に恐しさを感じる」といふのは、源氏物語から取材した、その作中人物に對する、女らしい感情かとも思つてゐた。一代まへの江戸の勝ち氣の娘たちが、怕い芝居を見て、「怕い」と顔をふせる時に、一番女らしかつたが、京の葉茶屋で育つた女性は、「葵の上」の心情を、感情に移してゐるのである。これは文學的に差異がある。

私は「焔」に凄といふ現世のリアリズムは思はないが、モデルといふものを使はない女史は、夜中わが姿態をさま〴〵にかへて、それを影繪にうつして、それから畫の材を得られたのだが、その夜更の作者を想像する時、しめやかなすさびを、じつと心にしめて思ふのである。

女史が自分の「理想の女性の最高のもの」ができたと思つたのは「序の舞」だつたと云つてをられる。これは昭和十一年の作、つまり女史還暦の年の作品である。還暦の年を思ひ、ことに特別の意味を思つたのであらう。自分の作品を非常に大切にされたあとは、大正晩年からすでにあらはれてゐる。自分の理想の女性を描くといふことは、母の愛、母のしきたりの生活、さういふものの中に、歴史上の日本女性の精華と同じものを見、その風俗の精神を殘さうといふ志にでたものである。女史は日本史上の立派な女性を多く描いてをられる。それらの志は、自分の娘時代の、京の娘の美しい風俗を傳へたいと思つたことと同じ思ひである。立派な教訓的な女性を描くといふ場合の思想にしても、女史の場合は、武家風の修身徳目に片よらなかつた。つまり、風雅に道義はあらはれるといふ、朝廷の文明のもとに生まれたものだつた。それは女史が京都の人だつたから當然のことである。女史は當時の畫かきが、「漢字や中國史を學ぶのは當然のことでした」と云つてをられる。教養として當然のことなど、そのころは誰もことさら云はなかつた。今日と事情の異るところである。現今は當然のことを教へることができなくなつたやうである。眉の毛一筆のひき方で、繪が死に、品下るといふやうな氣合は、教養や修養といふ人格形成の自然化にたよるより他の方法がないと思ふ。モデルを使ふより、わが影繪の方が都合よいといふことは、事物の「寫生」で現せない、精神を考へた時の述懐である。

松園女史は小柄だつたが、四日三夜を寢ずに繪を描いた。七日位までは、寢る時間はほんの僅かで、殆どぶつ通しだつた。それでゐてたゞ樂しかつた。繪の方がせきたてて寢てをれなかつたのである。その母が逝かれたあとも、時に當つては母の仕立てておかれた縫物をとり出しては、わが母なるむかしの人の誠實でつゝしみぶかい縫方を拝して、わが努力の力づけと、仕事の精進の誡めとしたと申されてゐる。私はこの、母の縫物を拝される話に特に感動したのである。

文學の信實

一

先師が急逝せられた間なしの頃、當時ある新聞紙の記者をしてゐた某甲氏が、佐藤先生の文學を語つた者は少くないが、先生が法然上人に傾倒し、淨土信仰を深くせられるやうになつてからの、晩年の文學について語つた者を殆ど知らない、このことはまことに遺憾のところと思ふ、と語り、私もその點については至極同感であつた。かういふ前提から、佐藤先生晩年の諸作品の傾向にわたる評論を小生は求められたのである。

私はこの説に贊成したのみならず、私自身の責務と感じてゐるところのものがあつた。私は昭和十五年の頃、「佐藤春夫」と題する一册の著書を上梓した。この本は戰後の三十三年にも、求められるまま、同じ書店から復刻出版した。私は終戰の後は、戰前戰中の自著の復刊をすすんでなした例はないが、求められるままに改めて梓にのせたものはあつた。その時に際して、字句文章の改訂については、文意未熟のところありとても、それに加筆削除をなさないことを例としきたつた。從つて終戰を境として、その以前の舊作の再刊に當つては、自身でこれを校正したことなく、從つて再讀するといふ例もなかつた。古きにふれ、古きをくりかへすことを、私は感情上好まないのである。それが、臆病であるか、自惚れのゆゑか、さういふ判断も私には出來ない。

戰中にしるした文章は、存知の友人同志の場合は申すまでもなく、その人を知らざるときも、同胞としての感情から、深い決意などをことさら意識せぬまま、いづれ死處にゐる狀態で讀まれたものが多かつたのである。自身に於ても、さういふ緊張の氣持の中にゐて書いた文章にて、それが當時の同胞の若者の死と、或る時には緊密に結びついてゐたといふことは、自ら勢つて云はないが、他より云はれる時には私は默してこれをきくのみである。生命の生死に直接に結びついたものを、その緊張の時が去つたあと、しかも終戰後の世相の中で改訂することは、私に耐へ難いとしたのである。私は多少の誤謬や不本意さを嫌ふよりも、卑怯に陷ることを避けたいと思ふのである。私の文章によつて、已の決意をたしかめ、生死を超越した若者の心を、私は自身の負目として考へつづけ、又生きつづけてゆくべきである。あの緊張した民族の大なる時代に、私の思ひとした文章の心と、當時の同胞の若者の心は、共に通じて一つだつた。その一がどこの誰と結ばれてゐたかは、個々に當つてはわからぬことながら、さういふ結びのあつたといふ自負を、私はわが文章のいのちとしてゐる。ゆくゆくも、私は文學に、さういふ信實を思ひ、文學のもつべき威嚴を併せ感じてゐるのである。舊著を一字一句も改めないとの思ひは、往時の未熟を痛切に知りつつ、あへて耐へて改めないのである。一つには怠惰の辯明かも知れぬ。そして再讀さへ好まぬといふのは、未熟を知ることに對する臆病さによるかもしれぬ。これは恥づべきことであつて、しかし恥ぢればよいことである。

私の舊著の「佐藤春夫」は昭和十五年以前の著述であるから、勿論先師晩年の心境や作風や主題についてふれ得ないのは當然である。然るに先師の文學は、むしろ晩年に到り、しかも最晩年に到つて、驚くべき高さと世界に到達してゐるのである。さきの某甲氏は先師の晩年に親近した人にて、この間の事情を感得し、目下日本の文藝界の風儀や現狀から、さういふ一期の文學について語る人を求め得ないと感じたやうである。私自身も、自分がそれをなすにたへるとは申さぬが、現今のわが國文界の事情として、先師晩年の心懷とその文學について語る人なく、それに關心や興味をもつ人も殆ど稀なることを感じきたつた。

この意味は、よしんば私が、その心境と世界を語るに足らずとするとも、舊著の追補として、往年私の未だ解し得なかつたところを述べ、さらに述べ得なかつた晩年の文學を語るべきである。わが未熟にして理解に到り得ぬところも多かるべしといふことを、そのまま誌すのみでも、多少責を果すに近いであらうと私は思案したのである。それとともに、私は先師晩年の文學を畏敬し、その風儀に傾心するところ深く、この點に對する興味のもち方では、自らに信ずるものを意識してゐたのである。わが舊著はその最も大事の一點にふれてゐないやうに思はれた。時代的に、著作の時期のゆゑにふれてゐない點も、不滿だつた。しかし若年未熟の文章をあらためて自ら檢討するといふことの嫌はしさから、その晩年の文學については、以前を忘却した別箇の、今といふ時點で述べてみたいと思ひ、それは當然なすべきこととしてゐたのである。

二

先師の晩年に、京都の淨土宗門關係の學校で、生徒に對して講演をされたことがあつた。その聽衆に對してなされた先生の講演の題目は、世界思想史上に於ける法然上人といふことだつた。私はこの講演を聽聞したわけではない。速記といふやうなととのつたものを知ることもなく一應の筋書めいた概略の記事を知つただけである。

記事の內容は極めて簡單なものだつた。ありきたりの論文のたてまへからいへば、議論らしいところは無いといふべき形のものだつた。その講演をきかない私の想像からは、おそらくそれは平明なものだつたと思ふ。これを批評して、內容が無いといへば、一見無いといふ語に當る類のものだつたかとも思はれる。云ふならば、さういふ內容などの必要のない、見識だけを語られたものだつたのでなからうか。思想や議論や辨證といつた今日のものと別の次元で、先師は文學を語られたのであらうと想像するのである。淨土といふ外界を眺めて語られたのでなく、その中に在ることを述べられたのであらう。それは古來よりの先賢先師の權威の談話であつたと思はれる。聖者の談には、議論や辨證はない。議論や辨證を僞り多きもの、幻の世界の相と觀じた果に、流れ出た自然の平語である。これが文學の信實に他ならない。所謂思想とか觀念學とか、議論や辨證といつたものの低俗と虛僞をさとらしめるやうな、高尙な境地が、文學の世界である。辨證が實在ならば、淨土觀も實在である。他界の觀念が實在の極致となるといふことは、平凡者の知である。死は必然であるが、生は偶然である。

先師の講演の題で、世界と云はれてゐることに意味があると私は思ふのである。世界思想史上に於ける法然上人の意義といふ、この一行がこの講演の全内容と私には思へる。その一言でよしと思ひ、その一言に盡きるものを思ひ、そのうへでつきることのない文學が口唇をもれて述べられたものと、私は思つた。さう思ふ根據としては、晩年の作風はさういふものだつたのである。世界の思想史といふものを掌上にして、その上にぬき出た高峯を、法然上人といふ人に象つたといふことは、尋常の思想論や宗教論と、全く別の心から語られてゐるとの謂である。この心は、文學が在ること、彌陀の世界が在ることを、そのまま直接に現前のものとするのである。むかしからの宗教者の云つたやうに、意識の世界をいふ論理にたよるなら、この信實は觀念化する。觀念化させてはならないのが信實である。それが文學の信實である。これをわからないとする人には說くことも、辨證することも出來ない。またその人々を憐れむことも私には出來ない。人間には物質的な人と、精神的な人とがあるやうである。どうして生れつき人は大きく二つに分れてこの世に現はれたのか、しかしそれは知るすべはない。

議論によつて正しい理を求めようとすることは、人間の智恵の一つである。さういふ樣式で正しい理を知り、ひいては世間の平和や安定の契機となり、或ひは世上の進步を導いたことが無かつたとは云へない。しかしそれを人道の向上を導くただ一つの考へと思ひ、あるひは最も大切な方法となすことには行過ぎと謬りがある。今日の世界の現狀では、多數決といふ思想と、それをひきだしたところの、理を求める議論の考へは、何ともみじめになり下つた。そのことの結末が、權力や暴力や獨裁組織を誘發する因をなしてゐると思はれる。五千年の人間の文明歴史を見た時、今日は政治といふ觀念が最も擴大して扱はれ、しかもそれが危機的な墮落狀態を呈してゐる時代である。政治も權力も、戰爭さへも、みな墮落してゐるのである。もともと政治といふものは、權力と暴力を兩翼とする最も低俗の觀念の形態にて、いつの時代に於ても、最高の人は、政治家とならうとせず、かつなり得ないのである。特別な今日の墮落を嫌惡する熱意は、僅かの青年の心に萌芽をなした。しかしそれらは汚れた慾望の具とされてゐる狀態である。精神の高貴な時代の理想では、聖者哲人によつて、政治は祭事として行はれたといふ。政治は禮樂だつたのである。それは政治の廢止といふことである。慾望の增大を近代の獨裁制に進行させてゐる人々が、その慾望の無意味さにつひに氣づかないのはもともと精神を喪失してゐるからである。精神的な人間と物慾的な人間が、明確に二つの人間存在であることを示し、近代といふ時代の產業やそのための科學主義の巨大な獨走は、虛妄の世界とそれを形成する人々を、ただ繁忙といふ狀態で、人間的な思考を喪失させてゐるのである。人間の尊重とか、福祉國家の建設といつた思想が、怖るべき良心と眞實の喪失の掛聲となつてゐるのが、目下の我國の實相である。大切なことは、人間尊重や福祉國家でなく、思ひやりの心をとりもどすことである。物に代へ得ない愛が必要なだけである。

人間の文明を遲々たるままにも向上させ、しかもそれを失ふことなく傳へてきたものは、議論や辨證や思想ではなかつたやうである。尋常の人が生れたままに信じ、汚れない生産の生活をしてゐる時、さういふ人々のただ一つの力は、正しいものを見分けることが出來る生得の智惠をもつてゐるといふことである。正しい心、愛の心、信あるもの、聖なるもの、さういふ人間の尊いものを、人々が一見して知り、さういふ一見によつて知つた對象に信從したことは、人間の精神と文明を向上させた天賦根源の徳用《サキハヒ》だつた。人間は、さういふ聖者賢人を一目見て知ることの出來る、驚くべき魂の作用する能力をもつてゐたのである。これが人間の眞の文明を向上せしめ、保存を積重ねた最も重大な智惠の徳用である。人々が天賦の人道的生活を正しく守つてくらしをたて、天賦の生命を豐かに樂しくしてゐる時に、この判斷と信從を啓示する智惠の徳用を保有するのである。この生れつきの智惠として、おのれのもつ尊貴なものを、おのれの何百千倍も大きい形でもつてゐる神の如き人を、一目にして見知るといふことは、人間の文明を高めてきた、由來の不可知なる智惠を、原動力とするのである。さういふ人間の生れつきの智惠を私は今日も信じる。この智惠を大きい形でもつてゐる人を、わが國の古い自然《カムナガラ》の人々は、その智惠が混沌の狀態でもつ生産《ムスビ》と創造の靈力をふくめて、大きい魂《タマ》とか、國魂《クニタマ》、大國魂とよんだ。國中で一番大きい魂といふ意味である。この國《クニ》といふのは、土地といふことである。今日の政治觀念の國家でない、人が風景と一體となつて生活してゐる天地の狀態を云つたのである。生活といふ點で、國《クニ》は土地に大方の重さをよせてゐる。政治の廢止は、人道と文明の理想であるが、國家は廢止し得ないのである。國家はあるままの人の住む風景であつて、もつと素朴に云へば、つまりはただ土地だからである。この考へ方は、わが古神道の考へ方でもあるが、東洋の根源思想に共通するものである。

三

先師の講演は、世界思想史上に於ける法然上人の意義といふことを、ただ一言だけ云ひたかつたものであらう。先師の文學作品の全集を讀んで、この一言への先師の思ひをさとり得るやうな、一言主《ヒトコトヌシ》を、この世間に求めんと、急いでゐるのではない。先師は、この一言を、論爭や議論や辨證によつて論述しようとされたのではなかつたのである。法然を題材とした文學作品のいくつかを並べて、文藝評論や思想論を試みることがあつても、その努力とは、おそらく虚妄の論理にすぎないだらうと、私は斷言するのである。この一言の意味を、自他に語りかける、それだけといふべき絶對の方法は、文學である、詩歌である。さうして文學の信實は、「この一言」といふ一言にあつて、それを根にもつて綿々と述べる詩歌文藝の中に生きてゐるものである。言葉のうはべと不卽不離に、しかし言葉のうはべにあらはれぬ形で、詩歌文藝の意味は、ただ言靈《コトダマ》の徳用《サキハヒ》にあるといふことは、わが國人が何千年のむかしからもちつづけてきた信にて、この文學の信實は、ことばを飜して云へば、言靈の徳用だといふことである。

　先師の全文學を通じて、きはだつて大切な、晩年の淨土信仰に卽するものといふ點について、私は表面的に見て、無造作に考へたのではない。人のすすめもあつたが、その以前から述べようと思つてゐたことである。この話は、先師歿後より、すでに一二年をへた頃のことであつた。晩年の諸作品では、特別に信仰や宗教や聖者を對象とはせずに描かれたものに、淨土現前のありがたいものがあつた。

彌陀の淨土は、教典に描かれたままにあつて、自分はそこに往生する、さういつた言葉をこともなく口にされた。ある者は驚き、ある者は、多少の慄れをそへて愕然とし、またその悟りに羨望し、口惜しく思つた人々もゐた。晩年には、日常の坐臥のことを、何となく描いた小説の中で、時々今生と他界に往還し、靈界と現身のけぢめの一瞬消滅するやうなところさへあつた。むかしの物語を喜び、源氏物語などを、ただなまくらに誦してきた者には、この間の小説の世界の存在と、人のいのちの事情がわかることと思ふ。人間の意識の了解するところではなく、人のいのちの自らに所有するはたらきである。いのちの始めと、いのちの終りを知つてゐる人はない。自身のいのちの終始に無知なるままに、他人のいのちについても知るところがない。さういふ不可知から生れる永劫な寂寥感は、時には、夕陽に映ゆる滿山の紅葉の賑しい美しさを味ふこころとも共通する。寂寥ゆゑに賑しいのではない、賑しいことのあとに寂寥にめいるのでもない。何十年も以前に、そんな身と心の狀態をかへりみて、イロニーとか混沌といつたことばを、ふりあてて見たが、どこまでわかつたことか、何に教はつたのか、まことにおぼつかない限りである。私が舊著の「佐藤春夫」に、一種のもどかしい負目を感じ、多少有慙の思ひをしつつも、その後篇を負擔としてゐるのは、わかつてゐなかつたことについての反省からであつた。

しかしながら私は、その機會に、先師の若い日の小説をよみかへして、自分自身を混沌にひき入れる驚きを新しくしたのである。二十代の作者が描いた、近代風文藝や、西洋風景畫の技法に從つたやうな小品の中に、そこにはすでに、最晩年に於て、到りつかれたと思つてゐた世界が、何の説明も解説もなく、倫理や思想觀念といつたものとは別箇の次元で、自然に象られてゐるのを、私は知つたことである。たまたまこのいきさつを、先師と法然上人とのゆかりに、わけてかかはり深い、明石の雲譽上人に語つたところ、上人は「風流論」をよみかへしましたか、と云つた。私のよみかへしてゐなかつた時に、明石の上人はそれを讀返して、何ごとか痛く感動するものがあつたのである。そのしばらくして、上人は「天台止觀」を讀破する志をたてた。ともかくこれは、わかるわからぬにこだはらず、ただ一氣に讀み終へるべきものだと云つた。むかしから讀破といふ言葉があつたと私はつぶやいたのである。これは武士道とか禪家の教へに卽した人生態度であらうと、私は判断してきた。明石の上人はまた「源氏物語」を晩年の思ひ出によみ通さうとした。實に樂しい讀物だといふのが、上人からきいた、途中の感想だつた。老いて學ぶことは、わがいのちを不朽にするといはれてゐるが、この老學は苦しい勉學の業でなく、樂しさである。今日といふ一日に、生命不朽の感情をつみかさねる狀態の如く受けとれる。私にその心境の自覺があるなどと仰山のことをいふのではない。私の辱知交友の間から賜つた教へとしての經驗である。淨土現前の人は、陰德を以て痴に到れるやうなものではなからうか。不朽を實感し、淨土を知るといふのみでなく、實感してそこに到るのである。その仕法が何で

あるか、私にはわかつてゐないことである。私は先師若年の斬新體の小品をよみかへして

まさに當惑を味つた。

四

大正ごろの文人の通念では、極樂はずゐ分退屈だらうとしてゐた。經文でよめばそこには季節の變化がないやうで、これではまことに興も喜もない、などと云つたのは、通念以上の人だつた。しかし若年の先師は、極樂にはこの現世現身では想像も出來ない歡喜な感覺があるのだから、現世ではせめて季節感ぐらゐをよろこびとしてゐるより他ないだらう、と云つてをられる。これは批評の輕みか、品のよい皮肉か、などとも思へるが、かういふことを思ひつくことが、またなみなみではない。

しかしかういふ極樂の感覺を知らないものが、詩文にたづさはるのは、不幸と思ふ。さういふ人は、時には精神的な不具奇形をつくり出す原因ともなるから、この點でいへば、その始めに於て、不幸に加へて、不吉のものである。

かういふ批評語をされた心境の一面では、慷慨の志を以て、終生を貫かれた面もあつた。「われもまた自ら國士もて任ずるもの」、といふ昂ぶりの言葉は、青年の日から終生一貫してゐたのである。淨土の住人のやうな小説を描かれた反面の「老殘歌」の憤りも沈痛である。

「夕づつを見て」といふのは、まだ少年の日の詩だつたやうに私は聞いた。詩集にのつた

のは大正終りの年の春である。この同じ本に「わが言ひ出でし言葉は痴にして歌に似たり」、といふ一行の文章がある。痴、歌に似る、この一語は、私に深奥な思辨を強ひるのである。かうした場合には、文人詩人といふもののもつて生れた本質といふ平語によつて、議論めいたことは停止しておくべきである。しかしどうしてかういふ言葉が出たのであるか、また別途にいへば、痴とは詩人にとつて何であつたのだらうか。愚も痴も一つの同じものである。

かつて私は良寛和尚の書といふ「養痴」といふ文字を見て、瞬時一種の身震ひの感じを受けた。痴を養ふとは何事なるかと考へ困じ、これもわからずともよいことにしておくのである。

夕づつの歌は、「きよく、かがやかに、たかく、ただひとりに、なんぢ、星のごとく」といふ、ただの五句である。神代の物語に、天磐屋戸《アメノイハヤド》が開かれた時に、天《アメ》の鈿女《ウヅメ》のみことが歌はれた歌がある。日本の民族が傳承してきた最も古い、最初の詩である。「あはれ、あなおもしろ、あなたのし、あなさやけ、おけ」

私はこの二つの詩に、共通のものを感じてゐる。ほぼ絶對のものである、上も下もない、縦も横も不用にて、もしあれば餘分にすぎないといふやうな、嚴肅な詩歌の根柢唯一のものを味つた。天鈿女命の歌には、千三百年以前の人の聞きつたへた註がついてゐる。その註の發生した時期は、誰にもわからぬわけである。その千三百年昔の古人の傳承した註釋によると「あはれ」は空が晴れて太陽の輝く狀態で、その日の下ではすべての人の顔が美しい、これが「あな面白《オモシロ》」である。昔の人の考へでは、面白いといふことは、人の眉目の美しいことを前提にしてゐたのである。「あな樂し」これは人が手を伸べて僊ふことだといつてゐる。この舞事を見ることが、たのしい、と註してゐる。この註をよみ合せたうへで、夕づつの詩について考へ、詩といふもの、詩を作るといふことの威嚴を味ふべきである。

この威嚴は、一切の世俗權力と無關係であつて、物質に換へて測ることを許さない、人の魂や心の尊嚴さである。

しかし先師夕づつの詩には、「なんぢ」と一語が入つてゐる。これがこの詩の太古でない所以である。神代の神々から、人麻呂が出現し、芭蕉をこれに並べた時、わが日本の文學史の移り方にもかういふ事情がある。天鈿女命の歌は、人も神も自然《オノヅカラ》にて、ただ美しい、しかも無限にて、まことに天地の始めを云ひ現はした絶對の語句だが、人麻呂となり、また一變して芭蕉となれば、この大なる人々は、わが悠久の思ひから、天地の始めの心を養ふ詩歌をなされねばならなかつた。先師の「なんぢ」は、この點まがふ方なき近代の思ひである。これはかの人間宣言といふものであるか、無限に登りゆく祈りの、窈窕の美しさを象るものであるかの判斷は、詩歌と詩人の信實を決定する肝心のその一點である。

文學史的に、先師少年の日の夕づつの詩句の中の「なんぢ」の一語に思ひをいたすと、これ實に、元祿國學復興以降の武士道のこころに結ばれるものである。所謂武士道の人々に於けるは、乃木大將の如く、佐久間艇長の如きものであつた。元祿國學樹立以前には未だ思想としてもなく、人心に造形された現物としては、さらに無かつたのである。先師少年の日の慷慨の詩句にならつて申すなら、武士道の語はむしろ國士を以て任ずる志と云ふのがふさはしいかもしれぬ。

しかし夕づつの詩の句には、あらあらしい議論の氣は見えはしない。神代よりつづく日本の文學史の見地から、この詩篇をよみとつた者は、非常につつしみ深いことばで語らねばならない。このつつしみをわが國の風雅といふのである。皇神《スメガミ》の道《ミチ》は言靈《コトダマ》の風雅《ミヤビ》にあらはれるといふ理である。しかしここの私の註解は、風雅を破壊する表現をしてゐる。身を殺した表現である。人麻呂は上代に生れた神の如き人にて、身を殺すことなかつたが、芭蕉はしばらく身を殺さむとして殺したところがある。これは承久以後、志のある本朝文人の身の定めであつた。

天の時雨

一

昭和四十五年十一月二十五日、私の聞いた正午過の放送は、三島由紀夫氏が、楯の會員をひきゐて帝都市ケ谷の東部方面軍總監室を占據したと傳へた。放送員の聲は多少みだれ、しかも放送のことばは途中で切られた。事情不明だつたからであらう。私は京都西郊鳴瀧に居住してゐるが、その日配達された夕刊でみると、各紙とも多少記事にくひちがひがあつて、この事件を判斷するに當つて重大な間違ひを起すやうなところが若干あつた。たとへば、「亂入」とか、「それを阻止しようとした三人の將校」といふやうなことばが、不用意につくられてゐる。これらの點はその夕刊をよんだ時、すでに事實にちがつてゐるといふことがわかつてゐた。

新聞紙がとり急いで記事をつくることは、舊來からの習慣にあつた。舊式の記者のわるいくせには、さうした時に洒落や冗談で笑つて了つた。今日では、新聞の記事は放送とはちがつて、史料的正確さを自覺せねばならない。

三島氏の事件は、近來の大事件といふ以上に、日本の歴史の上で、何百年にわたる大事件となるものであると思つた。私はこれについて、理由を以て論證することができる。たとへば數人の學生が、旅客飛行機の旅客を人質として、航空進路をかへたといふやうな現象的な事件とは、とてものことに、その大きさの內容比重がちがふのである。この理由については、よほど丁寧に云はねば、こちらの氣持のをさまらないやうな、しかも廣範多岐な國の歷史をふまへた論證を必要とするものである。

この放送をきいて間もなく、ある新聞社から電話がかかつた。その記者とは知合だつたので、異常な強い感動から、新聞記者のつとめをさらに先ばしつて、早々電話をかけてきたものだらうといふことが、私には十分理解された。

始め放送をきいて、私のとつさに感じたことは、自分の何もがわからない、頭の考へよりも體がわなわなするやうなおちつかない狀態だつた。私は「楯の會」のことも、それについての三島氏の行動や、言說についても、全く無智に近かつたから、この激しい行爲の豫感の上でわななないたのではなかつた。私には豫感も豫知も豫見も、全然なかつた。このことを私は、特定人や世間に對してでなく、もつと切迫のものに對して、申し譯ないと痛く心をしめつけられる。私は何かにつけてこの一人の人とおもひ、信賴をよせてゐた心の友に對して、かかるさまだつたことを、わが怠慢と思ひ、それは自分を責めるべきものと思つた。

しかしこの二十數年、私は三島氏の世評には盲目だつたが、その文學の作品や言說については、眞劍に考へ、かりそめだつたことはない。私の尊敬する人々の三島氏に對する批判は、片言隻句の感想も、深厚にうけとつて自己風に考へた。清水文雄教授や岡潔博士、胡蘭成先生などいふ人々の三島氏に對する批評は、私のものを考へる上での重荷の一つ一つとして、いつまでも考へめぐらせた。

三島氏のこの度の擧についての簡單な放送をきいて、私は何か一心に祈つてゐる自分にきづいた。神佛の何さまに何ごとを祈るといふのでなく、漠然と、三島由紀夫といふものを、わが目の前に空氣のやうに透明に描いて、その上で何となく祈つてゐるのだ、しかも心いそぎ切ない。わが心緒は全く紊れてゐる。たまたまその時早手廻しの新聞社の電話だつたので、私は却つて少し心の安定を得た。今日最も立派な人が、思ひつめてしたにちがひないことを、ありあはせのことばでかりそめにとやかく云ふことは、私にはとても出來ない、私はさう答へた。

この「最も立派な人」といふことの大略を、私がもし云はうとするなら、私の知る限りの、人間の歴史の縱横のつながりを、今の時點で、一つの今の創造世界によせ、ひき、くみ立ててみせる、その方法を人が見て、少々理解してくれると有難いと思ふやうなものである。世界の歴史も、國の歴史もとりあつめて、ほぐして、しかも一つのものを繰上げるやうな仕事は、やはり將來文學の仕事の一つの終着と思ふが、五千年むかしの東洋人が、何によつてかは知らないが、ともかくなしあげた、神話の今生に於ける新生は、三島氏のこころに、文學の仕事を中心にしてあつたと思ふ。私はわが「日本の文學史」の末尾で、かういふ三島氏の仕事と川端康成氏の描き出した未聞の世界とその文學方法を、こちらの理解の範圍で、將來の內外の文學に志ある人の希望をかきたてるために呈示したいと思つてゐた。その場合三島氏の文學だけに限つてゐたのは、即ち私の怠慢であつた。この怠惰は、より以上に私の反省すべきものであらう。しかしこれは十一月二十七日以後、少し心をしづめて、かなしみをかみしめた途上の感想である。

私は二十七日以後は、この事件に卽して過去の歷史のすべてを考へた。すべてといふのは、私の持する歷史のすべてといふことである。三島氏の決意のこころを知りたかつた。わからぬものの少しをとらへたかつた。私の心に銘じてきた限りの今人古人、英雄と詩人の行爲や思ひをつぎつぎ考へた。それは一ぺんに盤上にそろつてあらはれる。しかしそれに應じて、私の今度のかなしみのかなしみの方は少しもうすれない。私はさらに自分自身の、今世今生で味つた多くのかなしみ、最も深いかなしみを、一時に一ぺんにくり出して思ひつづけた。それが自然に出來、さうなつて了ふのだつた。强ひられも强ひもしない。しかも私の心緒はなほ深くみだれてゆく。ことごとにかなしいし、かなしくなつた。今も紊れのとどまらぬのは、浮世人情の哀痛をこえたものだつた。

また十一月二十五日の午後にかへる。私は何の對象も思はず、何ごとをといふ目的もなく、ただ漠然としたものに切ない祈りをささげてゐたあとさきに、第一番目の新聞社からの電話をうけ、その相手とお互に驚愕と衝擊と精神の昂奮をしづめあつた。この時は三島氏の死の事實は、まだ互に知らない。

今生今世のかなしみは、淺薄な悲嘆から始まつても、いつかは底知れぬふかい悲しみを知るに到るものである。その當座のかなしみは、年々歳々ふかいかなしみと變貌する。年若い志士文人には、なほさういふ人生永劫のあはれを知らずして世を去つた幸のものもあつただらう。今の三島氏は四十五歳と新聞はしるしてゐる。彼はすべてを知つてゐたのである。日本人の歴史で、百年に一度位しか出ない人物の一人と私は信じてゐた。十九世紀で終つたと思つてゐた小説に將來を與へ、新しいものを構想した一人限りの日本人と私は云ふのである。まだ一月足らずのまへだつた、たまたまこの册子（新潮社）の編輯者に、その理由も語つたことだつた。この四十五歳は、昔ながらの數へ方でいふと四十六か、七歳だらう。二十代後期の英雄や詩人の偉大な敗北と、四十代の經驗をへた英雄の偉大な敗北は、思想的にも、詩情にしても、きびしく異つてゐた。わが日本の文學史の典型でいへば、「大津皇子の像」と「後鳥羽院」と云つた對蹠である。私は三十數年以前、二十代の後半にかけて、かういふ關心の中でくらした。その二十代の終りごろに、蒙古の包頭の軍の旅舍に旅人としてゐた時、さういふ關心のうち、甘美な若さのうたのやうなものが、あはあはと空にのぼつてゆくやうな、沈痛なしかも呆然とした感動を味つた。そこに殘るものは、思ひよらない人の世の、いのちながらのかなしみの如く思はれた。それでも年齢につく偉大な敗北は、わけて考へられる。あとの話となるが、三島氏の辭世のしらべに、私は深くうたれた。若い人のうたのしらべとのちがひが、まことにかなしく切ない。

　私の知つた頃の三島君は、大學生になる以前だつた。清水文雄氏が彼を推薦し、私はその少年の天才に驚き、その文章の華麗にむしろ危んだ。しかしわが家の縁に腰かけて語る彼は、學習院の男女生徒のとりとめない噂ばなしに、本人はそれを憶えられてゐたことを羞ふかもしれぬが、私は十分に、たくましい、たのもしい小説家の素質に舌をまいたことだつた。十七八の少年の彼である。その雜談を私はことばでおぼえてゐないので、そのままを傳へることは出來ない。三島君が、むかし旗本の寮だつた落合のわが家の數寄屋造りの疊縁にこしかけて、陽だまりの暖さの中で語つた、その時の彼の聲のいき（呼吸のいき）は、私の目のまへに今もありあり殘つてゐる。私には小説がかけないと、かういふ記憶の性質や、あり方から判斷してゐる。三島君は、あなたは小説がわからぬのだ、といふだらう。このことばは正しい、このわからぬといふことの納得の上で、私は今や最後の遺作となつた三島氏の四部作の大作品が、十九世紀小説の未知界、未拓世界、それからこの作品の空前性を云ふつもりだつた。わが「日本の文學史」の大尾に私はよろこびがあつた。このことを私は新潮社の記者と、わが鳴瀧の山荘で夜更けまでその一つのことのまはりで語り合つた。一月たらずのあとにかかることが起るといふことは、その頭の鋭い記者も風聞の上でも氣づいてゐなかつたであらう。

いつはりと僞せものの世の中、ことばが實と歴史と生命を失つてゐる時代に、志ある文人は何をしたらよろしいといふのか。戰ふとか、殺すとか、死ぬとか、憤るとか、さういふみだりに口にすべからざることばが、輕々と云はれ誌るされ、人はいつはりとまやかしの世界に利己のみの生活をしてゐる。人の誇りのけだかさはどこにもない。人間であるものは道化扱ひにけがされた。二十七日に家へきたある遊藝の家元で、もう六十を越えてゐる女性だが、自分も男なら、三島先生と同じことをしたとすなほに云ひ切つた。燒身自殺をしようと思ふほどに感じたことがあつたとも云つた。そのことばには、告白のともなふやうな實感があつたので、私は愕然とおそれて、一言もこの度の事件について云はなかつた。外觀陽氣な女性は三島氏の作品など殆どよんでゐない。

また二十五日の午後にかへる。二番目の新聞社から電話があつた時は、三島氏は自刃したらしい、恐らく間違ひのない情報だと知らせてくれた。私の心はみだれたままで、いまは體さへ遊離するやうな感じがした。しかも、無性にかなしかつた。不思議にも十七八の三島君しか私の眼のまへに見えなかつた。このころはまだ切腹の詳細は知らなかつた。

この數日來、私は山へ入つて澤山の木を伐つた。雪の來るのにそなへて池の上の眺めをよくするためだつた。その中でとてもと思つた太い木が一本あつた。この時私は今はその木を伐らうと思つた。さう思つた時、近い昔、かうした時に、同じやうなことをした人のあつたことを思出した。むかしの人のまねをして、わが心をしづめようとするのだらうかと思つた、又さういふ時さういふ振舞は自然なのかもしれぬとも思つた。ためらつてゐると、そこへ新聞關係の二人の人がきた。この日この時、家のものをみな外へ出させ、在宅は私一人である。二人は事件について色々の感想を、非常につつしみ深く話した。それで私も、自分の思つてゐるままの次元で話した。現象論とか時務論にわたることは、こちらがふれない、先方も强ひていはなかつた。相當長時間對坐してゐたのは、訪れてきた人も心に深い衝擊をうけてゐたからであつた。歸つた時は大方くらくなつてゐた。すると入れかはりに門を叩くものがある。初見だがあつてくれるかと云ふ、東京の大學生だつた。數日來京都見物にきてゐて、書の放送を道を歩いてゐてきいたといふのである。心と身のおきどころがなくなつて、私をたづねてきたのであらう。私はこの學生の話を長々ときいてゐた。彼が感動とか昂奮といふより、もつと深い心の状態にゐることが、私にはよくわかつた。その氣持を云ふことばがわからぬので、私との對談の間にそれをひき出す期待をしてゐるのだらう。この學生は三島氏を直接知らないと云つた。

二

十一月二十五日は、ひるすぎから、あちこちの新聞社や、氣ぜはしい出版社の電話に應待し、その間に新聞關係者二人、また京都見物にきてゐて、途上で事變をきいて、心のおきどころを失つたといふ、初見の東京の學生がきたりした。早急な人の見解といふものをきくのも理なく、その人のことばをきいて、多少心の安らぎを得たいと思ふやうな人は、輕率でないのが、通常である。

むかしの歴史では、立派な人で輕率にみえる者があつたが、これらは輕率といふのでなく、三島氏の流儀でいへば、文武兩道の鍛練によつて、超速力を身につけてゐたのであらう。修養のうすいものが、形をまねるべきでないのだ。自己を對象に移し、對象を自己にうつす時の速力は、その修練なくしては不可能だとしても、愛情とか、思ひやりとか、謙虛さといふことは、普通おもむろに發動するものである。

その日ののちにあつた人たちも、誰でも談話の初めには、三島氏のことをいふことを、みなためらつた。はげしい衝撃のためだらうが、またお互に輕々しく云ふべきでないといふつつしみもあつたのである。かういふ人々はみな市井の人々で、自主經營の企業主といはれる人々だつた。さうした中の一人は學藝美術にも關心のある會社社長だつたが、若いころから短歌にこつて、長歌を作つて得意にしてゐた。談話の途中で、三島氏のことに、話がほどけたあとは、その日の感慨から、周圍の人々の話などをつぎつぎに語つた。あの日はどうされてゐたかといふので、右のやうな一日のさまをいふと、それなら自分もお訪ねしたらよかつた、さう思つたが、お氣持をあれこれ考へて、お訪ねするのを耐へたのだといつた。しかしその夜は一夜ねむられないので、全く久しぶりに歌をつくりましたといつた。それからつづけて近年歌をつくつたのは、山口二矢少年が拘置所で自殺した時、それ以來のことだつたといつた。

日本の歌のはたらきとして、空間に充滿する魂を自分にとり入れ、自分の魂が身體から離れてあこがれ出るのを、しづめるといふ考へ方は、神代以來のものだつた。むかしの言葉で鎭魂歌といふから、古風の思想のやうな氣がするかもしれぬが、もし今日のことばでいへば、感動や衝動を受けた事件について、一心に考へ、それを理解しようとする時の精神活動の狀態をいふに他ならない。ただ理解といふ近代の言葉で考へると、前後一切が皮相のものとなり、思ひが淺薄となる。感動や衝擊が、近代生活の中では皮相的だから、淺薄の理解で終るのだ。ここからは歌はうまれない。事あれば新聞雜誌に一せいにしるされる有名人の見解や意見の類も、かういふ淺薄の標本のやうなところも多く、標本だから、大體形もきまつてゐて、二三類型に分類できる。しかもそれらは自分のたてまへや立場の利害判斷から、見解を云ふから、反應が非常に早いうへ、さういふ分類的判斷は一應もつともらしく聞える。人が自身で考へるといふ啓蒙のはたらきがなくなつたやうである。今日の流行語でいへば、これを體制的言語といふのだ。今日では保守黨、革新黨といつても、みなその狀態を持續したいといふ方へ傾いてゐて、身についた利害判斷が先行する。そこでいふことばはきまる。新憲法擁護とか民主主義護持といふのが、この心理をあらはす政治的語彙である。これらは誰かが考へるとわかるやうに、感情をもつた人間のものでない、いつはりの機械のことばである。外に出現した巨大な力に對する不安と、自分自身に對する不安とが、平行線をなして交ることがない。それは今日現狀で人間とその文明が、悠々たる大河の如く、破滅に向つて流れてゐる中の小波のやうな、破滅の象徵である。三島氏はかうした破滅でない。いづれにしても、この世の生命は、どこからきてどこへゆくかわからぬといふことは、東洋五千年來の文明觀の大前提である。今日の不幸は解くべき問題をまづ金錢で勘定し、賠償金額が大きいと人命尊重と安心してゐる。かうして人間の外界的環境的不幸は增大しても、決して消滅しない。

私の知人の會社社長は心昂つて眠られぬ夜に鎭魂歌をつくつた。鎭魂歌は新聞紙がのせる知名人の見解や巷の聲のやうに、ことを淺薄にときほぐすものではない。今日世論といふのは、大方が無知かないし無緣の人の仕入れのことばで、ことにふれての、生きた人間の言葉でない。人間のことばとかかはりない、既製語の横行は、始め各人各様から始まつたのだらうが、大體の世情は、四つ五つが、二つ三つとなり、つひには强力な一にまとめねばならなくなる。さういふ不幸は、大混亂と破滅へ導かれ、それをふせぐため、避けがたい獨裁に一時期を許す決心が、漸く有識者の間にも生れるに到る。

死んだ既製言語からは、創造も革命も、破壞さへうまれないのである。未來がないといふことだつた。けふの己の利慾心が、欺瞞のことばで現はされるだけである。大惡人や大魔王のやうに意識できないのが、小惡人世界の現狀で、これを末世といふのだらう。

終末觀といふことばには西洋的な破壞の力のひそむものがある。核兵器はさういふ破壞をも超えたものとも思はれるが、私は東洋の歴史と人間觀の上から、これを無緣と思つてゐる。かういふのは一種の安心觀である。個人的と非難されるかもしれぬ。その非難をうけねばならぬかもしれぬ。三島氏はかういふ安心を怠惰として憎んだかもしれぬ。しかし三島氏の論理感覺は精緻だつた。だからかういふ表現の心底を彼は理解するだらう。しかしことはそのあとに創められたのだから、彼の心をさびしくし、わが心をかなしくする。人の一生に、悠久な生命の負目とするかなしさであり、さびしさである。

死んで魔王となるといふことは、むかしからの志のある人、また神の如きだつた人の大きい願望の一つにあつた。多少、人を殺すことが、その仕法と云はれてゐた。しかしわが國の平安朝以前の惡靈には、現身で人を殺さず、自ら死なぬ、といつた人が多かつた。禪の一人の祖師は天下の人を馬蹄で皆殺しにせよといひ、美女の艷は國を傾けたと、心のおそろしい支那の文人は歌つた。わが南北朝のころの禪林の僧は、布教といふかはりに法陣をはつて闘ふといつたが、その布教は權力者に近づいて處世したのである。南北朝以來桃山時代までは、ほぼ小惡の世界だつた。もつとも明惠上人の史的豫感によれば、世俗の慾望にとらはれた小惡人どもが輩出し、大惡者が出なかつたことが、久しい武門亂世の持續の因といはれてゐる。平將門は關東一の魔王だつたが、彼は肉親の長者を殺して魔王となつた。心をさない愛すべき魔王だつた。

三島氏は人を殺さず、自分が死ぬことに精魂をこらす精密の段どりをつけたのである。人を殺さずして巨大機構を根柢でゆり動かした。怖れた者は狂と云ひ、不安の者は暴といひ、またゆきづまりといひ、壁に頭を自らうちつけたものといつたりしてゐる。想像や比較を絶した事件として、國中のみならず世界に怖ろしい血なまぐさい衝動を與へた點近來の歴史上類例がない。その特異を識別することは怖れをともなふ故に、それを無意識にさけて、政論的類型的に判斷する者は、特異のふくんでゐる創造性や未來性や革命性に恐れる、現狀の自己保全に處世してゐる者らである。創造性未來性革命性といふのは、イデオロギーや所謂思想と無縁の、人の生命の威力のものである。精神史的な意味でいへば、神風連この方、五・一五事件、二・二六事件、相澤中佐事件、中野正剛氏の自刃、山口二矢少年の自決、これらとも、一個重々しい點で異なるものがある。三島氏が晩年異常の感動を以て對した蓮田善明氏の自殺の場合とも、同じく微分されたところに異なりがあつて、この微なるものに、極大の廣さと重さを私は感じるのである。

戦國の末期に織田信長があらはれて、狂氣の如くに人を殺し、その殺し方が前古未曾有殘酷に極つた。多少魔王的な風貌を示す觀があつた時、わが民族の叡智は、一人の偉人を一時の獨裁者として亂世を終らせた。

豐太閤の出身は尾張の百姓の子だつた。當時の日本國の心術が、この百姓出身者に國の運命を托したといふことは、その民族の叡智に後人がどれほど感謝しても及ばない。豐太閤の出身の地は、一方では尾張の熱田神宮の影響圈で、院政以後この神宮を中心として、宮宿でつくられた宗教的な思想やそれを現はす文藝は、ことばはひくかつたが、内容的には、綜合的に高等なものだつた。それらは庶民信仰の中へ深く入つてゐたのである。民族の叡智は、わが國の民族神話と、國土の風景と、その四季の時の移りといふものが根據である。かうした叡智が戰國終結のために一時の獨裁者を立てた。その人の性格人柄氣宇は、世界の英雄中に類ない親切の人物だつた。この獨裁者の代つぎも民族の叡智を示すにふさはしいものがあつた。それからほぼ五十年にして獨裁制は、制度國家へ移行したが、この移行の自然さは、まことに誰も氣づかず考へてもゐなかつた如きものだつた。

三島氏は歴史的な文學者だつた上に、尋常の文士や史家とは桁ちがひの思考範圍をもつてゐたから、その片言隻句で以て、生涯や考へ方を律することはとても出來ない。おそらくその最大最深の思ひは、殆ど云ひ殘しておいたと私ははつきり思ふ。この云ひ殘しを、自分自身の考へ方からうけとり、それを自身によつて創造實現するといふ、極めて自然な、ものそのものにゆく道を悟らなければ、陽明學派の教へに近づいたとはいへないのである。

三島氏は壁につき當つたのでなく、好んで激突したのでもない。その人自身が壁だつた。壁は玉であつて、玉は玉砕するゆゑに尊しといふ、東洋五千年の文明觀の精髓をその身にしてゐたと思はれる。石は割れるが、玉は砕ける。これが生命觀とか靈魂觀を象徴する。この考へ方は、極く美的である。三島氏の行動を考へる一面觀として、その心靈の說や、生命觀にふれることは、私は歴史觀の上から當然と思ふ。彼の神話觀は、文明開化期の思想を超えてゐた。彼は同時代の最も鋭い頭腦だつた。ひらめいてゐた。平田篤胤の考へたやうな靈異現象觀では、三島氏のうちなる文學者の滿足するものでなかつただらう。同じく折口信夫氏の場合とも異なつてゐる。ましてその系統の人々の民俗學的心靈の解説の如きは、彼の皮相的興味にとどまつたと思はれる。しかしかうした天才の大なる人物に於ては、皮相的興味が、どのやうな内的變貌をなし、それが創造面にどのやうにあらはれるかは、程のよい知性のよりつきうるところではない。わが國の民間人の歴史では、拝む神が何さまといふことよりも、拝む人の心のあり方が、世の中を決定した。しかもそのことを本人はときあかさないのである。さうして三島氏自身が、自分の仕事のすべてが、自身の末梢神經の末端の働きで出來たものだといふやうな、空虚觀と、同時的に混沌の茫大な世界を眺めたやうに思はれる。客觀的に同時代の文士を懸絶してゐる彼のすぐれた文章が、彼の末端神經の所作のやうに私には思はれるのである。

しかしながら、澤山の一面觀をよせ集めてそのはてに、彼の强烈な振舞といふところに到ると、その飛躍の理については、やはり何もわからないのである。しかしこのわからないところに、未來と創造の因がある。わが國の陽明學の傳統的な考へ方でいへば、知行合一がその世界を招くのである。この創造界からいへば、書かれたままを、知識としておぼえ、口にするやうなことは、何の意味もない。かういふ考へ方をしてきた東洋人といふ立場では、今日いふ未來學などのたてまへが、やりきれないと思ふのは當然であらう。批評をし惡口をいふ氣も起らない、ただやりきれない氣持である。人間の業《ごふ》の深さだけが陰氣に重々しい惡氣流のやうに流れてゐる感じである。近世の西洋では久しい間、病氣の原因を惡い空氣に歸してゐたといふが、西洋の惡い空氣は、我國にはなかつた。明治三十年代の東京には水のくさつた惡い下水はなかつたといはれてゐる。東京の下水を覆はないのは、太陽に消毒してもらふためだと、北里博士が獨逸の醫學者に云つたのは、負惜しみの說だつたのか、世界的細菌學者の綜合的叡智の表現だつたのか、私にはわからない。

今度の三島氏の死の前後計畫を一通りに考へたうへで、英靈の聲をかいたころの彼の思ひから、すつかり淸しくなつてゐると私は判斷するのである。むかしから聞かなかつたやうな、その一人の人の開闢の樣相である。私は戰前から平田篤胤といふ人の考へ方や思ひ、人柄にあまり親近感がなかつた。折口信夫博士が戰後大和へこられ、一緒に飛鳥から山ノ邊道を巡つて、最終に大和の大國魂を祭る大和神社へついた時、博士は私に短册に歌をかいて下さつたが、それは篤胤大人の百年祭に先生の上られた和歌だつた。篤胤は、時すぎていよいよはげしくなる、疾風の如しといふやうな歌だつた。私は今でもまだこの先人の理解に不十分である。三島氏の神觀や生命觀、それに心靈觀が、平田學派とどんなかかはりがあるか。俄には云へないと思ふ。平田學派といはれる人々は、關西と關東で氣質的にも大きいちがひがある。篤胤その人と別様のものさへ多い。明治以降の人文科學のひろがりは、三島氏のやうな稀代の叡智の持主の場合、彼の内部に於て舊來の心靈の考へ方は、おそろしく多彩に變化してゐたと思ふ。さういふものを本當に正確に描くといふことを彼は知つてゐただらうが、けふの言葉では、それが出來ないのである。この出來ないといふことを、彼は痛く知つてゐたと私は思つた。私はかなしいのである。

この度のことについて、第一印象の絶對感から、三島氏の死は、民族滅亡の危機感より、さらに廣くふかい人類の終末觀を、心の底でひしひし味つた結果のやうに思つた。今の世界と人心の動向のままでは、人類は滅ぶのでないかといふのは、世界中の叡智のある人の怖れとなつてゐる。戰爭の直前私が近代の終焉といふことを主張した時は、世上の進歩主義者らはただ嘲笑したが、今日英國の有識者が、ロンドンから自動車を追放し馬車を走らせよといつても、多數市民はそれにきく耳をかす狀態となつた。これが世界の一つの動きである。

三島氏の振舞の始終を、子細に記録的によみとることは今でも容易でない。わがいのちがあれば、それに至る時があるかもしれないと思ふだけである。しかし同時代同憂の思ひが、同じ日の太陽の下で、同じ空氣を呼吸してゐるといふ大局觀から判斷すると、この所業の深層根柢にあるものは、人類滅亡の危機感にまで到るやうな、人間の業に對する思考及び態度、さらにその察知の能力、それは宿命的な怖ろしさである。この點三島氏は同時代作家中、類ない異質であつた。また一世代先の川端氏の終末的な文學世界とも、血脈は一つとしても、兩極といつてよいほどのはげしい異同がある。兩氏ともに、人間の危機に深刻に對してゐる點、同時代の疑似思想家的な文士などとは、全くの無縁のところにゐて、考へた。そのおそるべき着目と感受は、目のまへに造形されてゐるにはちがひないが、それさへ精緻華美そのままが、混沌といへば混沌である。しかしこのことは三島氏の死の直接原因にふれるものでない。

近來のいくつかの大事件と、三島氏の死とを客觀的に比較することは、判斷上當然のことと思ふ。その終りに大鹽平八郎の事件を思ひ出すのは、その何かが一番近しいとか、三島氏最近の陽明學關心のつながりなどの點からといふのではない。文學者としての風貌に近しさがある。いづれも高名の文人だつた。しかし中齋先生は大坂の與力、以前人のしらべで知つたところでは、この役の實力は十萬石大名に匹敵するとあつたのは、明確でないが、相當有力のものと考へられる。中齋先生の檄文は、決死者の止み難い訴へと願ひに、ただ悠久のかなしみを思はせた。しかし私は大阪高等學校の生徒だつたころに始まり、中齋先生の所謂暴擧の意味と、その際の先生の心境や決意目標を思ひつづけてから、四十年にして未だ解するところ殆どなく、僅かに一點の、自らの悟りの光明があらはれたのが戰後で、それを論述することばは今もなほ知らない。その間私の最も深切に思つたのは、上村松園女史が、自分が世間の苦しみに耐へて辛くも業をなしをへたのは、事ある時に大鹽のことを思ひ自らをはげまし、又大鹽に助けられたからだと述懐されたことである。中齋先生は女史の血縁の祖に當つた。しかし女史は先生の現身《うつそみ》を見たわけでない。已は大鹽の血をひくといふことが、女史の支へだつた。私の少年時代の大阪附近には中齋先生の學統血脈をうけ守るといふものが、なほ殘つてゐたのである。

しかしながら中齋先生の一擧の時と、三島氏の死の場合とのちがひはまた、顯著である。中齋先生は敵を定め、大坂の豪商を兵力を以て攻めんとされてゐる。三島氏の死と異なるこの一點を、誰でも懸命に考へねばならぬだらう。特に次代を負ふ若者は全身をふるはせて考へてほしい。ことの大きさ、人の社會的名聲の大きさをくらべるなら、はるかに大きい三島氏の死は、影響も亦未曾有に甚大である。天保義擧に、やうやく一點の解明點を悟るのに、私は四十年を要した。三島氏の死にあつて、直ちに何の見解批評があり得ようか。三島氏が今日平凡に病牀で死んだ時を想定すれば、その死の損失、精神の王國は、一軍團に匹敵するものを失つたと追悼できたかもしれぬ。今は彼のこの死によつて失はれたものと、生み出されたものの、比較計量は全く出來ないのである。この計量は無限といふ觀念で〆くくられるのである。この無限に於て人間の生命の尊さと、それを尊重する理が起るのである。しかし人の一生に於ては、精魂をこめて對さねばならぬかなしみがある。その時は身うちの血液が悉くつめたく凝固して、耐へねばならぬのである。

二十五日の夜は、京都は時雨定めなくふり、夜半を過ぎてから明方には本降りにふり增した。私はその時雨を國中の人々が彼の死に泣いた泪の量にくらべてゐた。そして人々のつひに寢しづまつたあとの激しい降りは、わが御祖の神たちの泪だつたであらう。

三

彼の死のあとは、俗に寝てもさめてもといふが、いつもその人が私の近くにゐた。睡りからめざめた瞬間、もうその人は私の枕邊にゐる。夜ふけの庭へ出ると、新聞などでよんだ生々しい記事のままが、私の頭にひらめき、私は遠くの方で身震ひした。さういふ生々しい生理的な感覺が、少しづつ莊嚴な氣分に變化したのは、月變つてからである。しかし情が激してゐるので、その思ひが安定してゐるわけでない。

私は三島氏の壯年の顏を知らない。私の知つてゐるのは、少年十七八歳の紅顏美少年の俤である。そのことは今の私のなぐさめであらうか、かなしみであらうか、しかし當時から文學的才能は本人の知らぬはげしいものがあつた。これは、四十五歳の今日に改めていふのではなく、素質だつた。當時の三島少年を私に紹介した淸水文雄氏を、私は王朝文學の理解者として尊重してゐた。いたいたしいほどの少年の天才の成長を願つて、その異質を大切にするあまり、危ぶむこともあつた。彼の感受性の鋭さは、感動とけぢめなく、さういふ時の彼は、生命を彼岸に放出するやうに、己を無くし空しうすることが易々だつた。自然に空しうなるのだ。その少しまへほぼ同じ年頃の少年の詩人は、伊福部隆彥氏が私に紹介された。それが增田晃君だつた。北原白秋がよろこんだこの少年を、互に匹敵する天才だつた。何年かの後增田君は東京帝國大學の學生として、學徒動員で出征して再び還らなかつた。二人の少年はいづれも近代の教養の豐かな名門の出身だつた。戰後、二十年もしてから、伊福部氏は私に云つた。増田が死んだのは彼の靈力が少し小さかつたからでなからうか、國鐵の浦和驛の構内を歩きながら突然云つた。私は答へることが出來なかつた。私は瞬間に三島君を思ひ出し、またこの言葉に胸をうたれた。玉碎の若者をこのやうな言葉で悲しんだ伊福部氏のことばに私は驚いてゐた。

私は三島氏の自刃をきいて、大鹽中齋先生の氣象行動に類似することを思つた。しかしその類似も、肝心の一點では、三島氏は、ただ一人の三島氏以外ないといふことを痛く悟つた。私は彼の最後となつた文學作品を、同時代に生れた者として、かつ多少ならぬ因縁もそへて、ありがたくうれしく思つてゐたのである。戰後少したつたころの、世評高い作品の完備されたそらぞらしさより、ここ數年の小說に切迫のものを思つた。それは天地初めのやうな、初心があつた。彼は自分のしたことの反省に、全く誠實すぎたやうである。しかしこれは人間として、まして文人として當然のことである。彼はわれ一人往く勇者だつた。それは生れながらだつたのである。今そのかなしい人と行爲を考へ、考へ疲れるやうになつた時、その人と行爲にいつかほのぼのとした莊嚴と畏怖を味つてゐた。人の一生には、はかりがたい悲しみにもいく度かあふものだつた。その反面、ありがたい機緣のもとに、史上に類似ない大きい人物や心をも見る時は、泪をふるつて忝いと思ふことである。自分の身邊にそれを見た時、身心が氷ると思ふ感動をうける例もある。

中齋先生が擧兵の檄文の中で、もともと天照皇大神と申上げたいが、せめてものことに神武天皇御代の姿に萬民安堵したいのがわが念願と申されてゐるのは、古く私の切なく感銘したところだつた。三島氏が晩年の考へ方の上で、天皇の御本義を大嘗會に拜し、大嘗の祭りに於て、天照皇大神と一つと考へたことが、私には心から有難かつた。この思想は、次元の低い史觀や政治論、あるひは神話學では、決して理解できるものでない。私は昭和十九年以來、いとまの多いくらしをしてゐるが、自分にはただの一言でならわかる、わが天皇の御本質を、多少ことわりたてのべようとすると、太平洋の中央に投げ出されたやうな茫然の思ひがする。

三島氏が戰後の天皇の人間宣言を非常に悲しんだ氣持は、低い次元の、政治的見解でしかものを考へ得ない者に、全く理解されぬのが當然である。三島氏が小泉信三氏を大逆臣といつたことの意味も、低い次元で考へると、暴言にすぎないだらう。國史の本質論から、三島氏のこれらの言葉の本意を考へてくれたなら、といふことを、私はただ若い學生に期待する。その時は、目下の思想體制からの、發想上の大變革が必要なのである。あせつても仕方ないが、なげきの吐いきだけでは通じないかもしれぬ。若い學生たちの愛國的運動は、彼らの心情の深層に、本質論が樹立してゐないから、中途で極端に土崩するのである。一見思ひもよらないやうな、小泉氏に對する三島氏の批判、批判以上の大逆臣といふ斷言は、國を思ふ若者が、心の底で、千々にその心を碎いて考へて欲しいことである。憎めといふのではない。憎めばみじめになる。みじめから光榮の變革は生れない。私見では、終戰直後の陛下の人間宣言は、政治上の所謂權力と無關係無緣だつた至尊、無所有なる歷史上の至尊を、權力の方へ移したのである。表現だけでなく、思想と史觀で謬つたのである。

しかしこの種の考へ方は、明治新政府以來多少ならずあつたもので、明治初期の志士たちの捨身挺身は、さういふものへの生命を賭した現身の抵抗だつた。しかし思辨的に前代の國學の本流の眞義を、近代の言葉で説くといふ努力が、全くなされなかつたことも私は知つた。私の昭和維新論は、かういふ點で、素朴といふよりも幼稚と解されるだらう。私はそれを防ぐすべ守るすべの判斷に未だ到つてゐない。

しかしかういふ國學に基づく考へ方からは、新憲法廢止の問題にしても、人間宣言につづく戰後風潮の中で行はれることに、私は別箇の不安をもつてきた。三島氏が新憲法改正について、むきになる代りにこのままにしておいてよいと云つてゐるときいた時は、私はこの人のことばを私なりに解釋した。近い以前である。今度の一擧に當つて、彼が憲法改正を言つてゐるのは、改正運動の一般次元で云つてゐるのではないと思ふ。本質論としての、彼の天皇論をふまへて、その論を考へないと、眞意は殺される。世上にいふ人命尊重とか福祉國家論などを、三島氏は嫌惡したといふのも、非常に次元の高い、この一貫する論理からである。今日の時務論的な政治論の狀態ではうかがひ得るところでない。天皇の御本質を大嘗祭にとらへた思想は、ここ百五十年の民族血史の實踐者としては、この人に初めて見たのである。

民族の悲史には、我々一般凡庸人の解し難いところが多かつた。理を知らずしてただ恩惠をうけてゐる例も多い。私らは奉仕を知るより、報恩を先とせよと教へられた。それは舊時代には、尋常な日本人の共通の心構だつたのである。

大西郷が僧月照と抱きあつて海に投じたといふやうな話にも、わからないばかりか怖ろしいものを味ふ。高山正之が何故割腹したか、あれこれ理由めかしい傳説はあつても、理の上だけでは何もわからないのである。しかし高山彦九郎が日本の代表人物の大なるものであり、日本人の多數から今日に到るまで年久しく愛敬されてゐることは、嚴とした歴史的事實である。この點で日本の民衆はみな高山のこころを解してゐるのである。氣概の高山彦九郎は、身丈は低かつたが、力強く聲大きく、多少反俗奇矯の行爲があつた。新聞紙でみると、三島氏の最後の演説の、この日を期して多年鍛へたその聲は、空からまひおりてくるヘリコプターの爆音にまけなかつたと書いてあつた。この潔いことばを書いたのは、三島氏の遺書を託された新聞記者だつた。高山彦九郎は和歌をよくし、その日記も優雅な擬古の和文だつた。彦九郎は文人としては當代の一級人だつたが、三島氏は日本の文學史上の最高峯級である。

三島氏の死について、不斷は何ごとも思つてゐないやうな市井商家の人や、名家に育つて何不自由ない年配の有閑の夫人が、多少大きい表現でいへば、こちらの肝驚かすやうなことばを、淡々といつた。それらは今日的政治論風の非難でも、一ぺんの禮讃でもない、もつと自身と一つになつたやうな、切迫した眞情だつた。民族共通の血が、ともにかなしみ、ともに泣いてゐるやうな感動だつた。三島氏の血とこの人々の血とが、一つといふ露骨なほどの思ひがうけとれた。

私は當日放送の直後に我家へきた新聞記者に、三島氏の心の深層のなげきやかなしみは、人類といふ觀念から考へられるべきもので、人道や文明の切迫した世界情勢からはいつて、それの危機を思はねば理解できないだらうと云つた。四十五歳の彼はそれほどの文人だつた。三島氏が大嘗會の意味を思つた次元では、そのことが根柢に考へられるし、又それ以外の低い政治論は雲散霧消して了ふ。近頃では乃木大將を拙い兵法家といふやうな利巧な議論が多いが、この考へ方は恐怖をふくむ考へ方である。さういふ考へ方は所謂軍國主義をくみたてる上で、直結する發想である。しかしさういふ考へ方をしてゐる人々は、今の世間や處世に、身を寄せきつた人々だから、この自覺がないのである。私はこのことをとりこしの恐怖と感じるのである。しかし好意が反對の惡に轉じるのは、ものの考へ方の上での次元が低俗だからである。乃木大將の高さには、通常世上の智惠のある人が、その腹の下にとどく程度である。腹の下では人間の平均價はほぼ平等のやうである。小泉氏はむかし福澤諭吉から、かうしたことを露骨に教はり、それを自分の處世訓とした。その處世訓を若い學生に教へた。私はこれを嫌惡するのである。

乃木大將の自刃を、警世や教育を思はれた行爲といふのは、何のよりどころもないが、さう思ふことは、誤解といへないが、淺いのである。しかしそれ以上の少し感じることを、子細に表現できないのが、自分自身のもどかしさである。乃木大將の薨去は大正改元の時だつたが、多くの世人は警世とうけとり、國中の人心がうちふるへたのは嚴肅な現象である。この現象を明治の精神の終焉的現象と漱石が見たのは、世俗を拔き出た見識だつた。終焉的現象といふことは、再生と持續の意味をふくんでゐる。日本はさういふ國であり、さういふ論理があつて、さういふ考へ方が出來る、またそれによつて生存してきた國と民である。諾か否かといふ殺伐の判斷によつて、人生を利害觀から經營してきた人種ではないのである。近世封建時代に武士道思想が大成されてからは、思索は、生か死かといふ判斷に傾いた。これには古い時代からの生死一定觀が先行してゐたのである。三島氏は遺詠で、死は人も世も嫌ふところといつてゐる。これもわが國の神ながらの情である。

私は三島氏の死を、一つの言葉で死といふだけで、その死に修辭形容の字句を加へることは今は出來ない。三島氏の死を知つた時、まづ思つたのは、その二人の親御たちだつた。私のかなしみは極るのである。夫人や子供たちのことよりも、親御たちの心を先に思つたのは、私情といふものであらうか。それから三島氏の二人の先生のことを思ひ、胸迫るものに耐へなかつた。二人はいづれも私の親しく尊敬する人々だつた。

その遺書をよんだ時、同志の青年に對する心遣ひの立派さに私は感動した。三島氏の思想行爲については、今のやうな狀態でも、私はなほとかくのことをいふことが出來る。竝んで自刃した森田必勝氏については、この青年の心を思ふだけで、ただ泪があふれ出る。むかしからかういふ青年は數量上多數といへないが、無數にゐたのである。それが日本であり、又日本人の證である。今日の腐敗の多い世にも、なほかういふ青年がゐたのである。かういふ見事さがあるといふことだけを示した、何も殘さぬものが、永遠と變革と創造を、流れにかたちづくつてきたのである。

三島氏の死について、いろいろの批評や解釋が出てゐたが、殆どすべてが現在のわが身のたてまへを守るだけのものであつた。氣がちがつたとしか思へないといつた人々は、多分彼の浮世の死といふことに同情したのであらう。現世榮達の頂上にゐる人の自刃は、浮世の考へ方では理解の方法はない。人々の同情と驚きは、最も常識的である。行爲の終始一切に感動し、讃美し、時も今をほかにしてないと、敢然と感謝をいへる人も、世間には相當ゐるのである。かういふ人々の若い絶對心を私はまぶしく思つた。しかし三島氏が花やかに存在してゐた時の彼をつつむ世間、文藝的環境に於て、東京に於て、日本に於て、さらに地球上に於て、この當代日本で第一に花やかだつた存在が、何といふ深刻な孤獨にゐたのであらうか。周圍を見ては身のおきどころなく思つたことだらう。花やかなばかりに、この孤獨は激しい。しかもその孤獨はあたりまへのことであつた。彼の行爲をかうした現世的觀點から測るのは、氣がちがつたとしか考へられないと嘆いた人々より、ずつと卑しい穢れた人生態度の現はれである。しかし私は、三島氏の行爲振舞について多少とも批評がましいことをいへないといふ以上に、森田氏の美しさについては、全く絶體絶命である。

　今日の世界は、どこもかも戰爭の場となつてゐる。世界の戰場で、戰爭の樣相は、陰慘と殘忍を極め、人道と人心は、表現しやうもなくあれすさんでゐる。その二十五年間、我國は國土をかこむ海の防ぎのめぐみから、鎖された遊園地で、反戰よ平和よと遊んでゐる。三島氏は内外の人心の悲慘や荒廢のありさまを、優秀な文學者の直感で、我々の知らない不幸まで了知し、人道滅亡の危機をひしひし感じてゐたのであらう。彼の近年の思想上の急激な上昇現象には、第一義の高尙な原因がある。彼の政治論は、今日の時務論の次元でよめば全く無意味である。しかし彼は清醇な本質論を、汚れたけふの時務論のことばでいひ、卑しい政治論の次元から説き起さうとした。私は身のつまる思ひがする。三島氏の描いた兩界曼荼羅の金剛界は華麗無雙の美文學だつたが、胎藏界の解では、最も低級なものや、人でなしまでも相手にせねばならぬと自身思ひ定めた。一見この空しい努力は、世俗といふ誤解の中へ投げだされてしまふ。しかし彼の思ひをこめたことばと振舞は、最も純粹に醇化された時の人の心の中で、人々のかなしみをかきたて、さらにおびただしい若者の心に、考へることの無用な光りを、明りとともした。僞りのもの、汚れたもの、卑怯なもの、利己主義のものは、皮相的な恐怖から、ありきたりのことばの罵倒をしても、それによつて自己のいつはりと不安をうすめることは出來ない。無視すると語るものは、沈默して無視しきれぬ卑怯な弱者である。正氣の人はこの日民族の歴史をわが一身にくりたたんで、ものに怖れるべきである。いつはりと卑怯に生きてきたものは、己の不安と恐怖の原因をしかと見つめることが出來ない。憎惡と猜疑しか知らなかつたものは、明らかに最も怖れてゐる。

　三島氏の心は、正實な者の間の戰ひを信じつづけてきたのであらう。しかし詩人のゆゑに英雄の心をやどした稀有の文學者は、古來、詩人や英雄のうけた宿命の如く、最も低い戰ひにつかれ、いやしい下等な敵に破れたのである。その死の瞬間に、眼《ま》うらに太陽を宿すといつたことばの實現を、私はただちに信じる。私は眞の文人のいのちをこめた言葉を、絶對に信じるのである。實證主義の人々は、死を如何ほどに描いても、死の瞬間はわかるものでない、甦つた者のことばはその瞬間の證でない、死んだ者のことばはきくすべがないといふ。しかし秒で數へられる時間の彼方の未知といふことの方を何故怖れないのか。

三島氏は自衛隊を外から見聞してゐたのでなく、内に入つて見てきたのである。まことに誠實の人である。彼の舊來の不思議な奇矯の行爲も、誠實の抵抗ないし反俗行爲として解釋すべきところと私は思ふ。身丈を越える程の著述を殘した人の片言隻句をとり出せば、どんな愚かな低い形にも三島氏の像をつくることが出來る。それはつくつた者のいやしさの證にすぎない。最終の振舞ひについての、もつともらしい見解も同じ方法で示せるだらう。さういふ見解は自分自身の低い次元の卑屈な處世觀となつても、森田氏のやうに、先人を越えてゆくものの心とは何のかかはりもない。森田氏の心は、日本の正氣だつたから、無言にして日本の多くの若者の心に今や燈をともした。このことを疑へる程の無知のものは、卑怯と欺瞞の人の中にはないだらう。卑怯と欺瞞はインテリを必要とし、世間の無知ではないからである。森田氏の刃が、自他再度ともためらつたといふ檢證は、心の美しさの證である。やさしいと思ふゆゑにさらにかなしい。私はその人を知らない、そして悲しい。二十五歳がかなしいのではない。このかなしさは、語り解くすべを知らないが、あたりまへの日本人ならばわかるかなしさである。かなしさにゐる時は、決して顧みて他を語らないのである。三島氏が、自分よりも、森田氏の振舞ひはさらに高貴なものであつて、彼の心をこそ恢弘せよと云つてゐるのは、尊いことばである。恢弘とは神武天皇御紀にあらはれる大切なことばで、今あるものをひろめ明らかにせよといふ意である。なくなつたものを復興せよといふのではない。時に當つて、細心の用語である。

三島氏は檄文や辭世歌では、近世の日本の民間悲史上の志士仁人たちの血脈に卽し、國の民庶の嘆きのことばに卽つて、つつましく思ひを殘しつたへる工夫をされてゐる。この沈着は驚嘆に價する。己の文學など何事かあると嘯いたといふ、文人一期の大悟も畏く思はれる。

所謂右翼的傾向を好む若い人々や學生たちには、三島氏のいふ天皇親政說や憲法改正論の理解を、近來の低次元の政治論の域内に留めないやうに、私は心から願ふのである。大嘗會においての天皇といふ三島氏の思想は、かりそめのものでなかつたのである。三島氏の憲法改正觀、國防の考へなど、一つ一つをけふの時務政論のなみに考へてはならない。彼の文化防衞論の根柢にあるものは、所謂右翼的な利己的民族主義ではない、さらに宗派神道的な世界統一の國際宗教的な思想でもないのである。私はこれらの自覺を新しい世代に望み願ふより他の方法を知らないのである。森田氏の行爲の心は、右翼の心でもない、勿論左翼のどこにも見られない。師に殉ずといつた現象解釋など何の意味もない。わが國六百年の武士道の歴史に於て、例を知らない程の純粹行爲であつたと、私は思ふのもかなしい。

所謂昭和維新に己の血を流した嚆矢は、草刈英治少佐だつた。草刈少佐は軍令部に出仕し、英京ロンドンに於て開かれた軍縮會議專門委員として出席した。この會議の結末は、わが國內財政の不況に押しかぶさつた參加國の壓力によつて、わが海軍の國防計畫を危機におく形で締結せざるを得なかつた。國論は騷然とした。少佐は歸國直後進行中の列車內にて自刃し、使命を全うし得なかつた罪を國と國民にわび、國の危機をうつたへた。少佐の行動は細心だつた。ことが闇から闇に葬られることを防がねばならなかつた。私は今度草刈少佐のことを思つてゐたのである。終戰時には數多くの人が死に、わが近親の家族の自決も、家のものの如く親しみなつかしんだ若者の多くの自決も、あるひは年月をへて、また遠くにゐてこれを知つた。しかし天柱くづれおちるのを目のあたりにした日と、太平の謳歌される雰圍氣の中での自決とにはかはりがある。維新の志士河上彥齋の流れをくむ京都の武藝道場で、私はその道場訓をみたことがあつた。第一條に自分のためには汗を流せとあり、第二條は人のためには泪を流せ、その三條に國のためには血を流せ、とあつた。場主はこれを三流の訓と云つた。國のためには自分の血を流すものだ、革命とは何が何でも自分の血を流すことだといふ考へ方は、一つの傳統にあつた。支那の西康省に革命政府をつくるべく、精密な革命後の國土經營論をかきあげた青年が、それが完了した時、革命運動は紙上に建設計畫をつくることでよいが、革命とはまづ自分の血を流すことだと、ただ血を流す革命に赴いた。昭和初年所謂プロレタリア文學が風靡した中で、田中克己はこの西康省の物語詩をつくつた。詩人は時流の虛僞をはげしく憤つた。その憤りが昂じてさびしさを感じるやうな、しかもいつかそれが輕みさへふくめたやうな述懷だつた。その昭和初年ごろ、我々仲間で、心中といふことを考へた時、福地櫻痴の幕府衰亡論の中に、幕府を倒した一つの大きい力として、大近松の心中ものの人心に及ぼした影響を、多くの時務政論書の煽動をおいて、大きくとりあげてゐるのに感嘆したことだつた。櫻痴居士は、政治を高い次元で考へた、高等な政論家にして、しかも市井人心の機微に通じた人なることを知つた。三百年鎖國につちかはれた學術は、かういふ濃厚な思想を藏する文學者をつくつたのである。かつてはさういふ濃厚さが文人尋常の資格だつたのである。

年月も二十年以上をすぎたからここにしるすのだが、太宰治が玉川に入水死した直後、折口信夫氏が、太宰は心中でありません、殺されたのです、あの女はわるい女です、と云はれた。他の話をしてゐた途中で、話のとぎれた時、ぽつんとさう仰言つた。あとあとも何故あゝいふことを云はれたのかと私は考へた。折口氏が大和へこられた時のことだつた。私は戰前の太宰氏が何べんか自殺をしそこなつたことは知つてゐた。この同じ時折口博士は、太宰はキリスト教の影響をうけてゐるのです、新約をよんだのです、と仰言つた。これもこの一言だけだつた。

大和の田舍で、元服の十四歳の少年に、短刀で切腹の形をさせてゐるところがあつた。白の衣裳は仕法通りで、村の長老が、さあ、心して腹を切れと申し渡すと、形だけのものと知つてゐても、身がひきしまるといつた。しかしこれはと思ふやうな人で、芝居を見るのが好きで、それも切腹の場に特に興味をもつて、その比較批評の話のすばらしい人を私は知つてゐた。この國中にその名のひびいた大家は、小石をしきつめた上に四角の筵をおき、そこを思索の場としてゐた。周圍の者は、先生は自分の墓に坐つてものを考へてをられると輕口を叩いた。晩年に、ある高名の役者の死の舞臺の晴衣通りの白い衣裳をつくらせて着用された時も、私は奇異と思つたが、周圍は淡々として見てゐた。死去は九十をすぎ、百に近かつた大往生で、數千の人が葬禮に參じた。かういふ事例は、死を怖れることからくるのだといへば、さういふ云ひ方も出來るのである。しかしそれは無意味かつ不正である。ことばを遊ぶだけなら、もつと心をゆたかにうれしく、大きく遊ぶ云ひ方といふものがあるからだ。

少年の一時期に、何かの雰圍氣があつて、そこでいろいろの死に方を研究し、少々試みてみるといふやうな風儀は、私の少年時代の鄕里ではどこにもあつた。南北朝合戰がすんで五百年もたつのに、まだそのつづきに生きてゐるやうな風習も殘つてゐた。年の始めに、敵味方をたしかめる祭禮の行事を行ひ、遠く他鄕からその祭りに參じたものは、歸順者として扱ふといふことを、行事作法としてつい最近までは傳へてゐた。かういふ土地の雰圍氣から、誰に習つたわけもないのに、男子は疊の上で死ぬものでないといふことばにつきまとはれた。悲運を豫めなぐさめるためのことばかもしれない。非業の死をことばで高くしておくてだてかも知れない。幾百年の間いつも戰ひの用意をたしかめつつくらしてきた南朝地域山中の風習である。その何百年、村では殺人事件一つなかつたといふやうな平和の土地だつたのが、人の世の不思議の一つである。江戸の中期の大盗で、獄門臺上にわが首の据ゑられる形の研究をし、閉ぢた眼はあはれで、見ひらいた眼はうらみがましい、眼は半眼にひらき、下から群衆が仰ぐ時、切口の角度は云々と、自分で頸に墨をひいて首切役人に、しかと間違ふなと强要したものの話が書物に殘つてゐる。今日でも頑迷固陋な武士の氣象をひく家では、當時死處の覺悟がこともなく寢物語の中でも語りつがれ、さういふ幼年教育の中でそだつた少年は數の上では稀有だらうが、まだ無くなつてはゐないと思ふ。ある武道家が、うしろからだきついた敵を斬る法を實演してくれるのに、たまたまそこにあつた竹の物指を大刀にみたてた。一緒に見てゐた女性が蒼白になつた。本當に竹の鯨尺で、人の腹が割れたと思つたと云つた。私が殺伐を思つたのは、その女性の言葉があつてしばらくしてで、あとから體がふるへた。竹刀や木刀でなく、竹の尺だつたことに、反つて氣味わるい迫眞性があつたのだらう。刀を所持したいといふのは、低次元の心理では、それなくては心細いといふ風習が、ある種の素性の人々の間にはあるのだらう。さういふ素性や幼兒教育のことは、他からうかがへず、本人の潛在意識として自覺はうすく、語ることもないと思ふ。今年十一月二日は山口二矢少年の十年祭當日だが、この少年は非常にハイカラな家庭で、文藝や演藝の教養高い環境の中でそだてられてゐる。不思議と思ふのは、その人をよく知つてゐないからといふことかもしれぬ。生命の大河に於ては、萬人一様だらうが、個々の人の近々何百年かの家風は、現象的に人の考へや行爲を、大きく差別づけるのである。家と家、個人と個人との間にもある。國と國、民族と民族となればその差は計り難い。わが國のやうに紙の家に住む開放的隣家でも、紙一枚のむかうは何も見えないのである。

三島氏は己の死後に、よつてたかつて云ふ人々の惡罵や、さかしらを見せるための批評、低俗そのものの證のやうな見解といつたもののすべてを知りつくしてゐた。しかしこの大きい魂は、僅かでも必ずあるにちがひないところの、反省修養する人や、多くの讃美する人を、憎み嫌ふといふことは、もうなからうと思ふ。しかし私はかう思ふことから、もつともらしい公式見解をいつてゐる者の心底を、嫌惡し輕蔑し、しかも立腹に到ることが出來ない。このやりきれなさは、かなしみをかき起し、さらに滅入つた氣持のはてに、崇高といふものが、救ひとして來ることをただ待つのである。

自衞隊は新憲法に反し、故に新憲法は改正すべきであるといふ單純明快な議論も、當分の世間では輕々に口にされないだらう。三島氏の強烈な正氣が、天下を覆つてゐるからである。大本は怖れて避け、振舞ひの末端皮相の面で、とりとめないことをわめいてゐる一方で、何かわからない大きい振舞ひの威力は、失意の狀態にゐる精神に光りを當て、人の世のさまざまのかなしみや不幸にゐた人々と、その思ひ出にとりつかれてゐた人々に、不思議のなぐさめを與へた。この影響と作用は、創造性のものである。それが口にされる時は、別のちがつたことばで表現されることだらう。私はこの作用を思つて胸が痛む。この大きい作用に悠久感を味ふからである。天下を一瞬震動させた精神上の大事實に對し、我國のマスコミは自身をどういふものとして呈示したか、現實の自衞隊は何であつたか、これらの點についていふことは、同じ時代に生きるものとして、その恥づかしさをまづわが負目とせねばならない。三島氏と森田氏の生命が、天が下日本の全土を覆つたといふ不朽の事實のかたはらで、マスコミ全體が腐泥の動搖する沼にはまり込み、自衞隊が死んで了ふといふことは、私の望まざるところである。マスコミが今度の自衛隊に關して口をとざしたのは、共通する政治性に原因があるのでなく、人性の世渡り觀念に於て、同一の腐泥のありさまゆゑであらう。これは不潔の妥協である。十一月二十五日の十一時から二時間の自衛隊をみれば、死んだ三島氏と森田氏はあざやかすぎるまでに生きてゐるのに反し、自衛隊の市ケ谷はみじめに死んでゐる。しかし日本の自衛隊が、冥い深い底のないたて穴へ、自ら死に向つて陥ちてゆくのを、私は好ましく思はない。このやうな死に死なせてはならないのである。その日二時間の自衛隊の人々の動きを子細にたどつたうへで、腐つてきたないものを冷酷にすて、芽ぶくものの所在を念じて、その願望のことばをあへてかきつけねばならぬと私は思ひ定めた。

四

十一月二十五日の夜、眠ることの出來なかつた人は、國中いくらゐたか數へきれないと思ふ。書店ではその日の午後のうちに、三島氏の著作の特別賣り場をつくつた。さきに川端氏がノーベルの賞を受けられてこの方のことといはれた。これは京都の話だが、あとできくと東京でもそのやうだつたといふ。週刊雜誌は一せいに緊急特集をつくり、つづけて大特集と呼ぶやうなものをおつかけ出しても、忽ち賣りつくした。それらを必要あつて集めようとしても、京都では賣り切れの續出だつた。全部あつめて、全部よんだといふ人々も、何かの必要のためにではなく、別に記錄史料保存のためでもなく、自分自身の心持ちをしづめたいといふ焦燥にかられた關心からだつたのだらう。その際、通常低俗といはれてゐるやうな種類の週刊誌が、——この云ひ方は多分に失當かもしれぬが、稚い藝人の噂話に力を入れてゐるやうなものが通常さういはれてゐるが、それらの方は驚きや感動をもととして、事實を自然な人情の同情の方から取り扱ふ方針だつたやうだ。これが一番多い大衆の考へ方を知つてゐる編輯者の、今事件についての判斷であつたと思ふ。しかし少し大人むきのやうにいはれる週刊誌の方は、事實を傳へるまへに、解釋や批判に片より、否定的な態度を旨として、同情したり感動したりするのは危險な考へ方だなどと議論をかかせてゐた。何を危險としたかといふことを考へると、足もとの動搖と不安をまづ感得した賣文業者の多數が、自分の處世の場所や態度がくづされるやうな不安を味はつたのだらう。報道の面でも、いつはりの記事をかき嘲笑と憎惡も多かつたが、何を憎惡してゐるのかわからないやうな記事がさらに多かつた。死者を憎んでゐるのか、嚴肅な死に感動する一般の人々のこころを憎惡してゐるのか、全くわからないやうな、一言にしていへば人間の心をもつてゐないとしか考へられないやうな者のかいた記事が多かつた。中正な教育のあるものが、たうてい相手にしきれない下劣の充滿してゐるのが、今日のわが國のマス・コミ界裡である。

三島氏の死は、森田必勝氏と二人の死ではあるが、大なる死としては一つの死といつてよいと思ふ。ただ一つの死の大きさが、國中を震撼させ、多少ものごとを問題として自主的に考へることの出來る人々に、その人の歴史觀上の最大事に匹敵する重荷を、その心にかぶせたのである。人が自動的に心の深所でうけた作用としては、終戰以來のこの二十五年に、簡單に云つてその例がない。例といふことから考へた私は、先例をたどつて、國始まつてこの方の歷史、少なくとも菟道稚郎子《うぢのわきいらつこ》、蘇我石川麻呂この方の、志士仁人の系列の歷史を、時の間に精魂をあつめて急ぎたどらねばならなかつた。しかしそれはたどつたといふだけで、決して三島氏の上に出て、今度のことを批評解釋するといふこととはならない。まねも同じことも、出來る出來ないの問題ではない。行を壯とし、嚴なりと感動したものは、考へ方や行動に於て、少し自分はちがふのだといふやうな、つまらぬことは云はぬといふ、未練を去るの決心をまづするのである。幾日かがすぎたころ、拙宅へこられた淨土宗の老上人が仰言るのに、高名の文人にかかる云ひ方は失禮とは思ふが、親子以上に違ふ年齡から、私はいとしくてならない、と、泪もろい言葉のあとで、聲をひくめて、しかし日本にはまだえらい人がゐるなと、安堵したやうに感じ入られた。

　森田必勝氏の若々しい寫眞には、しばらく見入つてゐるうち私は思はず落涙した。この死の振る舞ひに、無分別に嚙みつくものも、ただ狂といひ、また考へて愚といふものも、みな彼らが何ものかに怖れただけである。無言で感動し、沈默して深思してゐるのは、人道を支へるたのもしい人々である。一切を絶對とし、一片の批評もなく感動する人々も、時到つて畏きことの出來る人と思はれる。我が國の神ながらの古言に、丈夫に神がつくといふ觀念は、萬葉集にも見えるが、人力の限りの智能身體の鍛練によつて、つひに己を空しうするに近く到つた人の、その人わざの極致に、つひに國のまことの丈夫となつた人に、神がついたのであらう。この古人の發見の經過は、多少の不正確をあへてすれば、近代の心理學や觀念形態學の方法と言葉で説明することが出來る。ただその時好ましくないことは、即ちこの不正確といふのは、創造性と未來開闢がそこにないからである。

三島氏の近年の思想は、舊來右翼左翼といはれてきたものと、全く異つた次元のものだつた。このことは今の學生の新しい考へ方の上でも、既成の右翼左翼と發想のちがふものが、非常にふかく根ざし、その表現が全くのまどろしさにある。この混沌は大切にすべきである。それは創造と變革の混沌だからである。日本の文化は天皇であり、天皇は文化であるといふ思想は、天皇を政治權力の面だけで考へてきた舊來の右よりの政治的發想とは、全く別箇異質のものである。三島氏は天皇の御本義を、即位大嘗祭に見る。この理解は、わが神話に即した最も素朴なものだが、明治以降の國粹思想の中で、かういふ考へ方を私は見た例がない。私は大東亞戰の敗因も、不敗のものも、この考へ方をこの一點で見た。私は昭和十八年來この趣旨を守つた。日本の文學史にしても、日本の美術史にしても、この素朴な思想をもととして、最も絢麗のものが成り立つのである。しかし、この絢麗は、假相といへば云へることである。三島氏の死に當たり、その文學的經歷を、ときほぐして考へると、私にはそのものにゆく道といふのがわかる如き感がする。

今度の事の後、三島氏の孤獨は、彼の親しい友人といふ者らによつて深刻に示された。しかし國民の、心情の中では、孤獨の反對の、永劫が實證せられた。あたりまへのつつしみ深い日本人の心にある、この國、この民、この日本、そして、その流れた血は、時空永劫に通ふのである。彼の二人の死をかなしんで、その理を知るを要しない人々の眞實が、これを證した。三島氏が好んで說いた武士道の先蹤たちは、三島氏ほどに深遠な思想を表現してはゐない。みな低い次元の處世訓に止まつた。三島氏の武士といふ思想は、三島氏以前の武士道とは全く異質のものにて、それは史的に驚くべきものである。三島氏の晩年の思想の基本にあつた卽位大嘗祭の天皇、日本の文化といふ一線は、既成武士道では全く考へもされてゐない。發想上のどこにもないのだ。しかもこれだけが第一義のものである。三島氏はことに感動した時、その人の誠實なるゆゑに、急速に全身的に自己をそこに投入した。しかも投入した瞬間、早くも別箇の飛躍と、異質に近い變貌さへ行なはれる。世俗から輕いと見られるところであらうか。この作用は、彼の天才の所以であつたのだ。世俗は彼の內部で始まつた混沌を感ずる方法を知らないから、彼が進む道のあとに殘した、作品としてつくりのこされたものにくひつくだけである。その死は彼の文學の完成だとか、その美學の終結だなどといふのは、努力された同情的な見解かもしれぬが、盲目的見解に墮してゐる。彼の生命と天才は、その死によつて、人間のすべてのわかい心を、學生や自衞官や、警察官を含めて、混沌といふ、いのちの始めのものの芽がふく狀態に投げ入れたのである。何かはしらないが、天地の開闢が、いま自分のなかで始まるらしいといふ鬱勃とした正氣の流動を感じたわかい人々は無數の筈である。これこそが變革や革命や維新の心の土壤である。

彼がそのわかい晩年に考へた、天皇は文化だといふ系譜の發想の實體は、日本の土着生活に於て、生活であり、道德であり、從つて節度とか態度、あるひは美觀、文藝などの、おしなべての根據となつてゐる。卽位大嘗祭に於て天皇の御本義が定まることは、わが國の始まりをいふ神話から、今日に一貫してゐる歷史である。

彼の變革精神の根柢は、既成の政治的右翼思想ではない、人道の救ひをはるかに展望してゐる人の負目があつた。若い心を素直にもつ學生なら、彼の最後の文化論から、いくらも今生的な面の世界史的展開をなすことが出來る。近世末期のわが國學が味はつた味爽の感銘を、私は三島氏のある一時の心裡に立ち入つて感ずるのである。

彼の晚年といふことばが、私にはいとしいばかりであるが、その時期の彼の考へた、輪廻とか轉生とか、業など、またカーマに關係した思索の文藝化は、みな東洋に根源した思想で、わが國人の間に於ては、今日でも一種の情緒化して生きてゐるものだつた。彼が異常ゆゑにそれらに心をかたむけたのでなく、多くの日本の文化人といふものが怠慢だつた中で、彼は今日の世界の精神動向に敏感に率先したのである。ギリシヤ悲劇からの傳統にして、しかしゲーテ以降の近代の精神の大なる中心にあるこの思索を、第二次世界戰爭以來の止まるところのない人間精神の殺戮と荒廢を救ふものとして、歐米の高等な精神は、今懸命にくりかへしてゐる。世界的にひろまつた無軌道な若者の行動の中には、既成體制と別箇異質の發想から、東洋の靈的世界觀へ復歸する契機も少なくない。私はこれを歐米の國際的名聲をもつ數人の識者の所感を通じて知つた。しかし、彼らにとつては驚くべきこの發想、たとへば東洋流の無の觀念の如きを見ても、土着生活の中の我が國人多數の日常茶飯であり、時には俗談平語の始發點とさへなつてゐる。

しかし三島氏の最終的思想とその死にどんな困果があるか。現在の私はなほ紊りに定めるべきものでないと思ふ。その死を高所から見下して見解を斷じるといふが如きは、不遜といふより、無知が先行してゐる。無知によつて事理の解せられるわけはない。私にとつて三島氏の死は、反省と決意を自己に究明する巨大な壓力である。究理とは、未練を去り、志を見定める點にある。學問は、その機に於て、何を如何になすかを決定するためのものにて、わが鎖國時代の學問が、或問とか、大義問答といふ方法ですすめられたのは、陽明學のみに限らなかつた。陽明學の强烈な意味は、それに結ばれた人々の在野的氣質性格が、本源の原因としてあつたのである。三島氏が最後に見てゐた道は、陽明學よりはるかにゆたかな自然の道である。武士道や陽明學にくらべ、三島氏の道は、ものに到る自然なる隨神《かむながら》の道だつた。そのことを、私はふかく察知し、肅然として斷言できるのが、無上の感動である。

或問形式の學問の方法と趣旨は、未練や辯解を許容しない。ある時同時に、師と父とが水に溺れんとし、いづれも水練の心得がない、かかる時汝はいづれを先に救ふか、かういふ問ひに答へるために、誰でも最も苦惱した、と內村鑑三はかういふ舊時代の學問に感動してゐる。今の人なら、かうした殆どありうべからざる假定の問ひには答へないといひすますだらう。決斷の心得のないものが、かういふ言ひ逃れにたけてゐる。

新聞の報道によつて見れば、十一月二十五日十一時二十分頃、三島氏と森田氏と他の三名の楯の會員は自衞隊市ケ谷駐屯地の東部方面總監部に至り、前日の約束によつて總監室に通された。楯の會制服を着した三島氏は、軍刀に仕立てた日本刀一ふりをもち、他に短刀二本をかくしもつてゐたが、見とがめられることはなかつた。三島氏らは計畫が豫定通りに動かず、未發に歸した時は、すべてを無かつたこととするための、細心緻密の配慮もしてゐた。同時に決行の狀態が闇に葬られるおそれに對しても細心の用意がされ、この間の緻密な配慮はまことに驚嘆される。しかし事情は悉く三島氏らに幸ひした。事はねりにねられた計畫のそのままに運ばれたのである。

事件經過として世上で語られてゐるところでは、始めは自衞隊內部よりの蹶起を考へ、自衞隊にしきりに接近したが、そのならざることを知つた。三島氏は細心に思索できる人だから、この間戰前の二・二六事件にいたる經過因緣を十分に研究したと思はれる。しかしそれらのことはこの度の決行の時には語つてゐない。その機微は語るべきでなく、承つて動くといふものではない。これは明治維新の決行經過に活躍した先驅者のあらはれ方を、次々順をおつて見れば直ちにわかることである。三島氏の死をとくために、どういふ思想の影響をうけたなどといふことを、この場合語ることも無用であり、また變革の歷史に對する無知を示すものに他ならない。五・一五事件と二・二六事件は、完全に計畫を外にもらさず、ことを完遂し、ある種の成果をなした。當時二つの事件に對する世上のうけとり方は、これを難じたものが殆どだつた。しかも二・二六事件の若い將校が銃殺された時、先きにその暴を憎んで非難した市民で、これを悲しんだものが多かつた。五・一五事件は昭和七年、二・二六事件は昭和十一年だつたが、相澤中佐が陸軍軍務局長永田鐵山を刺殺したのは、昭和十年八月である。相澤中佐は臺灣へ轉任する命をうけたが、着任前に永田鐵山をなきものとせねばならぬと考へ、轉任挨拶に局長室に入り、對談中に局長を刺殺した。中佐は、當時軍の中樞にゐた永田局長の思想と計畫が、國軍の精神に悖り、つひには皇軍の魂を失はすに至らんことを憂ひ、中佐は左手で軍刀の刀身を握つて局長を刺し、左手指を損じた。中佐は擊劍練達の人といはれてゐた。當時範士だつた某氏は、刀身を握つたのは必殺の構へとして當然と云つた。中佐が局長を刺した時、局長は逃れんとした。同室にゐた憲兵大佐は、中佐を押へることを考へず、身を以て逃れんとした。死亡した局長は階級を進められ勳位を追贈された。バビアがこれを慨嘆した。彼の見解によれば、日本封建の士風規律からいへば、永田鐵山はその勳位を剝奪されるべきである。バビアは日本の武士道はすでに失はれ、建軍の精神は滅んだと話した。鐵山は相手を一喝すべきであり、當時陸軍の風俗をみれば、將官と佐官には懸絕する貫祿の差があつて、その一喝によつて危地轉化の氣合ひの可能性十分なるに、ただ逃れんとしたことは、平素死地に生死を觀ずる武士道の心得がなかつたことの現はれにて、封建の士風からいへば、罪萬死に當たるほど恥辱の極みだとバビアは斷じた。當時この事件についての最もきびしい批評は、我が國人によつてなされず、この異國人によつてなされた。最もきびしい批評は、個人を超えてなされ、愛憎の感情の餘地ないところにあつた。この外國人が周邊に對する人情を嚴格に自制したのは、わが封建の武士に近いものであつた。當時私はこの事件を論評しようと思つた。それは何らかの壓迫を受けるだらうと周圍からいはれた。そのために私は論評を停止したのでなく、わが思想がそれをなすには、未だ熟してゐないことを自省したからであつた。

バビアは英國系でスイス國籍ときいた。彼は日本の一老婦人に武士的な教育をうけ、日本の歴史や武藝武士道に曉通してゐた。毛筆を以て正しい假名遣ひの日本文を草し、その文に格別の風格があつた。戰後日本へ現はれた時、新假名遣ひの施行をみて、日本の愛國者の無關心を慨嘆した。バビアは、明治の中ごろ宮崎滔天が、孫文黃興の革命を援助する事務所を東京につくつた時、海を越えて馳せ參じ、一行の出發におくれて、一人北京をへて現地に赴いた。到着の時、革命はすでに破れ、黃興の側近には僅かの日本の志士だけが殘つてゐた。東京にゐた彼は戸山ケ原の陸軍練兵場を見下す家に下宿を見つけ、わが陸軍の兵法を自習した。革命の用意だつた。大東亞戰爭のころはオーストリアにゐて、かの國の陸軍學校の教官をし、戰後京都へきた時は八十に近づいてゐた。

戰前戰中に計畫された蹶起計畫の多くは未發に終はつてゐる。發する前に露見したものもあり、その露見を防ぐに細心とはいへなかつた。三島氏の今度の計畫は、かうした點で整然として、それ自體藝術作品の精巧のもの、數學式の緻密なものの如き美しさがある。誠意に一ひらの邪心があつても、かかる整然たる體系はつくりうるものではない。泪の出るほど美事である。人を殺すための計畫ではなく、自ら死す計畫にかくも美事な、立派な段どりをつくりあげたことを、私は感動した。史上、私情に非ざる大義に自ら死んだものには、かういふわが身の處置を、冷靜細密に、その目的のためになし終えたものがあつた。山口二矢少年の場合も、その自決に於て神の如く思はれた。十七の少年のなしたところである。その思ひがどこにあるかは、通常うかがひ難いものにて、まして妄りに語るべきところではない。その人の身近に心やすくゐたからと、その事情を饒舌するものが、如何に遠くにゐるかを證してゐることは、自身まづ悟るべきである。文人の場合ならば、それはその文人たる資格の有無の證となる。身近にゐたといふ者の證言が、如何に遠くにゐたことの證言なるかを見破ることは、舊來歷史研究の第一歩だつたのである。

今の東部方面總監については、信頼すべき自衛隊關係者から、最もたのもしい將軍ときいてゐた。そのため私は特に甚大な衝動をうけた。自衛隊に絶望したといふに近い表現は、三島氏の檄文にも見られるが、私らは世情にうとく、この度の證を見るまでその事實について悟り得なかつた。誠實に缺けるものとの非難を甘んじてうけねばならない。先人の憂ひにあつて愕然とするの嘆である。談笑から始まつて、總監が三島氏の刀を見たあと、刀を淸める奉紙をもつてゐないとの言下に、ハンケチでよいと楯の會の一人がとり出すのが、打ち合はせてあつた合圖通りに、總監を羽交ひじめにして自由を拘束し、椅子に縛りつけた。軍刀は鞘に納まつてゐないわけである。この時總監がこれを冗談だと思つたと云つてゐるのは、私はまことに理解し難い。總監が縛られて、參つたとかもう降參といつたといふことが、冗談と思つたからのことばだと自身で云つてゐるのも、新聞の間違ひでなければ、全く理解のしやうがない。理解できないから非難もできない。そんな狀態や心理は、私の想像を絶してゐるのである。これは白晝總監室での出來ごとである。

この後に扉にバリケードをつくつた時は、隣室の自衛隊幹部も異常を感じたらしく、總監室にあつたくぐり戸のやうな入り口から中へ入らうとした。これは自衛隊に極めて近い人からきいたことだが、三島氏の計畫のうちただ一つの失點は、このくぐり戸があることを知らなかつたことでないかとその人は云つた。しかしこの失點は結果的に三島氏らに計畫進行上幸ひした。

このむかしの武者かくしのやうなくぐり戸は、今度の事件では何の有用にもなつてゐない。驚いてくぐり戸から亂入せんとした自衛官たちを、三島氏は軍刀で、それそれと近よるものを後ろへさがらせるやうな動作で、太刀のさきを追ひ出しのさし圖につかつたらしい。刀を振つて侵入者を斬るといふことをしてゐない。刀を振つたものなら、刀は銘刀、斬り手の手腕は十分、死者が出て當然と、この事情を話した人は云つた。卽ち三島氏には誰人をも斬るといふ考へは全然なく、異常の心境の中にゐて、のけよ、のけよ、といふ程度に刀でさしづしたといふのである。三島氏と四人の若者が、ここで何か聲を出したか、どうだつたか、裁判でよく思ひ出してくれるまでは、全くわからない。三島氏に人を斬るといふ考へがなかつたことと、自衛官高官たちに、侵入者をとり押へ、あるいは撃退するといふ行爲がなかつたこととは別問題である。しかし三島氏が自衛官と戰ふことなく、とり押へられることなく、しづかに所期のままに事を運び、しづかに割腹自刃したのは、天その志に感ずるものがあつたのであらう。そしてここに私は、檄文のいふ如き憂患を自衛隊幹部の行動に見て、甚大な不安として味はつた。この不安は、少壯の志ある自衞官の發心に待つまでとどまるところを知らないのである。

總監が不幸にも侵略軍の捕虜となつて白刃をつきつけられ、敵は自衞隊に對し、降服を要求した時、屍を越えて進めと指示してゐるやうではないらしい。今日の世界の戰爭を見れば侵略國は必ず、相手國の國民をつかつて、相手國を攻める手先としてゐる。現實に今日の我が國に於ても、侵略國の手先の如きものが横行してゐるのは、普通常識のある者が不安として知つてゐる。新憲法は、舊敵國の兵威の壓力のもとに、我が國に押しつけられたものゆゑ、これの存續する限り從屬の感情と卑屈性はなくならない。終戰時の進駐軍の壓力は、新憲法によつて、今なほ國を從屬の心理狀態にしばつてゐる。これを廢棄し、自主の憲法をたてる心構へは、戰後に袂別する最も單純な人心一新の方法である。日本の新憲法といふものを存續する形で、自主獨立の實を示さず、あくまで從屬の記念をその形の上にまでとどめておくことは、舊敵國に對する如何なる態度考へ方として、客觀的にはうけとられることであらうか。今日新憲法の廢棄をとなへることは、舊敵國に對する對立宣言ととられるだらうか。これを抵抗と見るものがあるとは、もはや考へられないことであらう。近ごろ中共の憲法草案といふものに、個人を名ざして國家元首とする項目を見た時、わが國の新聞は、さすがにこの非近代も甚しい法典思想に啞然としたが、それでもなほ中國は古來法を輕く考へる傾向あり、時宜に合はせて手輕にとりかへるものと考へた國ゆゑ、これも一時的な憲法で、それはいつかへてもよいと思つてきたやうな國柄のあらはれだと、いらざる辯解をしてゐた。愚も亦甚しく、その卑屈や笑止といふ域にきたつてゐるのが國内一部の近況である。さういふものに限つて、自國のこととなれば、憲法は不變の大典といふ舊思想からぬけ出せない。今東光上人が自衛隊は人を殺すもの、われは僧侶ゆゑ人を葬つて往生させるもの、といふ意味の演説をして、一部から批判されたが、自衛隊は防衛といふ任務上、人を殺す場合も考へておくべきである。他國人を殺す時も考へねばならぬし、もつとも最惡の場合には同胞相うつの慘に面した時の心構へも、平素念々に修養しておかねばならぬ。當然のことと思ふ。昨年夏のまへに東光上人の問題があつた時、私はこの意味のことをしるして、東光上人の佛心を忖度《そんたく》した解説をしるした。國土防衛を一つの大きい任とする集團が、萬一の不幸時には、人を殺し、馬を斬るといふ心構への修養がないといふ方が私には不思議である。大將が捕虜となり、忽ち無條件降服をし、人命尊重だといつてゐるのは、それこそ正氣の沙汰といへない。しかしかういふ點についての論議がなかつたのは、自衛隊のあり方と新憲法の關係の曖昧さにふれることを相顧みておそれたゆゑであらう。

　自衛隊の負傷者氏名として新聞に發表されたものを見ると、幕僚副長陸將補五十三歳の背部切創一週間、二佐四十四歳右手切創一ケ所、二佐四十五歳左手切創三ケ月、二佐四十七歳右額背部右手切創一ケ月、三佐四十一歳背部右手切創一ケ月、一佐五十歳右手右股切創二ケ月、一佐五十歳頭部切創二週間、二曹三十四歳右手切創一ケ月、以上八名、舊軍隊の階級では將官一名、佐官六名、下士官一名である。三島氏らの武器は軍刀仕立ての大刀一ふり、短刀三本、そのうち短刀一本は總監に向けられてゐたと新聞には書いてあつた。八名の負傷によつて事情を判斷し、私の心はくらくわびしいのである。

總監の場合は、個人的に三島氏と知り、そのことばよりみれば、平素より敬意を以て對したさうであるから、その態度の始終を批判することは酷にすぎるが、經過の過程ではなほ何らかのなすべきところがあつたとも思へる。自衞隊がその精神に於て、軍にあらざることをあまりにもあからさまに示したのは、殘忍な自虐に近いが、この自虐は三島文學風に整備工夫されてゐないのが、一層わびしい。このまことの軍隊ならざる所以を精神的に呈示したところで、超黨派的に自衞隊は批判をまぬかれたが、少壯有志の自衞官の正氣の發奮には、必ずや無視し難いもののあることは、尋常の常識を以て想像しうるところである。

三島氏と森田氏が自刃のあと、楯の會々員三名が、總監を伴つて外部の自衞隊にわたす時、縛つたままだつたので、總監は繩つきのまま自分をつれ出すのかと云うた。三人は三島會長の指示であると云つたが、その場の判斷で縛をといた。三島氏の指示は、總監の自決を防いで、無事にひき渡す配慮からだつたのである。指圖書にも明記されてゐる。總監の自決をおそれたのは、三島氏が自己の氣質に合はせた判斷である。そして彼は總監を死なすべきでないと判斷してゐたのである。その自決を危惧したといふことは、總監の人柄に士道を見てゐたからであらう。三島氏には總監の人柄を重んじ來つたものがあつたのであらう。三島氏がこのやうに配慮するまでに、士道ありと判斷した人を、事件に於ける外形だけをみてみだりに批評することは、私には出來ないのである。總監は知らず、三島氏に對して私には出來ないことである。

自衞隊内で起つた非常事態に對し、自身の手によつてその處理をなし得ず、法規によつて、警視廳の出動をまつといふ例は、四十三年十月防衞廳電話室を暴徒に占據された時にもそのことがあつたが、この度も警視廳が出動し、果たして三島氏その人たるやを窓越しに確認したと報道されてゐる。まことに不思議にして、實に不安のしくみである。

總監が縛られたあと、自衞隊幹部は三島氏の要求に從ひ、隊内全員を總監室前廣場に集めた。ほぼ千名位が集まつた。それらの人々に對し三島氏はバルコニーから慷慨の演説を行ひ、自衞隊に對する願ひを絶叫する。群衆の前面にゐたのは事情を知る上級者たちで、下級者は集合の理由を知らない。三島氏に惡言を放つたのは、總監捕縛の事件をほぼ知る者たちだつた。「彼を殺せ」とか「狙撃せよ」「英雄ぶるな」「お前は死ね」などと罵つたのは、その場の輕薄が卑劣に近く、まことになさけなく思つたことである。大多數の下級隊員は、事情がわからぬまま呆然とゐて、間もなく二氏の自刃の有様をつぶさに知るわけである。防衞廳長官はこの日午後、この事件によつて自衞隊員は何の影響もうけてゐないといふ談話をなし、十一月二十七日全自衞隊に訓示して、現場諸官は冷靜適切に對處したと云つた。又左右を問はず暴力を排除せよとも云つてゐるが、この度三島氏らが、總監を椅子にしばりつけた時にも、總監はこれを冗談と思つたといふから、暴力といふ認識は、八名の幹部が逃げた時に始めて發生したやうである。この事情を恥づかしいと思ふ人は、日本中に澤山ゐると私は思ふのである。これをきびしく受け取つた人は、自衛官の中にも澤山ゐると私は確信する。しかしこのやうに思ふことは今日の民主々義體制に反對するものとされたのである。

三島氏らは、ただ一死以て事に當たらんとしたのである。その事の何たるかを云々することは私の畏怖して、自省究明し、その時の來り悟る日をまつのみである。私は故人に對し謙虚でありたいからである。私は三島氏の決意が幸ひにも成就されたと記したが、三島氏は我々の知らないところで、自衛隊上層の士氣や精神の状態を了知して、事の次第を計畫のもととしてゐたのであらうか。それを思ふと、私は胸は一きは痛む。私は三島氏の少年の俤を思つては、幾日もかなしみに耐へなかつた。そのかなしみを越えて、次第に崇高のものにうつつてゆくのを知つた時、私は形容しがたい深いかなしみをさらに新しく知つた。この實體をかつかつ追ひ究めるためには、縱の國史を思ひ、横の現狀日本を考へ、その中心に三島氏の思想をおくといふ、一種のこまやかな辯證をはかなくすすめた。三島氏の文學の歸結とか、美學の終局點などといふ巷説は、まことににがにがしい。その振る舞ひは創作の場の延長でなく、まだわかつてゐないいのちの生まれる混沌の場の現出だつた。國中の人心が幾日もかなしみにみだれたことはこの混沌の證である。總監室前バルコニーで太刀に見入つてゐる三島氏の姿は、この國を守りつたへてきたわれらの祖先と神々の、最もかなしい、かつ美しい姿の現にあらはれたものだつた。しかしこの圖の印象は、この世の泪といふ泪がすべてかれつくしても、なほつきぬほどのかなしさである。豐麗多彩の作家は最後に天皇陛下萬歳の聲をのこして、この世の人の目から消えたのである。日本の文學史上の大作家の現身は滅んだ。

私は三島氏らの死が、政治的社會的にどんな影響があるかといふやうな質問には答へぬと返答した。しかしながら、私は日本民族の永遠を信じる。今や三島氏は、彼がこの世の業に小説をかき、武道を學び、演劇をし、楯の會の分列行進を見てゐた、數々のこの世の日々よりも、多くの國民にとつてははるかに近いところにゐる。今日以後も無數の國民の心に生きるやうになつたのだ。さういふ人々とは、三島由紀夫といふ高名の文學を一つも知らない人々の無數をも交へてゐる。三島氏はこの精神的狀態を知つて、かうした狀態に於て、文學果たして何なるかを自身に決定してゐたのであらう。怖るべき決意である。彼の文學や思想をもつともよく知る人々と、全く無緣だつた人々とが、同じやうにかなしみ、心に思ふところを以て、同じ世界で感動してゐるのである。過去の多くの日本の文士の自殺に於て、かうした例が無かつたのは當然のことである。

三島氏と楯の會の人々は、舊來云はれてきた右翼との區別を強く主張したさうである。三島氏の天皇は文化である、といふ思想は、歷史観神話観、さらに道德、日本の民俗、民族情緒の全般に亙る根源を云はんとするもので、大嘗會に天皇の御本義を考へた時、彼の思想はそのうひうひしさにいたりつくすのである。

陽明學や葉がくれや、あるひは神風連や二・二六などに示した彼の感動と、彼の天皇の御本義についての思想とを分けて考へることは、彼の文化論の理解の便法のやうに思はれる。彼が檄文に絶叫したところから、彼の念願や責務感を自衛隊の自覺やそれに伴ふ憲法の改正といふ政治的次元にとどめてはならない。その門を入つて、そのさきの山河自然の世界に、わが祖達の神々の集ふところを彼は描いた。天皇は大嘗會に於て云々と彼が云ふ一言で感得されるところである。この考へを、歴史や社會や倫理の體系を説明する近代の學問の言葉でいへば、内外の心ある人々の容易に納得するところと私は信じてゐる。大嘗會に於て天皇の御本義を拜するといふことが、天皇が文明の原理といふ思想に展開する。かういふ文明觀からは、皇大神宮祭祀そのものが民生と人道の原理なる意味が解され、その御神徳として、倫理的な人爲の德目をたてることの誤りもわかるのである。さういふ點から、天皇の親政をとなへた過去の人たちが、天皇を政治權力の次元で考へた重大な誤りも解明されるのである。ここに到つて、私は三島氏は正しい日本人なるゆゑに、今世紀の人間全部の負目を身一つにうけた意識にゐたと思ふのである。それは一箇の人間の自覺意識としてでなく、はるかに大なるものより無意識の形でうけた負目だつたのでなからうか。さういふ魂に於ては、永遠も、轉生も、日常茶飯のごとき信であつて何の疑ひがあらうか。クーデター云々の巷説の場合も、三島氏のことばはすべて文學的で象徴的である。彼と心術近しいものでなければ、その眞意を低次元の現象にあてはめ、本意を了解することが出來ない。しかし謙虚にして、多少の志ある者は、暗默の了解に近づくことがありうるかもしれぬ。この人が冷酷な孤獨の中にゐたことは、今度こそ痛烈にわかつたところである。三島氏の如き心象の人がこれにたへるためには、よほどの奇矯の行爲があつても不思議でない。クーデター計畫云々にしても、恐らく彼はそれを考へ、いくどか精密に紙上の計をなしただらう。しかしそれがよし成功して何があらうか。彼が見つめた目下の人類の巨大な不正は、クーデターの如きものでは救はれぬと感得したのではないか。彼の負目は、今世紀の人道を一身に荷ふほどの重さのものである。しかしこのことは、古來の武士道の儀式を正しく振る舞つたその最後を、少しでも説明するものではない。しかしこのやうな言葉をつかつたあとからは、私は美しい儀式が政治であつた光輝の國史のあとをかへりみねばならぬことになる。

五

私が三島由紀夫氏を初めて知つたのは、彼が學習院中等部の上級生の時だつた。この最初のことを私は久しく思ひ出せなかつたが、去る年三島氏の自刃のあと、彼の恩師の清水文雄氏に聞かされた。清水氏が、彼を伴つて拙宅へこられたといふことだつた。これは私の記憶でなく清水氏の話である。中學生の三島氏のかいた日本武尊の論が、非常によく出來てゐたので、そのころ私も日本武尊のことを書いたあとだつたので、伴ひこられたのである。勿論當時中學生の三島氏は、私の文章を知つてゐたわけではなかつた。

そのあと高等部の學生の頃にも、東京帝國大學の學生となつてからも、何回か訪ねてきた。ある秋の日、南うけの疊廊下で話してゐると、彼の呼吸が目に顯《た》つたので、不思議なことに思つた。吐く息の見えるわけはなく、又寒さに白く氷つてゐるのでもない。長い間不思議に思つてゐたが、やはりあの事件のあとで拙宅へきた雑誌社の人で、よく三島氏を知つてゐる者が、彼は喘息だつたからではないかと云つた。私はこの齢稚い天才兒を、もつと不思議の觀念で見てゐたので、この話をきいたあとも、一應さうかと思ひ、やはり別の印象を殘してゐる。

三島氏は若いころから、平安朝の文學をよく知つてゐた。むやみに讀みあさつたとしても、何程でもないと思ふ年ごろにもかかはらず、體の中にさういふ血統をもつてゐるからとしか思へぬほどに、あざやかな再現さへして見せた。大學生のころは謠曲の文句に非常な興味をよせてゐた。それについて、むかしの百科全書は極めて高級だつた、とある時私が話題の中でいつたことを、少し氣にしたやうだつた。私は關西のことばでしかものを考へないのだが、かういふ云ひ廻しは、時によると關東の人のことばにそぐはぬものがあるやうだと、その時反省したので、このことは今もおぼえてゐる。

彼の少年から青年の時代にかけての、稚な顏を多分にのこした、纖細な年頃だけを知つてゐる私には、戰後のたくましい體軀を誇つてゐる彼の寫眞を見ると、何か憎らしくなつたやうな氣がした。その戰後は一度もあはなかつた。しかしそのことを後悔してゐない。

わが國の文學の歷史を見てゐると時々尊くて不思議な人物が出てきた。私は三島氏にさういふ今世の一つの典型を味つてゐる。私は自著の「日本の文學史」に後記をしたため、「三島氏の檄文竝に命令書は、日本の文學史の信實である」と誌した。これは今も、私のおしつめた思ひである。

景仰歌

國のため、いのち幸くと願ひたる、畏きひとや。國のために、死にたまひたり。
わがこころなほもすべなしをさな貌まなかひに顯つをいかにかもせむ
夜半すぎて雨はひさめにふりしきりみ祖の神のすさび泣くがに

収録作初出一覧

伊東靜雄の詩のこと　「コギト」第四十四号（昭和十一年一月）⑩
佳人水上行　「文藝雜誌」第四号（昭和十一年四月、砂子屋書房）⑩
樋口一葉論　「若草」昭和十一年十月号（寶文館）⑩
上田敏論　『現代日本詩人論』（昭和十二年五月、西東書林）⑩
與謝野鐵幹　「短歌研究」昭和十三年四月号（改造社）⑪
高山樗牛論　『近代日本文學研究明治文學作家論』上卷（昭和十八年三月、小學館）⑩
赤彥斷想　「祖國」昭和二十五年七月号（まさき會祖國社）⑩
古代の眼―「有心」に對する感想―　「祖國」昭和二十五年十一月号（まさき會祖國社）⑩
ヱルテルは何故死んだか解題　『ヱルテルは何故死んだか』（昭和二十六年二月、酣燈社）③
萩原朔太郎詩集解題　『萩原朔太郎詩抄』（昭和二十六年三月、酣燈社）⑩
藤村の詩　「祖國」昭和二十七年二月号（まさき會祖國社）⑩
その文學　「短歌」創刊号（昭和二十九年一月、角川書店）⑩
天の夕顏解說　中河與一『天の夕顏』（昭和二十九年五月、新潮社）⑩
河井寬次郎　「藝術新潮」昭和二十九年九月号（新潮社）㉚

棟方志功のこと　「日本談義」昭和三十年十二月号（日本談義社）㉛

悲天解題　三浦義一歌集『悲天』（昭和三十三年十一月、七寶社）⑩

眞說石川五衞門解說　檀一雄『眞說石川五衞門解說』（昭和三十四年一月、六興出版部）⑩

その恩恵の論　『小林秀雄全集　第四巻』月報第10号（昭和四十三年三月、新潮社）⑩

大なる國民詩人　『日本現代文学全集』月報92（昭和四十三年五月、講談社）⑩

畏き人　『定本柳田國男集』月報9（昭和四十四年二月、筑摩書房）⑩

わが心、中有の旅の空……。　『川端康成全集　第三巻』月報6（昭和四十四年九月新潮社）⑩

松園女史讃　「三彩」昭和四十五年三月増刊号（三彩社）㉛

文學の信實　「浪曼」昭和四十八年二月号（浪曼）㉚

天の時雨　「一」方聞記―三島由紀夫の死　「波」昭和四十六年一・二月号（同年一月、新潮社発行）／「二」天の時雨　「新潮」臨時増刊　三島由紀夫読本（昭和四十六年一月、新潮社発行）／「三」眼裏の太陽　「新潮」昭和四十六年二月号（新潮社発行）／「四」三島由紀夫の死　『三島由紀夫の人間像』（昭和四十六年三月、読売新聞社刊）／「五」三島由紀夫　「浪曼」昭和四十七年十二月号（浪曼発行）

――以上五篇を合わせ「天の時雨」の総題で『浪曼人　三島由紀夫』（昭和四十八年、浪曼）に収録⑩

※各行末の○囲み数字は講談社版全集の当該作収録巻数を示す

〈解説〉

保田與重郎という風景

高橋英夫

　あれから既に何年くらいになることか、某百貨店の古本市をのぞいたところ、保田與重郎の色紙がガラス戸棚の中に展示されていた。その頃は文士、作家の肉筆を集める趣味というほどのものは持っていなかったが、その色紙にはなぜか心が動くのである。買いやすい値段だった、とは言える。結局その日は予約だけをし、古本市の最終日にまた行って抽籤に当っていたのを入手した。

「汝か黒髪風にたゆたふさやけさよ」と、三行に書いた色紙である。書についてはは知るところ至って乏しく、眼識などあろう筈もないが、これは何と滑らかにも自在に舞う筆よ、と思った。奔放に格を崩したような、洒脱に跳び遊ぶかのような文字の連りに惹かれ、それ以来時々取り出しては眺めてきた。

　その色紙が手はじめで、その後さらに二点、保田與重郎を求めている。歌軸と短冊で、歌軸の方には、「雑賀岬夏旺んなる海原の風にゆだねし汝が黒髪」とあり、短冊の方には、「みわ山のしつめの池の中島の日はうららかにいつきし万比女」とある。どちらも『木丹木母集』に載っている歌、前者は「夏ノ歌」、後者は「冬ノ歌」である。紀州雑賀岬と大和桜井の大神神社を詠じたもの、後者の「いつきし万比女」は、「いつき島姫」「弁才天」のことら、と聞いた。「齋きし眞姫」なのであろうと思っている。

それらを求めたのと恐らく前後してだったろうと、空覚えにふりかえるのだが、『身余堂書帖』（講談社）が上梓されたので一本を入手し、これも頁を繰ってたのしんだ。保田與重郎の筆墨・陶皿・拓本・ペン書き原稿など百六十点弱を蒐めた本である。見てゆくとその中にも二首の歌「雑賀岬夏旺んなる」と「みわ山のしつめの池の」の色紙が掲載されている。二首は、求められたときに好んで揮毫染筆した歌のうちだったようである。段々と分って来たことだが、保田與重郎は随分多くの筆墨をのこしたようだった。『身余堂書帖』には、疋田寛吉・奥西保両氏の文がついているが、奥西氏に面白い一節がある。

「磨った墨が、すっかり無くなるまで、頼まれた数以上に何枚も書かれた。墨が『もったいない』と言はれた。その染筆の途中で墨が切れると、硯に水を少し入れ、そこからは字が薄くなるのもかまはず、終りまで書かれる。墨の濃い部分と薄い部分の対照に、また格別の味があった。」

さもありなん、と感ずる。どの歌、どの辞句であってもよいが、数多く紙上に舞い遊ぶ文字は、同じ文字、同じ辞句でありながら、一点一点が宛転としてみな異る。まぎれもなく同じ人の筆であるのを強く印象づけながら、まさに宛転として揺れている。私の蔵する「雑賀岬」などその点において奔放をきわめ、紙上を強風が吹き通っている趣で、黒髪の「髪」というとどめの一字など風によって大きく膨れあがり、毛先が靡いている。「髪」のすがたの中に「汝《なれ》」が見える。

私は保田與重郎の書を、絵画を見るように見てきたのかも知れない。そのことの是非はいま自ら問わぬこととして、たとえて言えばセザンスにあまたのサン・ヴィクトワール山があり、幾つもの浴女図があり、何枚もの林檎があるように、保田與重郎にあまたの「雑賀岬」があり、「みわ山」があったのだ、と私は感受したわけであったただろう。もしやこれは書のみに止まらず、保田與重郎の文業をも、同じ感受の眼と同じ心をもって見てきたということへと拡大されてゆくのか、否か。

『身余堂書帖』には疋田寛吉氏の「至純の和様」という文章も載っていて、いくつかの示唆を与えられた。保田與重郎の好む書、称揚する書家は、世間一般と著しく異なっていた、とまず疋田氏は説く。たとえば当時まだ無名の清水比庵の書を語るに際し、かの良寛和尚を引合いに出して、「和歌に於ける良寛和尚は比庵先生ほどの、静にも自然にも悟りにもいたつてをられぬ。をかしさの自然ぶりでは比庵先生が足りてゐる」と保田與重郎は論じたという。

京都太秦の保田邸、客室の欄間には大和の儒者谷三山の扁額「天道好還」と、伴林光平の同じく「甲満刺耶寶扁散」が掲げられていたが、この好みも凡常を超える、と氏は実見したところによって語っていた。もう一人、柳川の儒者安東省庵について、保田與重郎の推賞の言葉「その書の涼しさは、人品の清らかさの発露に他ならぬ」を氏は引用していた。

それと共に疋田氏は、保田與重郎の書それ自体の妙をも指摘した。何よりもこの遺墨集の根幹を形づくるのは「歌の書」という特性であるという。それに応じて、與重郎自ら中国古法帖の手習いにはげんだことはないという意味の発言をしたのを振りかえりながら、この歴然と中国書法と相違した與重郎の書法は、第一義的に「和歌に磨かれた仮名書き」である、と氏は言う。それは「和様に柔らいだもろもろの祈りの書、さらに日本文化の隅々にまでゆきわたった日常の記述の面白さ」というものである、と。

心に閃くものがあった。閃いて、須臾の間、もつれていたものが解けたと感じた。保田與重郎の、山にたとえれば蜿蜒たる山脈の連鎖かとも見える文業の、その言語柔軟体の、その没骨法めいた論理の呼吸において、要をなすのは何かということが。しかし、本当に何ごとかが瞬時に了解できたというようなことが起りうるのだろうか。依然として難点は残りつづける。とするならば、それは要は何であるのかが見えた、ではあるまい。保田與重郎の書を見るが如くに、その文章を見ようとしていた私という人間に、いかなる風景、いかなる風情が映って見えたかということに、それは尽きるらしい。

保田與重郎は私にとり一つの独異にして瑰麗な風景であったと言おうか。それとも、私は一つの不可説の画に対面したように、保田與重郎を見ていたのだと言おうか。ただしこんな想念を誘発した直接のきっかけは、本巻『作家論集』が、他の巻々とは違って今回はじめて新編集により形を成したものであり、この題の単行本は以前にはなかったという事情の中にあった。ここで保田與重郎のむかしの単行本の話になる。遺墨を三点所持していると書いたが、保田與重郎の単行本なら私は相当数持っているのである。ここで筆を措いて、改めて数えてみたところ三十五冊ほど。全集・著作集・文庫本・改版本を除いて、である。

戦争が終ったとき中学生だった私は、保田のヤの字も知らなかったし、序でにいえば小林秀雄のコの字も知らなかった。保田與重郎は戦後二十数年たった頃から古本で求めたものばかりである。ただしジャーナリズムに「復活」してからの保田與重郎は、三十五冊のうち『現代畸人傳』以下十冊あまり、同時進行的に、つまり新刊として買っている。したがって、古い、紙質・造本ともお粗末なむかしの本と、後期の、多くは貼函入りの立派な本との美感の差が意識される。それもたしかに私にとっては、風景としての保田與重郎の一側面なのではあった。

保田與重郎というと、ひと或は「志操」を言い、ロマン主義の「精神」を言う。また或は、反近代の「思想」を指呼し、農本主義的「歴史観」を指摘する。神がかりの「イデオロギー」、文学運動的「戦略」、敗北の「美学」も云々される。それらのどれも成程存在する、と感じながら、私は「志」も「思想」も「美」も何か保田與重郎という「風景」であると思うのだ。

風景であるとは、こういうことだ——分岐して幾筋にも連った峯と渓のあいだを縫うようにして進む汽車から、車窓の外を見つづけている。すると渓の底の青い流れや、斜面を隙もなく蔽って繁茂する緑や、点々と散った赤・黄・白・紫の花々や、空をゆく雲が休みなく後退してゆき、一瞬トンネルにもぐりこむ。程なくトンネルを抜けると、再びほとんど同じような渓流と緑、花々と雲の風景が現れる。が、すぐに次なるトンネルの蓋が視界を遮るが、やがてまたそれは何事もなかったように出現する。出現するたびに微妙に趣を傾けながら、風景は続くのであり、こうした風景にむかっては、なぜそう微妙に変るのかとひとは問いもしない。それを問うことに何ら意味が感じられない、これが風景であることの根本義なのではないか。

これは、保田與重郎の文業が事実そうしたものであったというよりも、私の眼がそこにそんな風景を見出していた、ということであっただろう。今回『作家論集』は二十四篇を収めているが、年代順の配列になっている。昭和十一年「コギト」に出された『伊東靜雄の詩のこと』から、昭和四十八年の『天の時雨』までである。この『天の時雨』は三島由紀夫論で、最も長い。これは五節から成っているが、かすかな記憶では、その第一節は「波」に載ったものだったような気がする。ともあれ二十四篇中の雄篇であり、これに対して前期の雄篇を求めれば、昭和十八年の『高山樗牛論』であろうか。私が何よりも風景を感じたのがこの一篇であった。進むにつれて、他の想念や他の文脈に紛れたり、そこから浮き立ったりしながら、くりかえし風景が出現してくるのだった。ほとんどそれは懐しさの感情を導くとも言いえた。

「……その短い期間に於て、文明開化期の文人の思想的生涯を殆んど經驗したやうな人であった。彼を今日問題にしたい一つの觀點はここにある。」

「……樗牛には感傷があり、又慟哭があり誇張があつて、その底に一抹のあはれがある。このことは樗牛の追蹤者たちにみないところであり、實にこの一點こそ、樗牛が大正時代の教養から輕蔑された原因である。」

「樗牛の思辨的美文は、ある一つの志の咏嘆を描くといふことを本能的に行つたものであるが……」

「樗牛の日本主義が、ある種の巡禮狀態にあつたことは、その思想が、文明開化狀態を趣旨としたからであつた。」

「この思想的性格は、昭和の一般天才に共通する感さへあつた、彼らは各々の形で、變屈で荒削りであり、又志をもつ者らの矛盾にみちてゐた。」

出現してくるたびに、それは僅かずつ表現を変じ、相貌の輪廓を溶かすかに見えるが、結局何度でも同じ風景のように、同じ安らぎと同じ刺戟を保ったまま再現してくる。そこに不思議な何かを私は、今認めたくなっている。『作家論集』二十四篇、二十四人の対象はとりどりに華であり実であるのだが、中でも高山樗牛においては、保田與重郎がいつしか樗牛を語り論じつつ実は微妙な風景の変化を語っているようにさえ思われるからである。不思議といったのはそのことで、私はこの一篇を読み進むにつれて、油然と、保田與重郎とはみごとにも風景なのだという想念の湧いてくるのを抑えることはできなかった。

保田與重郎文庫 22 作家論集 二〇〇〇年十月八日 第一刷発行
二〇一一年六月六日 第二刷発行
著者 保田與重郎／発行者 中川栄次／発行所 株式会社新学社 〒六〇七―八五〇一 京都市山科区東
野中井ノ上町一一―三九 TEL〇七五―五八一―六一一一
印刷＝東京印書館／印字＝京都CTSセンター／編集協力＝風日舎
© Noriko Yasuda 2000 ISBN978-4-7868-0043-6
落丁本、乱丁本は小社保田與重郎文庫係までお送り下さい。送料小社負担でお取り替えいたします。